第三辑

中国生肖诗歌大典

主编 杨吉成

卷四·卯兔卷　卷五·辰龙卷　卷六·巳蛇卷

卯兔卷
辰龙卷
巳蛇卷

四川出版集团
巴蜀书社

图书在版编目(CIP)数据

《中国生肖诗歌大典》/杨吉成主编.—成都:巴蜀书社,2013.6

ISBN 978-7-5531-0230-6

Ⅰ.①中… Ⅱ.①杨… Ⅲ.①古典诗歌-鉴赏-中国
Ⅳ.①I207.2

中国版本图书馆 CIP 数据核字(2013)第 069512 号

《中国生肖诗歌大典》(精装、全六册)
主编　杨吉成

策划编辑	施　维					
责任编辑	陈　红	童际鹏	张照华	张红义	张　亮	肖　静
	王群栗					
出　　版	四川出版集团巴蜀书社					
	成都市槐树街2号　邮编 610031					
	总编室电话:(028)86259397					
网　　址	www.BSbook.com					
发　　行	巴蜀书社					
	发行科电话:(028)86259422　86259423					
经　　销	新华书店					
印　　刷	四川省南方印务有限公司					
照　　排	成都勤慧彩色制版印务有限公司					
版　　次	2013年6月第1版					
印　　次	2013年6月第1次印刷					
成品尺寸	170mm×240mm					
印　　张	77.5					
字　　数	1540 千					
书　　号	ISBN 978-7-5531-0230-6					
定　　价	300.00 元(精装、全六册)					

本书若出现印装质量问题,请与印刷厂联系

《中国生肖诗歌大典》第三辑

目　录

卯兔卷目录

巡阅生肖来玉兔 / 2

古代涉兔诗

诗经·国风·周南·兔罝		/ 12
诗经·国风·王风·兔爰		/ 13
诗经·小雅·鱼藻之什·瓠叶		/ 14
天问	战国·楚·屈原	/ 15
十五从军征		/ 16
木兰辞		/ 16
古艳歌		/ 19
白兔颂	晋·张浚	/ 19
咏兔	唐·李峤	/ 20
咏死兔	唐·苏颋	/ 21
御箭连中双兔	唐·苏颋	/ 22
宫词	唐·王建	/ 23
田野狐兔行	唐·元稹	/ 24
从猎（三首选一）	唐·韩偓	/ 25
狡兔行	唐·苏拯	/ 25
永叔白兔	宋·梅尧臣	/ 26
永叔云诸君所作皆以嫦娥月宫为说愿以新意别作一篇	宋·梅尧臣	/ 27
白兔	宋·欧阳修	/ 28
赋永叔家白兔	宋·韩维	/ 29
信都公家白兔	宋·王安石	/ 30
祭常山回小猎	宋·苏轼	/ 31
放兔行	宋·秦观	/ 32
题画兔	宋·陈与义	/ 33
谢陈希颜惠兔肥	宋·杨万里	/ 34
应制咏白兔	金·杨云翼	/ 36
画兔	金·李纯甫	/ 37
画兔	元·程巨夫	/ 38
画兔	元·程巨夫	/ 39
兔	元·赵孟頫	/ 40
舟中杂咏	元·袁桷	/ 40

竹树图	元·杨载	/ 41
题画兔	元·杨载	/ 42
画兔	元·吴师道	/ 42
题画兔	元·李祁	/ 43
黄荃子母兔	明·高启	/ 44
白兔	明·瞿佑	/ 44
黑兔	明·曾棨	/ 45
题扇芙蓉兔	明·祝允明	/ 46
画兔	明·傅珪	/ 47
玉兔图	明·廖道南	/ 47
白兔	明·谢承举	/ 49
恭题黑兔图	明·张四维	/ 50
题画兔	明·张凤翼	/ 51
恭题黑兔图应制	明·申时行	/ 52
燕台新咏·兔儿爷	清·栎翁	/ 53
守株待兔	清·佚名	/ 54
得兔忘蹄	清·刘跃云	/ 55

古代涉兔词曲

水调歌头·中秋	南宋·京镗	/ 57
木兰花慢·中秋饮酒将旦客谓前人诗词有赋待月无送月者，因用天问体赋	南宋·辛弃疾	/ 58
满江红	南宋·陈三聘	/ 59
【南吕】金字经·访吾丘道士	元·张可久	/ 60
哨遍·高祖还乡	元·睢景臣	/ 61
钟离春智勇定齐	元·郑光祖	/ 62

古代涉兔赋

猎兔赋	晋·夏侯湛	/ 65
白兔赋	晋·王廙	/ 66
白兔赋	唐·蒋防	/ 70
白兔赋	明·姚涞	/ 72
贺徐州张仆射白兔状	唐·韩愈	/ 75

辰龙卷目录

龙门阵中目说龙　　　　　/ 78

古代涉龙诗

离骚（摘录）	战国·楚·屈原	/ 91
九歌·河伯（摘录）	战国·楚·屈原	/ 93
天问（摘录）	战国·楚·屈原	/ 93
九章·涉江（摘录）	战国·楚·屈原	/ 94
九章·悲回风（摘录）	战国·楚·屈原	/ 95
远游（摘录）	战国·楚·屈原	/ 95
惜誓（摘录）	汉·贾谊	/ 96
七谏·哀命（摘录）	汉·东方朔	/ 97
七谏·谬谏（摘录）	汉·东方朔	/ 98
九怀·尊嘉（摘录）	汉·王褒	/ 99
九叹·逢纷（摘录）	汉·刘向	/ 100
九叹·远游（摘录）	汉·刘向	/ 101
九思·悼乱（摘录）	汉·王逸	/ 101
潜龙诗	三国·魏·曹髦	/ 102
龙铭	晋·傅玄	/ 103
五郊乐章·肃和	唐·魏征	/ 103
奉和圣制《龙池篇》	唐·姚崇	/ 105
龙池篇	唐·沈佺期	/ 106

龙池乐章	唐·苏颋	/ 107
蜀道难（摘录）	唐·李白	/ 108
绝句	唐·杜甫	/ 109
续古	唐·陈陶	/ 110
小游仙（三首）	唐·曹唐	/ 111
骊龙	唐·无名氏	/ 113
题张道隐太山祠画龙	五代·蒋贻恭	/ 113
龙	宋·丁谓	/ 114
偶题	宋·王安石	/ 115
画龙	宋·刘攽	/ 116
咏龙诗	金·完颜亮	/ 117
龙挂	宋·陆游	/ 117
上沙遇雨快凉	宋·范成大	/ 118
题画龙	宋·楼钥	/ 119
毗陵天庆寺观画龙	宋·戴复古	/ 120
日离海	宋·谢翱	/ 121
蛟龙歌	宋·何梦桂	/ 122
段志坚画龙·为刘邓州赋	金·元好问	/ 123
龙潭	元·刘因	/ 125
画龙歌	元·小云石海涯	/ 126
郭恕先升龙图	元·邓文原	/ 128
僧传古涌雾出波龙图歌	元·柳贯	/ 129
题王宰所藏墨龙	元·柳贯	/ 131
玉龙图	元·虞集	/ 132
夜发龙潭	元·萨都剌	/ 132
题陈所翁墨龙	元·萨都剌	/ 133
题所翁画龙	元·张渥	/ 134
玉帘泉	元·杜本	/ 135
题陈所翁九龙戏珠图	元·张翥	/ 136
题苍龙戏海图	元·陈泰	/ 138
小临海曲	元·杨维桢	/ 139
龙井	元·贡师泰	/ 139
题陈所翁画龙	元·李祁	/ 140
画扇	元·张宪	/ 141
题道士青山白云图	明·张以宁	/ 142
岭南杂咏	明·汪广洋	/ 143
画龙歌	明·周是修	/ 144
题刘彦连龙幛	明·解缙	/ 146
题张秋蟾画龙	明·袁忠彻	/ 146
王居士画龙歌	清·吴廷华	/ 147
云从龙	清·马师镜	/ 149
酬曾重伯编修	清·黄遵宪	/ 150
出都留别诸公	清·康有为	/ 151

古代涉龙词曲

晋惠帝大安中童谣		/ 152
晋绵州巴歌		/ 153
蝶恋花	宋·晏殊	/ 153
青玉案·元夕	南宋·辛弃疾	/ 155
沁园春·灵山齐庵赋，时筑偃湖未成	南宋·辛弃疾	/ 156
望江南	宋·清源真君	/ 157
祝英台近	南宋·黄人杰	/ 159
朝中措	南宋·无名氏	/ 161
【中吕】喜春来	元·张弘范	/ 162
【正宫】黑漆弩·游金山寺	元·王晖	/ 163
【正宫·端正好】张生煮海·第三折		

元·李好古 / 164	神龙赋　　　　　晋·刘琬 / 168
	汉武帝射蛟赋　　唐·独孤及 / 169
古代涉龙赋	黑龙饮渭赋　　　唐·白居易 / 174
	叶公好龙赋　　　唐·张随 / 177
龙瑞赋　　三国·魏·刘劭 / 165	云从龙赋　　　　唐·张随 / 178
青龙赋　　三国·魏·缪袭 / 167	龙赋　　　　　　宋·王安石 / 179

巳蛇卷目录

生肖环顾见灵蛇 / 182

古代涉蛇诗

小雅·鸿雁之什·斯干	/ 189
龙蛇歌　　春秋·晋·介子推	/ 191
天问（摘录）　战国·楚·屈原	/ 192
招魂（摘录）　战国·楚·屈原	/ 192
大招（摘录）　战国·楚·景差	/ 193
九怀·株昭（摘录）汉·王褒	/ 194
蜩惟大蛇　　　　　汉·杨孚	/ 194
龟虽寿　　　　　　汉·曹操	/ 195
灵蛇铭　　　　　　晋·傅玄	/ 196
长蛇赞　　　　　　晋·郭璞	/ 197
蟒蛇赞　　　　　　晋·郭璞	/ 197
枳首蛇赞　　　　　晋·郭璞	/ 198
腾蛇赞　　　　　　晋·郭璞	/ 198
巴蛇赞　　　　　　晋·郭璞	/ 199
孙叔敖逢蛇赞　　北周·庾信	/ 199
义鹘行　　　　　　唐·杜甫	/ 200
灵蛇见少林寺　　　唐·李绅	/ 201
巴蛇　　　　　　　唐·元稹	/ 202
灵蛇　　　　　　宋·黄希旦	/ 203
所居堂后北篱下获二蛇一小色赤长	
二尺许一大色黑长七尺围四五寸尾	
可贯百钱尽放之　　宋·张耒	/ 204
台山杂咏　　　　　金·元好问	/ 205
比蛇　　　　　　　清·郑燮	/ 205
脆蛇　　　　　　　清·郑燮	/ 206
画蛇添足　　　　　清·高云璈	/ 206
高祖斩蛇　　　　　清·佚名	/ 207

古代涉蛇词曲

念奴娇　　　　　　宋·刘克庄	/ 209
鹧鸪天（贺人生女）	
宋·无名氏	/ 211
阮郎归·端五　　　宋·无名氏	/ 212
【般涉调】哨遍·高祖还乡	
元·睢景臣	/ 213

古代涉蛇赋

汉高祖斩白蛇赋　　唐·白居易	/ 215
告蛇赋　　　　　　明·王穉登	/ 218
捕蛇者说　　　　　唐·柳宗元	/ 220

编后记　　　　　　　　　　/ 222

中国生肖诗歌大典

第三辑(卷四)

卯兔卷

柳于林　冯广宏　主编

巡阅生肖来玉兔

兔在十二生肖中的位置

兔在十二生肖中，排行第四。与十二地支相配，属"卯"。夏历建卯的月份是早春二月，又称兔月，春风和畅，野兔显得格外活跃；而在一天十二时辰中，卯时正值清晨，这段时间又称"兔时"，也许兔子早就起床了。

作为生肖的兔，早在上古时期就被人们视为灵物。古人仰望夜空，一轮皓月呈现在人们面前，往往模糊地见到银盘似的月亮里边，似乎有一株桂树，树下好像还坐着一只玉兔，在那里捣药。这些图景，使人想到其中定有一座蟾宫，是奔月嫦娥的住所。其所以称作"蟾宫"，是因为古人想象嫦娥已经化身为蟾蜍。西汉张衡《灵宪》："羿请不死亡之药于西王母，羿妻姮娥窃之以奔月，托身于月，是为蟾蜍"。就记载了这种猜想。至于月宫里的玉兔，很早就在神话传说中出现，屈原所写的《天问》可以证明："夜光何德，死则又育；厥利维何，而顾菟在腹？""夜光"是月亮的代称，缺了又圆，显然是死了又活；而那个"菟"实际上是"兔"的古体。晋代傅玄仿作的《拟天问》进一步补充："月中何有？白兔捣药。"《初学记》引傅玄《歌辞》也说："兔捣药月间，安足道？"《艺文类聚》录有汉代乐府："采取神药山之端，白兔捣成虾蟆丸，奉上陛下一玉桮。"明白地告诉人们，原来兔子制作的药丸，乃是蟾蜍之精。

兔的人工饲养，在中国起步并不很早。在古代，群众心目中的兔，就是那些身段灵活、奔跑迅速、善于躲藏、忽隐忽现的野兔，很不容易捕捉；但它们对于大众生活并没有什么破坏，而且形象可爱，所以大家常将纯色的兔视为灵异祥瑞之物，另眼看待。古佚书《瑞应图》说："王者恩加耆老，则白兔见。"如果哪里发现了一只纯白的野兔，地方官还要慎重其事地上报朝廷，号称祥瑞。汉代发现白兔的事，就曾多次载入史册。

　　白兔在古时十分罕见，一旦发现野生白兔，当然要看成祥瑞之兆。比如《后汉书·光武帝纪》有"日南徼外蛮夷献白雉、白兔"；晋桓温有《贺白兔表》；张浚有《白兔颂》；梁简文帝有《上白兔表》；北周庾信也有《上白兔表》；唐蒋防《白兔赋》称赞它"皎如霜辉，温如玉粹，其容炳真，其性怀仁"。宋代欧阳修在滁州得到一只白兔，当作宠物，让它锦衣玉食，还非常高兴地写了《白兔》诗："天冥冥，雨濛濛，白兔捣药嫦娥宫。"他不但自己写诗赞颂，而且还惊动许多闻人，如王安石、梅尧臣、韩维，都纷纷咏诗相贺。

　　古人见到的野兔，多数是灰褐杂色，那是猎人捕捉的对象。颜色纯净的兔子，与众不同，于是被人珍视，比如纯黑的兔，仍然会被人们看作瑞物。阴阳家认为那是"水德之祥"，五行无常胜，凡是"以水德王"的朝代，都把出现的黑兔当作宝贝，文武百官皆须赞赏一番。

　　自古以来，兔子在人心目中既然有这些看法，进入生肖的系列，自是理所当然的事了。但它的排行第四，也许还有特定的原因。比较科学的说法，十二生肖的选用与排列，是根据动物每天的活动时间来确定。我国从汉代以前，便开始采用十二地支记录一天的时辰，每个时辰相当于两个小时，夜晚11点到凌晨1点是子时，此时老鼠最为活跃；凌晨1点到3点是丑时，牛正在反刍；3点到5点是寅时，此时老虎生气勃勃，最为凶猛；5点到7点为卯时，这时月亮还挂在天上，广寒宫里的玉兔捣药正忙，人间的山林野兔正准备起床，因此兔子被排在这样一个位序，说起来倒也合理。

　　不过，最近还有一种说法，比较新奇。这种说法的前提是，生肖的名次，应该沿着社会发展的脉络，回归它原来固有的轨迹。比如鼠，代表原始社会早期的杂食采集时代；牛，代表原始社会茹毛饮血时代；虎，代表人类在弱肉强食的搏斗中生存时代；兔，代表人类从野兽中分离出来，出现了人与兽分界线的时代。以后的龙、蛇则代表人在社会发展中，已达到主宰世界和社会发展的

卯兔卷

年代。这是一条曲线的上升段落，后面好像是逐步回归原始的下降段落。按照这种推论，光从兔子居于第四这一区段来看，似乎还符合人类社会发展规律，蛮有道理；可是后面那一大段，却有些难以自圆其说。

兔的生物学习性和狩猎

兔作为生肖之一，在现代生物学上属于哺乳类草食性脊椎动物，为兔形目，可分9属43种，其中8属都是穴居兔，只有1属终生在地面上生活。中国分布有9种，其中"草兔"的分布最为广泛，除了华南和青藏高原以外，哪里都有。雪兔生活在新疆、内蒙古和黑龙江北部；高原兔在青藏高原上安家；华南兔生长在华南和台湾；东北兔在小兴安岭和长白山地区扎根。

人人都知道，兔的体形特点是长耳朵、短尾巴，后腿比前肢长得多，走起来一跳一跳，但善于奔跑。野兔一般独居，性格温和，胆子很小，常常在清晨以前、黄昏以后才敢出来觅食。它们繁殖能力极强，雌兔长到8个月大时，怀孕30天就可产小兔5到8只，而且一年能产好几次。

兔子的上唇分裂为左右两片，门齿容易露出，有利于啃食树皮。门齿六枚，结构相当独特，上颌前后重叠成两对上门齿，下颌有下门齿一对，上下门齿能左右挫磨，把草根树皮磨碎。打洞穴居是兔的基本功，一个兔穴有多个洞口，所以"狡兔三窟"经常挂在古人的嘴边。总而言之，兔子的习性是喜欢咀嚼，爱好挖掘，夜行嗜眠，群居性差，厌湿喜干。

兔子的眼睛有红色、蓝色、茶色，有的兔子左右两眼颜色还不一样。一般来说，灰兔的眼睛是灰的，黑兔的眼睛是黑的，白兔的眼睛本来透明，而毛细血管却反射出红色，非常瑰丽，难怪古人特别珍视。

野兔不但是其他食肉动物的重要食源，也是人们狩猎的对象。兔肉鲜美，兔皮优质，兔毛还可以制作毛笔，经济价值非常高；在现代医学等科学领域里，它们还充当着实验动物的角色。

远古存在着一个漫长的狩猎时代。繁殖力特强、数量特别大的野兔，曾经是先民狩猎的重要目标。所以说，猎兔的历史，少说也有万儿八千年。周人似乎喜用网捕，《诗经·周南·兔罝》"肃肃兔罝，椓之丁丁"的诗句，就是描写在林中、在路旁，噔噔地敲打木桩，安置网罗。《庄子·外物篇》说："蹄者，所以在兔，得兔而忘蹄。"所谓"蹄"，是一种小型的捕网，主要针对野兔而设。

从古以来，中国人就把结队行猎作为一种官方风尚，皇家甚至将其制度化，原因在于其中隐含着习兵演武的战备策略。可是经过千百年的猎杀，野生的凶猛动物越来越少，到了后世，出猎的对象往往就固定在野兔身上。晋代夏侯湛写过一篇《猎兔赋》，描绘狩猎队伍"乘露箱，御良马，盾戈接于广漠，弓矢连于旷野"，场面浩大。唐代韩偓也写过《从猎》诗，吟咏他跟随皇家射猎大队，参与行猎的荣幸时刻，那时"马前双兔起"，皇帝赶快"宣示羽林儿"，迅速捉兔。唐苏颋《御箭连中双兔》便当面吹捧皇帝的箭法好："三驱仍百步，一发遂双连。"唐王昌龄的《观猎》诗"少年猎得平原兔，马后横捎意气归"，则是在回忆他以往猎兔的成绩。这样看来，唐朝猎兔之风，刮得非常旺盛。到了宋代，风头仍然不减。宋苏轼《祭常山回小猎》，对狩猎的场景作出了生动的描写："弄风骄马跑空立，趁兔苍鹰掠地飞。"

兔与人类的关系在于饲养

中国人养兔的历史，是人们正在研究的课题。多年前在殷墟妇好墓出土文物中，有一件玉雕兔，是商代晚期作品；山西曲沃的晋侯墓出土的兔尊，为西周时期作品；这些文物，代表了古人对兔的喜爱，那时能不能养兔，还很难说。当然，养兔之前，必须有个猎兔的阶段。因为只有捉住了活兔，才有驯养它的条件。《汉纪》有"梁冀起兔苑于河南，移檄在所，调发生兔"的话，葛洪《西京杂记》说："梁孝王好营宫室苑囿之乐，作曜华之宫，筑兔园。"这表明在汉代已经在饲养家兔了。

中国的家兔驯化品种众说纷纭，有人认为：驯养的品种不是来自中国本地。因为本地野兔桀骜不驯，难于饲养，更难于繁殖；大概先秦时期通过丝绸之路从欧洲输入，起初只是宫廷玩物，后来才流传到民间，培育成体型不大，却耐粗饲的中国白兔。化石证据表明，世界上所有驯养的家兔，差不多都来自欧洲的野生穴兔，尤其是伊比利亚半岛的西班牙和葡萄牙。家兔和野兔在身体结构上并没有多大差别，据专家研究，全世界家兔品种虽多，但祖宗似乎都是

地中海地区的穴兔。这种结论究竟可不可靠，还有待于论证。

兔的驯化之所以成功，吃，是最大动力。人们给野兔以大量的青叶料饲养，它就能听从人们的招呼而被驯化，长期与人们共处，形成感情上的交流。近代养兔家发现兔子有多种表情语言，有人通过观察，做出以下总结：

咕咕叫，是对主人的行为或对另一只兔子感到不满。
喷气声，感到受了威胁。
尖叫声，代表害怕或者痛楚。
咬牙声，代表痛楚。
绕圈转，是一种求爱的行为，有时会发出咕噜的叫声。
跳跃，是感到高兴，有时会边跳跃边摆头。
扑过来，是一种袭击的表现。
脚尖站立，是警告的意思。
侧睡、把腿伸展，代表感到安全。
压低身子，表示它很紧张，觉得有危险临近。
舔手，代表多谢。
喷尿，是兔子世界中用来划分地盘和占有母兔的做法。

如今，中国已成为世界养兔大国，兔肉、兔皮、兔毛的产量和贸易额都居世界第一。

兔子恶意繁殖会带来祸害

兔子繁殖力之强，居然能够制造出灾难。例如唐代就有闹过"兔灾"的记载。《太平广记》说："永淳年时，岚胜州兔暴。千万成群，食苗并尽。"古人记事往往惜墨如金，这场灾难的细节不得而知，但有国外的例子，就十分生动。

澳洲，是个从未发生过人类驯化动物的地区，却因盲目引进兔子，引发过一场生态灾难。1859年，澳大利亚的一个农夫为了满足打猎的愿望，从外国弄来24只兔子，结果让它们逃逸了。随后，由于没有天敌，兔子在当地快速繁殖，导致"兔灾"爆发。1880年，它们到达新南威尔士，与羊群争夺青草，影响了南澳地区的牧羊业。19世纪90年代，当兔子大军抵达西澳时，人们不得不修一条长达1000英里的栅栏，试图将其拦住。但事与愿违，栅栏很快被兔军冲破。从此，澳大利亚的兔子数量，从最初的几十只，不到半个世纪，增加到了几亿只，草场遭到极大的损毁，一些小岛甚至发生了水土流失。绝望之中，人们从巴西引入了多发黏液瘤病，以对付迅速繁殖的兔子。但是针对兔子的细菌战，被证明只是使不断恶化的状况得到暂时缓解，小部分兔子对这种病毒，实际上具有天然的免疫能力，它们在侥幸逃生后，又快速繁殖起来。整个20世纪中期，澳大利亚的灭兔行动从未停止过。

驯化动物，是人类的进步和福音；同时也是动物本身的衰退和悲哀；生态哲学家为此发出悲天悯人的感慨。《完美的和谐：动物与人的亲密关系》的作者美国人罗杰·卡拉斯说："最被宠爱的动物，也是最受折磨的动物！野兔沦为家兔，野猪沦为家猪，野鸭沦为家鸭……当人类成为地球生命舞台上的主角时，它们被一一驯化了！"

雅文化和俗文化中的兔

人所共知，玉兔是皓月的象征，因为月球表面的阴影，看起来很像一只白兔，坐在桂花树下捣药。唐代诗人李白《把酒问月》有"白兔捣药秋复春，姮娥孤栖与谁邻"之句；李贺有"吴质不眠倚桂树，露脚斜飞湿寒兔"和"老兔寒蟾泣天色，云楼半开壁斜白"之歌；就是对这种美好意象的高度赞叹。不过，老百姓并不理会其中诗意，而是实打实地把玉兔看作月宫神灵，到了八月十五中秋节，烧香祭拜月宫里的"兔儿爷"，这个民间节目必不可少。明代纪坤《花王阁剩稿》说："京中秋节多以泥抟兔形，衣冠踞坐如人状，儿女祀而拜之。"这种泥塑后来成了儿童玩具。《燕京岁时记》记载："每届中秋，市人之巧者，用黄土抟成蟾兔之像以出售，谓之兔儿爷。"清方元鹍《都门杂咏》写有："儿女先时争礼拜，担边买得兔儿爷。"都在描述这件事。

在民间神话里，月中有兔，日中有乌；于是乌和兔又成了时间的化身，这给文学家和哲学家平添出种种浩叹，古往今来，感动过成千上万人。唐代诗人庄南杰《伤歌行》就有过"兔走乌飞不相见，人事依稀速如电"的伤感。这是雅文化圈子里的普遍表现。

在民俗文化里，也不乏兔的踪迹。因为兔子是个豁嘴，所以孕妇妊娠时禁食兔肉，以免生出孩子缺唇。汉王充《论衡·命义》就记有"妊妇食兔，生子缺唇"的说法；晋张华《博物志》也有"妊娠者不可啖兔肉，亦不可见兔，令儿缺唇"的记载。

汉代民间流行种种巫术，兔子有时被当作灵物。如东汉宋贵人生病，想找个活兔作宠物，解解烦闷。《后汉书》记有贵人"病思生菟，令家求之"的话，谁知窦皇后就诬告她"欲作蛊道祝诅，以菟为厌胜之术"。这里的"菟"与兔相通。用兔子作灵物，《岁时广记》卷五提到宋代有元旦挂兔头在门额上来辟邪的风俗。

因为兔子繁殖力强，符合过去"多子多福"的向往，所以旧式民俗中有赠送兔画来祈求育儿。

民间故事里，仍然存在一些"兔话"。在动物群中，兔子可以列在跑得最快的阵营里，可是童话里的兔发生了天大的反差。"龟兔赛跑"这件趣事，几乎无人不知，无人不晓。在中国民间还有一段"牛兔赛跑"的故事，说兔子和黄牛本是邻居，黄牛虚心求教它长跑的绝招，但兔子不干。黄牛心里不服气，凭着一股坚韧不拔的牛劲，终于练成一双"铁脚"，尾巴一翘，四蹄如风，几天几夜也不知疲乏。后来玉皇大帝开运动会，让动物们比赛长跑，一开始黄牛虽然落后一大阵，但它凭着坚韧的耐力和平时练就的铁脚，一鼓作气，当兔子中途休息、不觉酣睡的时候，率先跑到了天宫。结果兔子落在老虎和黄牛的后面；由于牛的双角间还蹲了一只投机取巧的老鼠，使得兔子在生肖中的排名，相应落到了第四位。

这个民间故事，反映出中国人对兔子的总体看法——它很机灵，蛮可爱，可是老爱耍小心眼，平时又懒散好占便宜，常常被人称作"狡兔"，但往往聪明反被聪明误。

对属兔人的种种说法

在民俗文化中，有一种说法：兔年出生的人是十二属相里比较走运的人，正像中国神话中所讲的，它是月亮的精灵。《春秋运斗枢》有"玉衡星散而为兔"之说；《抱朴子》还夸张地引述："兔寿千岁；满五百岁则色白。"那时小白兔特别珍贵。

许多方术家认为：属兔的人，也像兔子那样的文雅、和蔼、爱美，言辞温柔；当个外交家和政治家似乎比较合适，因为他含蓄而有判断力，能够善始善终——这无非是一种良好的祝愿。中国有十二种属相，一种属相约占总人数的十二分之一。成千上万属兔的人，不可能纳入一种性格、一种命运之中，方士们不过是把兔子的乖巧形象附会在人身上罢了。

这里，不妨介绍一些历代属兔的知名人士，借以查证属兔人群中，究竟有无人具有那些优良的性格？

先举属兔的皇帝，他们大多数都做出过一些政绩：

汉宣帝刘询(前90年生，辛卯兔)

东汉光武帝刘秀(前6年生，乙卯兔)

魏文帝曹丕(187年生，丁卯兔)

晋惠帝司马衷(259年生，己卯兔)

南朝齐高帝萧道成(427年生，丁卯兔)

五代前蜀皇帝王建(847年生，丁卯兔)

五代后汉高祖刘知远(895年生，乙卯兔)

五代后蜀皇帝孟昶(919年生，己卯兔)

辽朝天祚帝耶律廷禧(1075年生，乙卯兔)

金朝太宗完颜晟(1075年生，乙卯兔)

南宋光宗赵惇(1147年生，丁卯兔)

明宪宗朱见深(1447年生，丁卯兔)

明世宗朱厚熜（即嘉靖皇帝，1507年生，丁卯兔)

清高宗爱新觉罗弘历（即乾隆皇帝，1711年生，辛卯兔）
此外，属兔的贤相良将有（以下括号中仅记出生公元年代）：
三国东吴大都督周瑜（175年）
晋代大将军陶侃（259年）
晋代大将军刘琨（271年）
东晋名将谢玄（343年）
唐代开国名将李靖（571年）
唐代贤相狄仁杰（607年）
唐代贤相燕国公张说（667年）
唐代理财家宰相杨炎（727年）
唐代名相李德裕（787年）
属兔的著名文人学者有：
汉代经学家马融（79年）
汉代经学家郑玄（127年）
汉末文学家杨修（175年）
三国时文学家、音乐家嵇康（223年）
南朝宋代文学家刘义庆（403年）
唐代高僧法藏（643年）
唐代诗人岑参（715年）
唐代诗人孟郊（751年）
唐代传奇作家白行简（775年）
北宋文学家苏辙（1039年）
宋代书画家米芾（1051年）
元代科学家郭守敬（1231年）
清代学者戴震（1723年）
清代文字学家段玉裁（1735年）

关于咏兔的诗赋

本书收录的咏兔的诗词歌赋上自春秋，下至清代，这些诗歌大体可以分为以下几种类型：

一是以兔起兴，实咏其他，这是古代多数诗歌的普遍特点。如《诗经》中的《兔罝》，是以捕兔之网起兴，来歌咏捍卫公侯的武士。《兔爰》则是以兔作比，讽刺一些坏人逍遥自在。北朝民歌《木兰辞》是以兔之雄雌难分作比，对男扮女装的花木兰之孝义加以叹赞。

二是直接咏兔，寄以关爱。如唐苏拯之《狡兔行》对平田之兔寄予关爱之情。宋梅尧臣等咏白兔诸篇，则对欧阳修所养白兔的来历、遭遇、志趣等，进行全面的吟咏。有的是对兔规劝，如宋秦观的《放兔行》，劝兔子"不如亟返月中宿，休顾商岩并岳麓"，实际上抒发作者自己欲远离尘世的心情。还有人对死去的兔子给以美好的描述，如唐苏颋《咏死兔》，说将镜子照它，无异于月中之景，可说是作者借以表达对兔的钟爱之情。

三是歌咏行猎，涉及狐兔。如唐韩偓《从猎》，正因"马前双兔起"，才"宣示羽林儿"。宋苏轼《祭常山回小猎》，对狩猎的场景作出了生动的描写，虽然对兔一字带过，但整首诗写得很有精神。

四是题画咏兔，拓展视野。这类题画诗数量不少，多数都没有就画论画，而是脱开画面，充分展开想象，纵意表达作者的诗意情怀。例如元杨载《题画兔》四句诗中，没有一个兔字，且前两句完全脱离了画面而是在议论，后两句虽然有暗示兔藏在草间偷食、鹰在一旁窥兔之意，但也没有明说。全诗甚至可以倒过来理解，即画上之兔，虽然现在在草丛之间，但它不是凡兔，而是吃了长生药的仙兔，任何时候都可以腾空入月，鹰犬等将奈其何？

有的诗引用了许多典故，这是古代诗人的偏好，引得最为迂曲的是韩愈的《毛颖传》，这篇文章主要是以拟人化的手法，说明以中山兔之毛作笔，绘出至美图画，写出大块文章。这样一来，似乎古来之名画名文，皆有兔子一份功劳。然后毛笔的外号"毛颖"，也转移到兔子头上去。

至于说到咏兔之赋，除有一篇是写游猎之乐外，其余各篇，可说是集自古以来有关兔子的美好的传说于文中，歌天下祥瑞之事于文内，表内心之祝愿，劝世人以共勉。那些古赋，虽不太易懂，但却包含丰富的文化内涵。

古代涉兔诗

诗经·国风·周南·兔罝

肃肃兔罝①,椓之丁丁②。赳赳武夫③,公侯干城④。

肃肃兔罝,施于中逵⑤。赳赳武夫,公侯好仇⑥。

肃肃兔罝,施于中林⑦。赳赳武夫,公侯腹心⑧。

注 释

①肃肃:网目细密貌。马瑞辰《通释》:"肃肃,盖缩缩之假借。《通俗文》:'物不申曰缩。'兔罝本结绳为之,言其结绳之状,则为缩缩。"闻一多《古典新义·诗经新义五》:"肃当读为缩,缩犹密也……《诗》'肃肃',即'缩缩''数数',网目细密之貌也。"罝(jū):捕兽之网。②椓(zhuó):敲击。丁丁(zhēng):敲击树桩的声音。此指打木桩张捕兔网。③赳赳:威武雄壮。《毛传》:"赳赳,武貌。"④干城:捍卫邦国安全的屏障。⑤中逵(kuí):各条道路交错之处。⑥好仇(qiú):同好逑;好同伴。孔颖达疏:"能匹耦于公侯之志,为公侯之好匹。"⑦中林:林野。《毛传》:"中林,林中。"马瑞辰《通释》:"《尔雅》:'牧外谓之野,野外谓之林。'中林犹云中野。"⑧腹心:心腹之人。

解 说

《诗经》是中国最早诗歌总集,收有西周初年至春秋中叶的诗歌311篇,分为风、雅、颂三个部分。"风"的意思就是当时民歌、风谣,包括十五个地区(邦国)的民歌。《国风·周南》是其中之一,当是在周公统治下的南方(今洛阳以南直到湖北)诗歌。古人说诗有"六义":风、雅、颂、赋、比、兴。风、雅、颂,是从体例分类来说的;赋、比、兴,是从表现手法来说的。宋代朱熹《诗集传》解释为:"赋者,敷陈其事而直言之也;比者,以彼物比此物也;兴者,先言他物以引起所咏之词也。"

这里是一篇赞美武士的诗,共有三段(章)。以"兔罝"起兴,属于"兴"体;实际上是歌颂捍卫公侯的武士。第一段讲猎人安置兔罝,引申出保卫邦国的武士;下面两段是分别在岔路旁、树林里安排罗网,专门捕猎野兔。从这首诗可以看出,古代的这种猎网的安置比较普遍;同时也反映出那时的野兔数量很大,成为人们首选的捕捉对象。

卯兔卷

诗经·国风·王风·兔爰

有兔爰爰①,雉离于罗②。我生之初,尚无为③;我生之后,逢此百罹④。尚寐无吪⑤。

有兔爰爰,雉离于罦⑥。我生之初,尚无造⑦;我生之后,逢此百忧⑧。尚寐无觉⑨。

有兔爰爰,雉离于罿⑩。我生之初,尚无庸⑪;我生之后,逢此百凶。尚寐无聪⑫。

注 释

①爰爰(yuán):悠闲放纵的样子。《毛传》:"爰爰,缓意。"②雉:野鸡。离:假借为罹,遭受,陷于。罗:罗网。③无为:没有什么负担。④百

罹（lí）：百般磨难。⑤无吪（é）：不要动。⑥罦（fú）：捕鸟之网。⑦无造：没有任务。⑧百忧：多种忧患。⑨无觉：不要清醒。⑩罿（chōng）：一种捕鸟的网。⑪无庸：没有徭役。⑫无聪：糊涂。

解说

《王风》中的王，是王畿的简称，即东周王朝直接统治区，大致包括今河南洛阳、偃师、巩县、温县、沁阳、济源、孟津一带。王风就是来自这个区域的诗歌。

这一篇以自由的兔和被捉的山鸡作对比，也分三段，来抒发遭受苦难的人们的悲观愤懑的情绪，仍为"兴"体。这首诗历来有不同的解释。一说诗中以兔喻坏人行恶，却逍遥自在；山鸡喻劳动者辛苦，却遭受网罗，蒙受多种苦难。而《诗序》则云："《兔爰》，闵周也。桓王失信，诸侯背叛，构怨连祸，王师伤败，君子不乐其生焉。"多数现代研究者认为是在变革的时候，当时奴隶主贵族哀叹本身的失势。郭沫若在《中国古代社会研究》中说："这首诗表现一个阶级动摇的时候，在下位的兔子悠游得乐，在上位的野鸡反投了罗网。这投了罗网的野鸡便反反复复地浩叹起来：只睡觉吧，管他呢！"所以实则应为没落贵族感叹生不逢时遭受百忧的诗篇。

诗经·小雅·鱼藻之什·瓠叶

幡幡瓠叶①，采之亨之②。君子有酒，酌言尝之③。

有兔斯首④，炮之燔之⑤。君子有酒，酌言献之⑥。

有兔斯首，燔之炙之⑦。君子有酒，酌言酢之⑧。

有兔斯首，燔之炮之。君子有酒，酌言酬之。

注释

①幡（fān）：犹翩翩，翻动的样子。瓠（hù）叶：葫芦瓜的叶子，嫩时可以做菜。②亨：通烹。③酌：酌酒。言：说。尝：此指饮酒时主人先尝一口，

表示无害。④斯首：只有这一只。⑤炮（páo）：以泥裹而烧之，称为炮。燔（fán）：烤肉至熟，称为燔。⑥献：献酒于宾客。⑦炙（zhì）：在火上熏烤。⑧酢（zuò）：以酒回敬。

解说

《诗经》基本句式是四言，常用叠章形式，即重复几段，意义和字面都只有少量改变，起到一唱三叹的效果。这是歌谣的一种特点，借此强化感情抒发，在《国风》和《小雅》里使用最普遍。所谓"雅"是指王畿之乐，周人称之为"夏"，"雅"和"夏"二字古代通用；"雅"又有正的意思，当时王畿之乐视为正声。既然《雅》是宫廷宴享或朝会时的正规乐歌，故而除《小雅》中留有少量民歌外，大部分是贵族文人的作品。

这是一篇宴请朋友吃喝的诗歌，诗中记述主人之谦辞，言物虽薄而必与宾客同享。诗歌分为四段，属于赋体。第一段讲采摘鲜菜，煮好与客共尝，拿出酒来，主人先品给客人看。下面三段，都在讲述用各种方式烧兔肉品味。先是主人敬酒，再是客人回敬，最后是主客共同欢饮，层次分明。

卯兔卷

天问 战国·楚·屈原

夜光何德①，死则又育②？厥利维何③，而顾菟在腹④？

注释

①夜光：指月亮。德：能力、本领。②死、育：指月亮的亏盈。③厥：其。④菟：与兔通。《战国策·楚策》："菟而顾犬，未为晚也。"洪兴祖补注："菟，与兔同。"

解说

《天问》是屈原的代表作之一，全篇373句、1560字，多为四言；起伏跌宕，错落有致。全文自始至终，完全以问句构成，一口气对天、对地、对自然、对社会、对历史、对人生提出种种疑问，被誉为"千古至奇之作"。

这里所选是《天问》中与兔有关的一节。意思是说：月亮有什么功德，每个月亏了又圆？它上面的黑色东西是什么？难道是一只兔子在那里面？

按：古人凭目力观察明月，月球上起伏地形构成的阴影，很像一棵大树之下，有一只兔子坐在那里捣药，因此想象出月宫中有兔的神话。

十五从军征 汉乐府诗

十五从军征，八十始得归。道逢乡里人，家中有阿谁？遥看是君家，松柏冢累累。兔从狗窦入，雉从梁上飞。中庭生旅谷，井上生旅葵①。舂谷持作饭，采葵持作羹。羹饭一时熟，不知饴阿谁②？出门东向看，泪落沾我衣。

注释

①旅谷：野生谷物。旅葵：野生葵菜。②饴：同贻，馈赠，送给。

解说

《十五从军征》是一首汉代乐府叙事诗，作者不详。全诗描绘了一个少年从军，老才返乡的平民形象。十五岁的未成年人，从军定非自愿；八十岁才有条件回乡，这是多么典型的人间悲剧！它控诉了统治者频繁发动战争，给人民带来深重灾难，批判了封建社会中不合理的兵役制度。诗截取了老兵退役回家的所见所闻所感的生活经历为素材，由远及近，遥看自己的家已是"松柏冢累累"，目睹兔子吓得钻进狗洞，野鸡吓得从梁上飞去，可见这家绝了人迹，已有多年！庭中生出了旅谷，井台长出了旅葵，这残破的家，景象多么悲凉！这位老主人就利用这些谷和葵，做了饭菜，但又能与谁同吃呢？通过他做饭和盼望亲人来吃饭的一系列动作和心理活动的描写，表现了老兵的孤独与凄楚。

木兰辞

唧唧复唧唧①，木兰当户织②。不闻机杼声③，惟闻女叹息。问女何所思，问女何所忆。女亦无所思，女亦无所忆。昨夜见军帖④，可汗大点兵⑤。军书十二卷⑥，卷卷有爷名。阿爷无大儿⑦，木兰无长兄。愿为市鞍马⑧，从此替爷征。

东市买骏马，西市买鞍鞯⑨，南市买辔头⑩，北市买长鞭。旦辞爷娘去，暮宿黄河边。不闻爷娘唤女声，但闻黄河流水鸣溅溅⑪。旦辞黄河去，暮至黑山头。不闻爷娘唤女声，但闻燕山胡骑鸣啾啾⑫。

万里赴戎机，关山度若飞⑬。朔气传金柝，寒光照铁衣⑭。将军百战死，壮士十年归。

归来见天子，天子坐明堂⑮。策勋十二转⑯，赏赐百千强。可汗问所欲，木兰不用尚书郎，愿驰千里足⑰，送儿还故乡。

爷娘闻女来，出郭相扶将⑱；阿姊闻妹来，当户理红妆；小弟闻姊来，磨刀霍霍向猪羊。开我东阁门，坐我西阁床⑲。脱我战时袍，着我旧时裳。当窗理云鬓⑳，对镜帖花黄。出门看火伴，火伴皆惊惶。同行十二年，不知木兰是女郎。

雄兔脚扑朔，雌兔眼迷离㉑。双兔傍地走，安能辨我是雄雌？

注释

①唧(jī)：象声词，唧唧：织机声。②当户：对着门户。古人为便于采光，织机白日多移至门边。成都往日织机有搬至阶沿上者。③机杼(zhù)：机：织机；杼：织梭，反复抛丢，以织纬线。④军帖：军中征兵告示，张布于市井。⑤可汗(kè hán)：古代鲜卑等民族对首领的称号。汗一作罕。⑥军书：军事文书，此指征兵花名册。⑦阿爷：父亲。⑧市：买。鞍马：鞍与马，指买马及马具，旧日出征，武装自备。此处为读去声。⑨东市：古较大城市，尤其京兆之地，有东市西市之设，此南市、北市等皆泛指市场。鞯(jiān)：垫马鞍的毡子。⑩辔(pèi)头：马笼头，套在马头上系缰绳，挂嚼子的用具。⑪溅溅(jiān)：水急流声。⑫黑山：北方秃山，暮色苍茫中，只见一片皆黑。胡骑(jì)：胡人骑兵。一人一马谓之一骑。啾啾(jiū)：马嘶声。⑬戎机：战机、军机。此指与战争相关之事。关山：关隘与山险，此泛指征途。⑭朔气：朔：北方，我国地处北半球，北方吹来之风多寒冷。故朔气即寒气。金柝(tuò)：刁斗。军用铜器，三足

一柄，用以烧饭，夜间用作响器打更。铁衣：铁甲，泛指甲胄。⑮明堂：古帝王宣明政教及朝会、祭祀、庆赏、选士、养老、教学等大典举行之处。《孟子·梁惠王下》："夫明堂者，王者之堂也。"此指朝会处。⑯策勋：功劳簿，记功册书。《左传·桓公二年》："凡公行，告于宗庙；反行，饮至、舍爵、策勋焉，礼也。"杜预注："既饮置爵，则书勋劳于策，言速纪有功也。"十二转：十二次，言其多。⑰尚书郎：官名。东汉制度，取孝廉中有才能者入尚书台，在皇帝左右处理政务，初入者称守尚书郎中，满一年称尚书郎，三年称侍郎。魏晋以后尚书各曹有侍郎、郎中等官，通称尚书郎。千里足：此指千里马。此句一作"愿借明驼千里足"。⑱郭：本指外城，此处借用作门。出郭即出门。扶将：搀扶。⑲东阁、西阁：古人常在东阁做事，如读书、议事、做女红。如所谓"东窗事发"；西阁则作歇宿处，如所谓"合当共剪西窗烛"。⑳云鬓(bìn)：妇女秀发如云，或云髻高耸。㉑扑朔：指雄兔脚毛蓬松，或脚扑腾乱动。迷离：眼睛眯缝。据说，提起兔子耳朵悬着时，雄兔两只前脚时时动弹；雌兔两只眼睛时常眯着；这样才好辨认。扑朔迷离后遂成为模糊不清，蹊跷难明，诡异，不可捉摸的成语。

解　说

　　此诗也叫《木兰诗》，最早见于南朝陈释智匠所编的《古今乐录》，后收入《乐府诗集·横吹曲辞五·梁鼓角横吹曲》，诗或成于北魏后期。一说木兰故事出现在北魏太武帝大破楼兰期间。

　　这是一首流传极广，凡读书者几乎人人能背诵的诗。诗写北朝女子木兰，后人为其加上姓，称花木兰，代父从军，行孝道，卫国家，敢于执金戈，跨铁马，在箭雨枪林中讨生活，有与男子一争高下的英雄气概。歌颂了北朝妇女开放尚武的精神。也描写了木兰行为谨慎，守身如玉的品质，直到她功成身退，理云鬓，贴花黄，出门见伙伴时，才使伙伴大吃一惊，同行十二年，今日方知木兰是女郎。

　　双兔在一起奔跑，难辨雌雄，隐喻木兰的女扮男装，代父从军十二年居然未被发现；如此巧妙的结语，妙趣横生，令人回味。

　　全诗语言畅达，朗朗上口，故事完整，描绘简练生动，行文极有层次，有如行云流水，一气呵成，易记易诵，读之使人对木兰从军事业，如见诸指掌，一个活脱脱的巾帼英雄，跃然纸上。能在这样短的篇章中，如此生动、完整、丰满地塑造一个人物，不能不令人拜倒于作者如椽大笔之下。

另：如与《古诗为焦仲卿妻作》同读，更可见当南北妇女在境遇与性格行为上之差别。

（何焱林补注）

古艳歌

茕茕白兔①，东走西顾。衣不如新，人不如故。

注释

①茕茕(qióng)：孤独无依状。《诗经·小雅·正月》："忧心茕茕，念我无禄。"

解说

这是一首乐府体的古代情歌残句，"艳歌"实即情歌，初见于《太平御览》卷六八九。研究者据《艺文类聚》卷三十记窦玄妻事："后汉窦玄形貌绝异，天子以公主妻之。旧妻与玄书别。"以为是东汉窦玄妻所作的"弃妇诗"，但其书所载窦玄妻诗全文，文字与此不同，亦未言及白兔，故尚未能得出结论。不过此歌为汉代人所作，则近于是。

此歌前两句以孤单的白兔起兴，描写它东张西望，无所适从，隐射年轻人在苦苦寻找恋人；后两句则是乐府诗中常见的语言，衣服固然是新的好，但人还是旧的好。

（冯广宏补充）

白兔颂　晋·张浚

其毛春素，纤毫秋黑①；点缀五采，渐染粉墨。

卯兔卷

盖久隐时见，应世德也；徐疾备体，达消息也②；姿质皓朗，民之则也③；被白含文，好无极也。

秦失鹿于近郊，晋得兔于远境④。

注释

①春素：形容兔毛春天时的素净。纤毫：细密杂乱的兔毛。②世德：社会风尚。徐疾：慢和快。备体：集中于一身。消息：消长，增减。③皓朗：洁白明亮。则：典范。④秦失鹿：即"秦失其鹿，天下共逐"一语的简化，见《史记·淮阴侯列传》。起初刘项相争，蒯通劝韩信自立。后来刘邦召蒯通问罪，蒯通用此语来作解释。晋得兔：指永康元年（300）"西河言白兔见"的事。见《艺文类聚》卷九九。古代野兔未作驯养，天然的白兔比较稀少，视为祥瑞。

解说

作者张浚为西晋初期大臣。因永康元年（300）地方政府报告，发现了代表祥瑞的白兔，并曾三次向朝廷进贡，故张浚作此颂加以赞美。此颂全文不传，这里是《艺文类聚》卷九五所录的摘句。但仅从所摘数句，亦可得见此颂华美的文辞和严密的结构。首段描写白兔毛色的鲜明，富于季节变化，好像一张白纸，能够在上面画出新美的图画。中段前4句讲白兔的不易捕捉，把野兔的时隐时现，比作一种社会性格；野兔的忽快忽慢，比作世事的盈虚消长；后4句极力形容兔子的洁白，已经达到登峰造极，可作民之准则。后段两句，引用典故为辞，意犹未尽。

（冯广宏补充）

咏兔 唐·李峤

上蔡应初击①，平冈远不稀。目随槐叶长，形逐桂条飞。
汉月澄秋色，梁园映雪辉②。惟当感纯孝，郭郭引兵威③。

注释

①上蔡：名，古蔡国之地，今属河南驻马店市。此处用秦李斯典故，李斯

是上蔡人,《史记》称秦二世二年七月,李斯被赵高陷害,论罪腰斩于咸阳市。在刑场上与其中子相聚,对中子说:"吾欲与若复牵黄犬,俱出上蔡东门逐狡兔,岂可得乎?"父子相哭,而夷三族。②梁园:汉梁孝王刘武营建的游赏之所,又名梁苑、兔园。故址在今河南商丘县(古为睢阳县)东。晋葛洪《西京杂记》:"梁孝王好营宫室苑囿之乐,作曜华之宫,筑兔园,中有百灵山,山有肤寸石、落猿岩、栖龙岫。又有雁池,池间有鹤洲凫渚。其诸宫观相连,延亘数十里,奇果异树,瑰禽怪兽毕备。"园中珍禽怪兽应有尽有,但未记载有兔,兔园只是一个名称而已。当世名士司马相如、枚乘、邹阳等都曾为园中之客,枚乘及后来的江淹还曾作《梁王兔园赋》。唐白居易《雪中寄令狐相公兼呈梦得》诗有"兔园春雪梁王会,想对金罍咏玉尘"之句。③纯孝:孝之纯正者。东汉有孝子感动白兔来游之事。谢承《后汉书》"方储幼丧父,负土成坟,种奇树千株,白兔游其下"。《后汉书》又有"蔡邕性笃孝","母卒,庐于冢侧,动静以礼。有兔驯扰其室旁"。郭郭,外城。《汉献帝春秋》说:张杨大将睦固屯于射犬城,巫师劝告他:"将军本名曰兔,不宜屯此。"睦固不从,结果受到袭击。

解说

作者李峤(644~713),字巨山,赵州赞皇人。唐武则天时,每有大手笔,皆特命李峤来作。官升鸾台侍郎、知政事,封赵国公。景龙年间,任兵部尚书同中书门下三品。后来唐明皇贬之为滁州别驾。

这首咏兔五言律诗,全以涉及兔的典故堆砌而成,以兔涉喻人事,言简意丰,这是中国近体诗歌的一大特色。

咏死兔 唐·苏颋

兔子死兰弹①,持来挂竹竿。
试将明镜照,何异月中看②。

注释

①兰弹:与"阑殚"同,疲软松散貌。②月中看:古人观察满月中的阴

影，好像有个兔子在里面。

解 说

作者苏颋(670~727)，字廷硕，雍州武功人。幼年敏悟，一览千言，都能背诵。神龙年间曾任给事中、修文馆学士、中书舍人。唐明皇爱其文，由工部侍郎进升紫微侍郎，知政事，袭其父封爵，号"小许公"。因文章成就与燕国公张说并驾齐驱，时号"燕许大手笔"。其诗骨力高峻，韵味深醇，情景声华俱佳。后人辑有《苏廷硕集》。

他父亲苏瑰起初不喜欢他，常让他小时在马厩中与佣工一起劳动。后来有人献兔，悬挂在廊庑之下。苏瑰就以此为题，叫他写一首诗。苏颋很快就做出《咏死兔》，使苏瑰大为惊奇，才加意培养他。于是学问日新，文章盖世。

此诗题为"咏死兔"，是说一只疲软的死兔，挂在竹竿上；可是如果将其反照在圆圆的镜子里，它便会像是身居在月宫之中了。言外之意说，尊卑视其环境、机遇而定，卑贱之物也决不能小看。

御箭连中双兔　唐·苏颋

宸游经上苑①，羽猎向闲田。狡兔初迷窟，纤骊讵着鞭②。三驱仍百步③，一发遂双连。影射含霜草，魂消向月弦。欢声动寒木，喜气满晴天。那似陈王意④，空随乐府篇。

注 释

①宸游：皇帝出行。上苑：皇家宫苑。②纤骊：细小的马。讵(jù)：怎么。③三驱：语出《周易·比》（䷇）爻辞"王用三驱，失前禽"。意为帝王出猎。④陈王：指三国时魏国曹植，有此封号。其乐府诗有《野田黄雀行》《白马篇》，言及打猎。

解 说

这是一首五言排律诗。所谓排律，是律诗的一种，凡五、七言律诗中间对偶句在三联以上的称排律，也叫长律。起源于南朝宋颜延之、谢瞻诸人；唐人省试应制用排律,但六韵而止,可见《文苑英华》载唐初诸家的诗。本诗歌颂皇帝出猎,一箭居然射中两只兔子。诗中的"含霜草",象征白兔;"向月弦"一方面指弓的拉满,一方面兔子与月宫也有密切关系,语带双关。末句说陈思王曹植,写了好几篇涉及打猎的乐府,可是都在讲空话,不像如今的皇上,取得了实实在在的成绩。

宫词 唐·王建

新秋白兔大于拳,红耳霜毛趁草眠①。
天子不教人射杀,玉鞭遮到马蹄前②。

注释

①趁:同趁,利用。②玉鞭:皇帝的马鞭。

解说

作者王建(约767~约830),字仲初,颍川(今河南许昌)人,大历年间进士。贞元十三年(797),辞家从戎,曾北至幽州、南至荆州等地,写了不少以边塞军旅为题材的诗篇。他一生沉沦下僚,生活贫困,因而了解人民疾苦,又写出大量优秀的乐府诗,与当时张籍齐名。他还写了《宫词》百首,突破前人叙述宫中怨女的窠臼,广泛描绘宫阙楼台、早朝仪式、节日风光、帝王行乐、歌伎乐工和宫禁琐事,犹如一幅又一幅风情画,成为研究唐代宫廷生活的重要资料。

其著作今传刻本有:《王建诗集》十卷,南宋陈解元书棚本,1959年中华书局上海编辑辑校重印;《王建诗集》八卷,明汲古阁刻本;《王司马集》八卷,清胡介祉刊本;《宫词》一卷等。

宫词一般是七言绝句。王建的百首宫词,直接揭露了长庆、宝历年间皇室生活的种种情事,这里所选是第23首。写到初秋季节帝王围猎,面对依草而眠、只有拳头大小的白兔,引发了皇帝恻隐之心,赦免了那红耳白毛、小而可爱的白兔,将其马鞭挡在马蹄之前,不让人们射杀。

田野狐兔行 唐·元稹

种豆耘锄,种禾沟甽①。禾苗豆甲,狐榾兔翦②。割鹄喂鹰③,烹麟啖犬④。鹰怕兔毫,犬被狐引。狐兔相须⑤,鹰犬相尽。日暗天寒,禾稀豆损。鹰犬就烹,狐兔俱哂⑥。

注 释

①甽(quǎn):田间水沟;引申为灌溉。②榾(gǔ):树苑,断木头。这里是弄断的意思。翦(jiǎn):通剪,剪除之意。表明狐兔摧残幼苗。③鹄(hú):鸟名,天鹅。或通鹤。④麟:兽名,麒麟。古代传为珍兽。⑤相须:互相配合,相依。⑥哂(shěn):暗笑。讥笑。

解 说

作者元稹(779~831),字微之,唐代著名诗人,洛阳人。自幼丧父,在其母教育下,九岁即能作文,十五岁擢明经进士,补校书郎。宪宗时,出为河南尉,后拜监察御史。按狱东川,弹劾节度使严砺。后贬江陵士曹参军,经白居易等出面论诬,改任通州长史。其诗当时与白居易齐名,号为"元和体"。穆宗为太子时,宫内妃嫔皆习诵其诗,宫中呼为"元才子",因此对他印象良好。

这里所选是一首咏狐兔的四言诗,全诗以狐和兔联系在一起,以负面角色出现。诗的意思是说田中种有豆禾,经常被狐兔所损,而人们用珍异的动物来喂鹰犬,本想用来制服狐兔,但鹰常被兔毛之光刺眼,犬常被狐的骗术所引开;狐与兔互相配合,彼此相依;而鹰犬却在互相争斗。到了秋寒季节,禾豆已经被摧残得乱七八糟,再也用不着失职的鹰犬来看护,于是就被杀而烹之。这时,狐兔却在一旁偷偷地冷笑。全诗以田野狐兔比喻世事,朝廷给了大官们高名厚禄,本想让他们惩治破坏社会生活的盗贼,可是那些官吏热衷于内斗,放纵盗贼而不管不顾,结果被御史弹劾、朝廷问罪,反遭盗贼的哂笑,这一结果不能不引人深思。

从猎（三首选一）　唐·韩偓

猎犬谙斜路①，宫嫔识认旗②。
马前双兔起，宣示羽林儿③。

注释

①谙(ān)：熟悉。②认旗：行军时主将作为标志的旗帜。旗上有不同标记，以便士兵辨认。《通典·兵二》："认旗远看难辨，即每营各别画禽兽自为标记。"元胡三省注《资治通鉴》曰："凡行军，主将各有旗以为表识，今谓之'认旗'。"③羽林儿：皇帝的卫军士兵。

解说

作者韩偓（842～923），字致光（一作尧），京兆万年人。唐龙纪元年进士，召拜左拾遗、谏议大夫，历任翰林学士、中书舍人、兵部侍郎。因不附朱全忠，被贬为濮州司马，再贬荣懿尉，徙邓州司马。天祐二年复原官，不赴。

其作品有《韩内翰别集》一卷，附补遗一卷。另《香奁集》一卷本传世。《香奁集》一作和凝作。今人有《韩偓诗注》印行。

这首诗题为"从猎"，原为三首组诗之一。由此题就说明了作者不是打猎的主人，而是跟随皇家，目睹打猎的盛况，作者用三首五绝诗，生动地记载下来；这里所选是开头就有兔子的一首，因为最早出场的是野地里奔出来的一对兔子。诗句说：猎犬很熟悉山野小道，随从的宫嫔们也很熟悉猎队的旌旗，表明他们常来这里打猎。当纵马奔驰之时，忽然惊起两只兔子。这时，皇帝赶快宣示羽林军的健儿们：拿出你们的本事，捉住兔子，定有重赏。短短二十字，皇家打猎的气派、人物情态和经过、跃然纸上。

狡兔行　唐·苏拯

秋来无骨肥①，鹰犬遍原野。草中三穴无处藏②，何况平田无穴者？

注释

①无骨：指野草。②三穴：即三窟，俗称"狡兔有三窟"。

解说

作者苏拯，为唐光化年间人，有诗一卷。

这首诗意思是说，秋来草盛，兔子也吃肥了，遍野有鹰犬在追逐，所以处于危险境地。草中即使有三窟，也无法隐藏。何况这平原之地，没有看到有什么洞穴，狡兔将何所去？命运堪忧！此诗表面说兔，示以同情；实际上暗指世道险恶，做人也难，特别是胸无城府如"平田无穴"一样的人，更会处处遭人暗算。

永叔白兔 宋·梅尧臣

可笑嫦娥不了事①，却走玉兔来人间②。分寸不落猎人口，滁州野人获以还③。霜毛丰茸目睛殷④，红绦金练相系摆⑤。驰献旧守作异玩⑥，况乃已在蓬莱山。月中辛勤莫捣药⑦，桂傍杵臼今应闲⑧。我欲拔毛为白笔，研朱写诗破公颜⑨。

注释

①不了事：不懂事。②却走：放走。③野人：乡野之人，指当地农民。④丰茸：茂盛的茸毛。殷：大而红。⑤绦（tāo）：丝绳。系摆（huàn）：拴缚缠绕。⑥旧守：旧日的太守，即欧阳修，曾任滁州太守。⑦捣药：古代传说月宫中有玉兔在桂树下面捣药。⑧杵臼：捣药之棒槌和盛药之石臼。⑨破公颜：使公破颜而笑。公指永叔。

解说

作者梅尧臣（1002~1060），字圣俞，世称宛陵先生，北宋著名现实主义诗人。宣州宣城（今属安徽）人。初试不第，50岁后，于皇祐三年（1051）始得宋仁宗召试，赐同进士出身，任太常博士。因欧阳修推荐，为国子监直讲，累迁尚书都官员外郎，参与编撰《新唐书》，因此与欧阳修关系密切。诗题中"永叔",是欧阳修的字,他曾经喂养过捉到的白兔,传为佳话。

这是一首咏欧阳修所养白兔的古风。诗的意思是说:月里嫦娥放走了玉兔来到人间,掌握好分寸不让兔子落入猎人之口,由滁州乡人捕获而归。这只兔白毛丰盛,眼睛大而红。于是用丝绳拴起,献给老太守作宠物。这里可说是仙境,不用像在月宫捣药那样辛苦,桂树旁的杵臼,现在只好闲起了。作者说,我想拔它的毫毛作一杆笔,然后研细朱丹写一首诗,使永叔先生破颜而笑。

全诗从头至尾将兔之来历、兔之特性、兔之故事、兔毛作用尽纳其中,想象丰富而颇有情趣。

永叔云诸君所作皆以嫦娥月宫为说愿以新意别作一篇 宋·梅尧臣

毛氏颖出中山中①,衣白兔褐求文公②。文公尝为颖作传,使颖名字传无穷。遍走五岳都不逢,乃至琅琊闻醉翁③。传是昌黎之后身④,文章节行一以同。滁人喜其就笼绁⑤,遂与提携来自东。见公于巨鳌之峰⑥,正草命令词如虹。笔秃愿脱颖以从,赤身谢德归蒿蓬⑦。

注释

①毛氏颖:即毛颖,毛笔之尖端。韩愈曾将毛笔拟人化,写过一篇《毛颖传》,这里引用其事。②文公:指唐代文学家韩愈,字退之,卒谥文,世称韩文公。③琅琊:滁州之琅琊山。闻:打听。这里是把韩愈文中兔毛所拟之人,与白兔等同起来,说它想去找欧阳修。醉翁:嗜酒的老人,欧阳修常以自称,见《醉翁亭记》。④昌黎:韩愈以先世郡望自称昌黎人,后人即以"昌黎"指韩愈。⑤滁人:滁州人。绁(xiè):绳索拴捆。⑥公:指欧阳修。鳌之峰:即"鳌峰",指翰林院。宋魏泰《东轩笔录》卷十一:"宋景文公守益州……为承旨,又作诗曰:'粉署重来忆旧游,蟠桃开尽海山秋。宁知不是神仙骨,上到鳌峰更上头。'"元黄溍《上都分院》诗:"暮投玉堂署,鳌峰屹中央。"⑦蒿蓬:乱草,借指乡野。

解 说

　　这又是一首咏永叔白兔的诗。与前诗不同的是，按照欧阳修的要求，避开了嫦娥与月那些常见的熟典，借用韩愈文章中的毛颖作为白兔的化身。全诗可分四段：第一段4句是说中山里的毛颖（兔）穿着白色的兔皮袄，去求韩文公作《毛颖传》，使其传名于后世；第二段4句说毛颖走遍五岳，寻文公而不遇，却遇到了文公后身，那就是文章道德与文公相同的醉翁（欧阳修）；第三段3句表述兔子自愿让滁人捉进笼子，提着往东走，到巨鳌峰来见醉翁。第四段3句说奉命撰文，笔都写秃，毛颖愿将身上之毛来替换，赤身谢公之德，而归隐于蓬蒿之中。全诗想象丰富，不落窠臼。

白兔　宋·欧阳修

　　天冥冥①，云濛濛②，白兔捣药嫦娥宫。玉关金锁夜不闭，窜入滁山千万重。滁泉清甘泻大壑，滁草软翠摇轻风。渴饮泉，困栖草，滁人遇之丰山道③。网罗百计偶得之，千里持为翰林宝。翰林酬酢委白璧，珠箔花笼玉为食。朝随孔翠伴，暮缀鸾凤翼；主人邀客醉笼下，京洛风埃不霑席。群诗名貌极豪纵，尔兔有意果谁识？天资洁白已为累，物性拘絷尽无益④。上林荣落几时休⑤，回首峰峦断消息。

注 释

　　①冥冥：晦暗，昏昧。②濛濛：密布，迷茫。③丰山：滁州山。④拘絷(zhí)：束缚。⑤上林：秦宫旧苑，汉初废。汉武帝时重新扩建。故址在今西安市。西至周至、户县界。《三辅黄图·苑囿》称："汉上林苑，即秦之旧苑也。《汉书》云：'武帝建元三年，开上林苑，东南至蓝田宜春、鼎湖、御宿、昆吾，旁南山而西，至长杨、五柞，北绕黄山，濒渭水而东，周袤三百里。'离宫七十所，皆容千乘万骑。"后泛指皇家苑囿。荣落：繁荣与没落，喻世事多变。

解 说

　　欧阳修（1007～1073），字永叔，号醉翁，又号六一居士；吉安永丰（今属江西）人。四岁丧父家贫，母亲郑氏以荻画地，教以识字。好学聪敏，终成北宋卓越的文学家、史学家。仁宗时，累擢知制诰、翰林学士；英宗时官至枢密副使、参知政事；神宗朝迁兵部尚书，以太子少师致仕。在政治和文学方面都主张革新，既是范仲淹庆历新政的支持者，也是北宋诗文革新运动的领导者。一生著述繁富，曾与宋祁合修《新唐书》，并独撰《新五代史》。卒谥号文忠，世称欧阳文忠公。

这是欧阳修自咏所养白兔之诗。全诗大致可分三段：第一段10句，叙述白兔先在月宫后到滁州之情景；第二段10句，说在滁州被捕，献于翰林学士之后的情景。翰林不惜白璧的代价，装进珠笼，与孔雀翠鸟为伴，成为宠物；经常请客对笼饮酒，客人写了许多赞美诗，但兔子能领悟吗？第三段表述作者对兔子的感叹：洁白已为累，拘縶更无益，皇家的上林苑里花树不断兴衰，世事沧桑多变，回首山林也断了消息！最后抒发感慨：物各有性，遵循自然，勿为眼前物欲所累，隐含富贵浮云、荣枯咫尺无常之意。

赋永叔家白兔 宋·韩维

天公团白雪，戏作毛物形。太阴来照之①，精魄孕厥灵。走弄朝日光，赩然丹两睛②。不知质毛异，乃下游林垧③。一为世俗怪，置网遂见萦。我尝论天理，于物初无营。妍者偶自得，丑者果谁令。豺狼穴高山，吞噬饫膻腥。苍鹰攫不得④，逸虎常安行。是惟兽之细，田亩甘所宁。粮粒不饱腹，连群落燖烹⑤。幸而护珍贵，愁苦终其生。纠纷祸福余，未易以迹明。将由物自为，或系时所丁⑥。恨无南华辩⑦，文字波涛倾。两置豺与兔，浩然至理真。

注释

①太阴：月亮。②赩(xì)然：又红又亮。③林垧(jiōng)：一作林垧：树林以外之地。远郊。④攫(jué)：捉。⑤燖(xún)烹：用火烧熟。⑥丁：遭遇。⑦南华：指《庄子》一书。

解说

作者韩维（1017～1098），字持国，开封雍丘（今河南杞县）人。宋仁宗时由欧阳修荐知太常礼院，不久出为通判泾州、淮阳郡王府记室参军。英宗召为同修起居注，进知制诰、知通进银台司。神宗熙宁二年（1069）迁翰林学士、知开封府。因与王安石议论不合，出知襄州，改许州，历河阳，复知许州。哲宗即位，召为门下侍郎；后出知邓州，改汝州，以太子少傅致仕。绍圣二年（1095）定为"元祐党人"，再次贬谪。因韩维曾封南阳郡公，故后人名其集为《南阳集》，计三十卷。

这首五言古风，仍是吟咏欧阳修那只白兔。开头10句，叙述白兔形态和被捕经过；以下各句全部展开讨论。像兔子这样的弱小动物，不是被狼鹰所食，就是让人捕来当菜，可是这只白兔由于体形异常，作为宠物活了下来，但仍然关在笼中，失去自由。这究竟是福是祸？只有庄子才弄得清楚了。全诗立意独特，与前几首都不相同。

信都公家白兔 宋·王安石

水晶为宫玉为田，嫦娥缟衣洗朱铅①。宫中老兔非日浴，天使洁白宜婵娟。扬须弭足桂树间，桂花如霜乱后前。赤鸦相望窥不得②，空凝两瞳射日丹。东西跳梁自长久③，天毕横施亦何有④？凭光下视置网繁⑤，衣褐纷纷谩回首。去年惊堕滁山云，出入墟莽犹无群。奇毛难藏果见获，千里今以穷归君。空衢险幽不可返⑥，食君庭除嗟亦窘。今予得为此兔谋，丰草长林且游衍⑦。

注释

①缟衣：白衣。朱铅：指涂面用的化妆品。一般指胭脂与铅粉。②赤鸦：太阳的别称。③跳梁：极其活跃。④天毕：即天上的毕星。《诗·小雅·大东》"有捄天毕，载施之行。"朱熹集传："状如掩兔之毕。"按，毕的意思就是长柄网。⑤罝（jū）网：捕兔的罗网。⑥空衢：空旷的十字路。《三国志》裴松之

注:"一兔走衢,万人逐之。一人获之,贪者悉止。"⑦游衍:自由游憩。

解说

作者王安石(1021~1086),宋代改革家、思想家和文学家。字介甫,号半山。江西临川(今江西抚州)人,世称临川先生。庆历二年(1042)进士第四名及第。宋神宗召为翰林学士兼侍讲。熙宁二年(1069)任参知政事,次年拜相。在神宗支持下,制定并推行农田水利、青苗、均输、保甲、免役、市易、保马等新法。因遭到反对派的攻击,于熙宁七年(1074)罢相,次年复拜相。熙宁九年(1076)再次辞去相位,退居江宁,潜心于学术研究和诗歌创作。其文章以论说见长,列于唐宋八大家。

题中"信都公"亦指欧阳修,这首诗也是咏欧阳修白兔的古风,可分为前后两段。前段12句,描述白兔在月宫中的生活情景。后段描述兔到滁州后的境遇以及对兔子的希望,还是回到树林草丛之中,去享受自由自在的生活为好,其主旨与前首相似。

祭常山回小猎 宋·苏轼

乙卯冬,祭常山回,与同官习射放鹰作。

青盖前头点皂旗①,黄茅冈下出长围。
弄风骄马跑空立,趁兔苍鹰掠地飞。
回望白云生翠巘②,归来红叶满征衣。
圣明若用西凉簿③,白羽犹能效一挥④。

注释

①青盖:青色的车篷。皂旗:黑旗,此指打猎的马队。养马之官,其衣皂,故称。②趁:追赶。巘(yǎn):苍翠的山峰,指常山。③圣明:指当时朝廷、皇帝。西凉簿:指十六国时期前凉凉州主簿谢艾。谢艾为甘肃敦煌人,十六国时名将,本为书生,却善于用兵,屡次击退来侵之敌,护国有功。④白羽:白色的羽扇,儒将所持。

解说

作者苏轼（1037~1101），字子瞻，号东坡居士，世人多称苏东坡，眉州人，北宋著名文学家、书画家，诗词文赋，均成就极高，为唐宋八大家之一。其散文与欧阳修并称欧苏；诗与黄庭坚并称苏黄；词与辛弃疾并称苏辛；书法名列苏、黄、米、蔡四大家。嘉祐二年（1057）与弟苏辙同登进士。授大理评事，签书凤翔府判官。熙宁二年（1069）为判官告院，与王安石政见不合，反对推行新法，自请外任，出为杭州通判；迁知密州，移知徐州。元丰二年（1079），罹"乌台诗案"，责授黄州团练副使，本州安置，不得签书公文。哲宗立，高太后临朝，复为朝奉郎知登州；旋迁为礼部郎中，除起居舍人，迁中书舍人，又迁翰林学士知制诰，知礼部贡举。元祐四年（1089）出知杭州，后改知颍州、扬州、定州。元祐八年（1093）哲宗亲政，远贬惠州，再贬昌化军。徽宗即位，遇赦北归，建中靖国元年（1101）卒于常州。谥号文忠。

这是一首咏围猎的七律，并非专门咏兔。首联点题，勾画出狩猎队伍的气派和场面。颔联转向狩猎场面的精心描绘。场面宏大，动态十足，这才将兔作为猎物点出。颈联写猎罢归来的风度神采，以优美如画的语言塑造踌躇满志的形象。经过紧张的围猎，诗人现在一身轻快，不由回头眺望方才鏖战之处，白云缭绕常山，一路归来，火红的树叶已经沾满了征衣。至此，诗人在尾联直接倾吐怀抱，一吐豪情，非常有力。以谢艾自许，说朝廷如果委以边任，定能够挥兵败敌，抒发了自己渴望驰骋疆场、为国效力的豪情壮志与激越情怀。

放兔行 宋·秦观

兔饥食山林，兔渴饮川泽。与人不瑕疵①，焉用苦求索。天寒草枯尽，见窘何太迫。上有苍鹰虞②，下有黄犬厄③。微命无足多，所耻败头额。敢期挥金遇④，倒橐无难色⑤。虽乖猎者意⑥，颇塞仁人责。兔兮兔兮听我言，月中仙子最汝怜。不如亟返月中宿，休顾商岩并岳麓⑦。

注释

①不瑕疵：无过失，和谐相处。②虞：忧虑。③厄：迫害。④挥金：拿钱，给予好处。⑤倒橐：将袋子里的东西倒出来。⑥乖：背离。⑦商岩：隐士所居之处。岳麓：即南岳衡山之北麓。

解说

作者秦观（1049～1100），字少游，一字太虚，号淮海居士、邗沟居士。扬州高邮（今属江苏）人。北宋文学家。元丰八年（1085）进士。曾任太学博士、秘书省正字、国史院编修官。政治上倾向旧党，哲宗时新党执政，绍圣初(1094)坐元祐党籍，出任杭州通判，又被贬监处州、郴州、横州、雷州等地。徽宗即位后任命为复宣德郎，后在北归途中卒于滕州。与黄庭坚、张耒、晁补之合称"苏门四学士"。其散文长于议论。

这首咏兔的古风，可分前中后三段。前段10句，叙述兔子的坎坷境遇；兔子与世无争，与人无害，却处处受鹰犬的追杀。中段4句，说作者在猎人手中买下这兔，把它放归自然，略表仁人之心。后段4句是作者劝兔子的话：还是月宫好，只有嫦娥最怜爱你，速速回去吧，不要顾恋那些山林了。《放兔行》虽然描述放兔，实际上用兔来影射世道的险恶和自身的遭遇，反映了作者不满现实、追求美好境界的愿望。

题画兔　宋·陈与义

碎身鹰犬惭何忍①，埋骨诗书事亦微②。
霜落深林可终岁③，雄雌暖日莫忘机④。

注释

①碎身鹰犬：被鹰犬所吃。②埋骨诗书：被诗书所记载。③终岁：一年生活。④忘机，是忘却计较或巧诈之心；莫忘机，是叫兔子不要放松警惕，谨防被捉。

解 说

陈与义(1090~1138),字去非,号简斋,其先祖居京兆,自曾祖陈希亮迁居洛阳,故为宋代河南洛阳人(今属河南)。他生于宋哲宗元祐五年,卒于南宋宋高宗绍兴八年。在北宋做过地方府学教授、太学博士;在南宋为朝廷重臣,也是北宋末、南宋初杰出诗人,工填词。其词存于今者虽仅存19首,却风格别具,尤近于苏东坡,语义超绝,笔力横空,疏朗明快,自然浑成。有胡稚笺注《简斋诗集》三十卷,附《无住词》一卷传世。

这是一首题兔画的七言绝句。画中有两只兔子(雄雌各一)在暖日下悠闲自得地晒着太阳。作者见此展开了联想:看到过有的兔子被鹰犬所捕食,那是多么残忍的情景;而如这书画之中事,就太少了。"霜落深林",虽环境冷寂,毕竟过上终岁安全无虞的生活。两只可爱的兔子啊,还是不要太疏忽大意了,你们应有自我保护的意识呀。

谢陈希颜惠兔羓 宋·杨万里

东郭阿𪊏驼褐裳①,清腹不着烟火香。姮娥唤入广寒殿,诏许捣药不许尝。金丹炼成紫皇喜,玉臼自携云汉洗②。偷将饥吻吸琼浆,蜕尽骨毛作仙子。鬟丝吹落桂枝风,人间封作管城公③。先生何许得尸解,貌如枯蟾带玄疥④;麒麟臂脯未必如,耶律晒羓差不大⑤。先生锦心水雪肠,银钩珠唾千万章⑥。管城奔命困书围,阿𪊏漆身嬉醉乡⑦。老夫去年左车脱,匙抄烂饭犹戛戛⑧;太息再拜谢阿𪊏⑨,尚堪挂壁紫蛛尘,一饭瞻仰齿生津。

注 释

①东郭阿𪊏(qūn 或 jùn):古书中兔的别名,亦作"东郭逡"或"东郭俊"。《战国策》引淳于髡对齐王说的话:"韩卢者,天下之壮犬也;东郭逡者,海内之狡兔也。韩卢逐东郭逡,环山者三,腾山者五。兔极于前,犬疲于后。田父见之,无劳倦之苦而擅其功。"驼褐裳:用驼毛织成的衣服。宋孙光宪《北

梦琐言》卷十五言昭宗宴于寿春殿，"茂贞肩舆，衣驼褐，入金鸾门，易服赴宴。"②云汉：即银河。③管城公：兔毛笔的代称。唐代韩愈曾撰《毛颖传》，戏说毛笔被封在管城，称"管城子"。④何许：在哪里。尸解：泛指死亡。修道者去世，道家则称得到尸解。此处戏称兔为先生，干兔为尸解。枯蟾：干枯的蟾蜍。玄疥：暗色的疥疮。疥是一种非常刺痒的皮肤病，由疥虫寄生而引起，症状是起丘疹而不变颜色。⑤擘(bò)脯：剖开干麒麟肉。晋葛洪《神仙传·麻姑》："坐定，召进行厨，皆金盘玉杯，肴膳多是诸花果，而香气达于内外。擘脯行之如柏灵，云是麟脯也。"耶律晒靶(bā)：指辽太宗耶律德光尸体被晒干处理。《旧五代史·契丹传》："契丹人破其尸，摘去肠胃，以盐沃之，载而北去。汉人目为'帝靶'焉。"《说郛》卷八引宋文惟简《虏廷事实》：契丹"富贵之家，人有亡者，以刃破腹，取其肠胃，涤之实以香药盐矾，五彩缝之，又以尖苇筒刺于皮肤，沥其膏血且尽，用金银为面具，铜丝络其手足。耶律德光之死，盖用此法，时人目为帝靶，信有之也。"靶的原义是加工过的大块干肉，泛指干制食品。⑥银钩珠唾：形容人书法犹如银钩，言谈犹如吐珠。⑦书囿(yòu)：犹言文章园地。南朝陈徐陵《与杨仆射书》："足下清襟，胜托书囿文林。"漆身：用战国豫让"漆身为厉"的典故。此人为了化装变形，以漆涂身，疮如病癞。此处隐指干兔。⑧左车脱：左边牙齿脱落。唐韩愈《与崔群书》："近者尤衰惫，左车第二牙无故动摇脱去。"戛戛(jiá)：艰难貌。亦可理解为牙齿动摇的声音。⑨太息：即叹息。

解说

作者杨万里（1127～1206），字廷秀，号诚斋。吉州吉水（今属江西）人。南宋绍兴二十四年（1154）进士。历任国子博士、太常博士，太常丞兼吏部右侍郎，提举广东常平茶盐公事，广东提点刑狱，吏部员外郎等。因反对以铁钱行于江南诸郡，改知赣州，不赴，辞官归家。他与陆游、范成大、尤袤并称"南宋四家""中兴四大诗人"。

这首七言古风，主题是感谢友人陈希颜赠送干兔，即题中的"兔靶"；因而回赠一诗，写得十分风趣。陈生平不详。此诗前10句，戏称此兔为"阿逡"，极力描写月宫里的兔子如何成仙得道，在人间还被人称为管城公。下面4句，则以典故描述干兔，成为高雅的食品。再下4句，转为称赞赠兔者的文采，把兔毛笔都写累了。最后5句，则埋怨自己牙齿不好，只能吃点烂饭，啃不动这只干兔，只好挂起来让蜘蛛结网，吃饭的时候看看它，就算是望梅止渴吧。

（冯广宏补充）

应制咏白兔 金·杨云翼

圣德如天物效祥，褐夫新赐雪衣裳①。
光摇玉斗三千丈②，气傲金风五百霜③。
禁籞合栖瑶草影④，御铲犹认桂枝香⑤。
中兴庆事光图谱⑥，黼座齐称万寿觞⑦。

注 释

①褐夫：穿粗布衣者。《孟子·公孙丑上》："视刺万乘之君，若刺褐夫。"此处说白兔就像衣褐的兔子换上了雪白的衣服。②玉斗：北斗。李白《秋夜宿龙门香山寺从弟幼成令问》诗："玉斗横网户，银河耿花宫。"③金风：西风。《文选·张协〈杂诗〉》："金风扇素节，丹霞启阴期。"李善注："西方为秋而主金，故秋风曰金风也。"④禁籞(yù)：一作禁藥，禁苑藩篱。亦指禁苑。唐杨炯《送并州旻上人》诗序："风烟凄而禁籞寒，草木落而城隍晚。"瑶草：传说之香草。东方朔《与友人书》："相期拾瑶草，吞日月之光华，共轻举耳。"泛指嘉草。⑤御铲：即御炉，皇帝所用薰香之炉。⑥图谱：指有图的地志，代指江山。⑦黼(fǔ)座：即帝座。天子座后设黼扆(yǐ)，故名。觞(shāng)：盛酒的杯，即以指酒。

解 说

杨云翼(1170~1228)，字之美，平定乐平（今山西昔阳）人。金代文学家。章宗明昌五年(1194)经义进士第一，词赋中乙科。宣宗兴定二年(1218)拜礼部尚书，转吏部尚书，终于翰林学士，谥文献。练达吏事，直言敢谏。元好问曾盛称"唯其视千古而不愧，是以首一代而绝出"。主持科举30年，与赵秉文轮流执掌文柄,门生半天下。一时高文大册,多出其手。其诗作往往不加藻饰而近于质直,有工炼平稳风;古文则长于论辩,说理明晰。《谏伐宋疏》是他代表作。

这是一首皇帝出题咏白兔的七律,称为应制诗。第一联感恩圣德如天,如白兔之白,乃上天所赐的祥瑞。第二联具体描写说它光彩照人:光摇北斗三千丈星空,气傲秋天五百里霜地。第三联说兔在皇宫里喂养,禁苑里有它所栖息如瑶池的嘉草,御炉里有桂枝阵阵芳香,生活环境是多么高贵、优越。此两联暗喻自己如能高中,在皇恩庇护下,将可施展报效国家的才能。末联是应制诗的必然结语:庆贺中兴,齐贺皇寿!照应开头,突出全诗的主旨。

(何焱林补注)

画兔 金·李纯甫

三窟言何鄙①,中林计未疏②。
贫而长衣褐③,老矣不中书④。
捣药元无死,忘蹄始见渠⑤。
子皮今尚在,遗像岂陶朱⑥?

注 释

①三窟:出自"狡兔三窟"一语。鄙:卑下。②中林:林野、林中。《诗·周南·兔罝》:"肃肃兔罝,施于中林。"毛传:"中林,林中。"马瑞辰《通释》:"《尔雅》:'牧外谓之野,野外谓之林。'中林犹云中野。"未疏:不错,也好。③衣褐:穿着粗布之衣,为清贫者的服装。此处为双关语,亦指兔的褐色。④不中书:暗用中书君典,唐韩愈《毛颖传》称毛笔为毛颖。称颖居中山,为蒙恬所获,献于秦皇,秦皇封之于管城,号管城子,"累拜中书令,与上益狎,上尝呼为中书君"。后因以"中书君"为毛笔的别称。宋苏轼《自笑》诗:"多谢中书君,伴我此幽栖。"这句实是双关语,兔毛笔写久了就不中用了。⑤元:即"原"蹄:捕兔之工具。此用《庄子》"得兔忘蹄"典。《庄子·外物》:"蹄者所以在兔,得兔而忘蹄。"陆德明释文:"蹄,兔罥(juàn)也;又云兔弶

(jiàng)也，系其脚，故曰蹄也。"渠：他。⑥陶朱：陶朱公，即范蠡。佐越王勾践灭吴，以越王不可共安乐弃官而去，化名鸱夷子皮，经商致富，后又名陶朱公。上句子皮即鸱夷子皮之省。这两句实际上是双关语，戏问兔的皮相还在，画的却不是陶朱公。

解说

李纯甫（1177～1223），字之纯，号屏山居士，弘州襄阴（今河北阳原）人。金代文学家。三入翰林院，深得皇帝赏识。金哀宗正大八年逝于京兆府判官任上，时年47岁。纯甫工散文，其文师法《左传》《战国策》《庄子》《列子》，文风雄奇简古。当时雷渊、宋九嘉等人皆作古文，争相效法。其诗作想象奇特，有卢仝、李贺风。晚年自订其文，凡论性理及有关佛老文章编为"内稿"，其余碑志诗赋等则为"外稿"。其诗收入《中州集》。尝著《鸣道集解》《金刚经别解》《楞严外解》等，耶律楚材为作序。

这是一首题画兔的五言律诗。见画而先对兔之故事加以概述：人们所说"狡兔有三窟"的话，是把兔子贬低了；生活在丛林之中，是需要足智多谋的。作者联想到作为贫士的自己，成天穿着粗布衣服，年事渐高，做官也非自己的追求。玉兔在月宫捣药，本可长生不老；可是它到人世间忘记了捕兔工具，结果落了不幸的下场。画中呈现出的皮毛本色，这不就是"子皮"吗，难道是陶朱公的遗像？末尾两句借用这种双关语，增加诗的趣味性。全诗一二句写兔，三四句写人，五六句写兔，末尾两句写人，通过兔来表达作者自己的志趣和人生态度。两相对照，形象自然。

画兔　元·程巨夫

君王罢游猎，重德不重射。
狡兔秋田中①，食粟得闲暇②。

注释

①秋田：秋日之田野，也可理解为秋日之田猎。②食粟：古以粟为粮食的

总称，也是官员的实物工薪，因此食粟者便作为官吏的代号。

解 说

程巨夫（1249～1318），初名文海，因避元武宗庙讳，改用字代名，号雪楼，又号远斋。建昌（今江西南城）人，祖籍郢州京山（今属湖北）人。元代文学家。宋亡后入大都（今北京），留宿卫。元世祖试以笔札，改授应奉翰林文字，累官翰林学士承旨。历仕四朝，号为名臣。追封楚国公，谥文宪。其文章雍容大雅，诗亦磊落俊伟。有《雪楼集》三十卷。

这是一首题兔画的五言古诗。诗意是说：君王重仁爱之德，而不重伤生之猎，因而停止了猎兔活动。使得这只兔子在秋田里悠闲地吃草，从事围猎的官吏也乐得休闲了。

画兔　元·程巨夫

足扑速①，眼迷离②。娇儿宛颈雌雄随③。安知捣药明月里，夜夜天寒月如水。

注 释

①扑速：胡乱跳跃。按：扑速为扑朔之借，扑朔一指雄兔脚毛蓬松；一说为四脚爬搔或跳跃貌。借指雄兔。②迷离：眯着，模糊。借指雌兔。二句用《木兰辞》"雄兔脚扑朔，雌兔眼迷离"诗意。③娇儿：指幼兔。宛颈：扭动颈子，撒娇之状。

解 说

这是一首题画的古风，画中有雌雄两兔，带一小兔，和谐安详。可以看出，雄兔足善跳，雌兔眼半眯，雌雄两兔紧紧相偎，娇儿转动着颈子在后跟随，兔子一家是那么和乐而悠闲。当初它们在月宫里捣药时，夜夜天寒，月光如水，生活是那么凄清，哪里有人世这样温暖呢。

兔　元·赵孟頫

少年驰逐燕齐郊,身骑骏马如腾蛟。
耳后生风鼻出火,大呼讨来飞鸣髇①。
如今老大百忧集,拄杖徐行防喘急。
卷中见画眼为明,骥闻秋风双耳立。

注释

①讨来:蒙古语的兔。髇(xiāo):响箭。《唐书·地理志》"妫州土贡髇矢"。今一简作骹,一简作髐。

解说

作者赵孟頫(fǔ)(1254~1322),字子昂,号松雪道人、水精宫道人,南宋湖州人。宋亡后,经举荐入仕元朝,累官至翰林学士承旨、荣禄大夫。据载,他"被遇五朝,官居一品,名满天下",卒后封魏国公,谥号文敏。他博学多才,能诗善文,懂经济,工书法,精绘艺,擅金石,通律吕,解鉴赏。特别是书法和绘画成就最高,开创元代新画风,尤以楷、行书著称于世。

作为书法家,其传世书迹之代表作有《千字文》《洛神赋》《胆巴碑》《归去来兮辞》《兰亭十三跋》《赤壁赋》《道德经》等。作为诗人学者,有《尚书注》《松雪斋文集》等传世。

这是一首题兔画的古风,全诗分前后两段。前段是追忆少年之事:纵马郊原,驰骋如飞。后段说现在人老矣,百忧交集,拄杖而行。但一见此画,眼睛一亮,那匹马在秋风中双耳竖立,是看见那边有兔子,正要再展狩猎之威吧。名曰咏兔,实有自励之意。

舟中杂咏　元·袁桷

家奴拾枯草,走兔来相亲。生来不识兔,却立惊其神①。行人笑彼拙②，归来始嚬呻③。乃知特幸脱，未信吾奴仁。

注释

①却立：倒退而立。②拙：愚笨。③嚬呻(pín shēn)：蹙眉呻吟。

解说

作者袁桷（1266~1327），是元代学官、书院山长。字伯长，号清容居士。庆元鄞县人。大德元年(1297)，荐为翰林国史院检阅官，升应奉翰林文字，同知制诰兼国史院编修官。请购求辽、金、宋三代遗书，作为日后修编三史的资料。延祐年间任集贤直学士、翰林直学士。至治元年(1321)迁侍讲学士，参与纂修累朝学录。泰定元年(1324)辞归。卒封陈留郡公，谥文清。

存世书迹有《同日分涂帖》《旧岁北归帖》。音乐著述有《琴述》。另有《易说》《春秋说》《清容居士集》《延祐四明志》等十余种著作。《延祐四明志》考核精审，为宋元四明六志之一。

这是一首涉及兔的五言古风，记载乘船途中的见闻。诗中意思说：家奴在收拾枯草时，有一只兔子与其相遇。但他从来没有见过兔子，一看到兔子，惊而退立。路人笑他笨得很；回来后感到委屈，发出哀叹之声。这件事我感到那只兔子幸好遇着了他幸运逃脱，并非这个家奴发了慈仁之心有意放过它的。

竹树图　元·杨载

荆棘蒙笼迷竹树①，乱堆古石苍苔护。纵猎青郊怀旧路，跃马重冈追狡兔，箭翎落地无寻处②。

注释

①蒙笼：茂密状。②箭翎：即箭羽。

解说

作者杨载(1271~1323)，为元代诗人，字仲弘，浦城（今福建浦城县）人，后徙居杭州。年四十未仕，以布衣召为国史院编修官。仁宗延祐二年（1315）

复科举，登进士第，官至宁国路总管府推官。他当时文名颇大，与虞集、范梈、揭傒斯齐称"四大家"。

这是一首描写山水画的诗，为古风体。从画上的道路，想起当年纵马猎兔的情景。诗中前两句刻画图上的荒野环境，后三句是写对纵马猎兔的怀旧。兔小而狡，在这种荆棘丛生、竹树茂密的乱石山冈是不容易射杀的啊。短短几句，跃马射兔的情景，即如身临其境。

题画兔 元·杨载

姮娥乞与长生药①，自可腾空入月中。
窃食草间多利害②，饥鹰奋击待秋风。

注释

①姮娥：即月中嫦娥。②窃：偷偷下凡。

解说

这是一首题兔画的七言绝句。诗意是说：嫦娥给兔子吃了长生药，自然可以一道腾空进入月宫。但它现在悄悄下到人间，在草间偷偷地觅食，就多有利害了。你看，那饥饿的鹰正待秋风一起，草木枯萎，就要发起攻击。

画兔 元·吴师道

孕灵广寒府①，承宠中书署②。
谁令秋水边，弄月凄风露。

注释

①孕灵：孕育灵性。广寒府：即广寒宫。②承宠：承受恩宠。中书署：即中书省，唐之中书省、宋之政事堂，亦直称为"中书"，故亦以中书令称宰相。

韩愈《毛颖传》戏言毛颖居中山，为蒙恬所获，献于秦皇，秦皇封之于管城，号管城子，称其"累拜中书令，与上益狎，上尝呼为中书君"。中书者，可书也。

解 说

作者吴师道(1283～1344)，字正传，婺州兰溪县人。聪敏善记，诗文清丽。至治元年(1321)登进士第，授高邮县丞，主持兴筑漕渠以通运。调宁国录事。因为官清正，被荐任国子助教。延祐间，为国子博士，六馆诸生皆以为得师。后再迁奉议大夫，以礼部郎中致仕，终于家。生平以道学自任，晚年益精于学。

吴师道采兰溪历代人物言行可为后世法者，撰《敬乡录》。采金华一郡人物言行撰《敬乡后录》。著作有《战国策校注》、《礼部集》二十卷及附录一卷、《易杂说》二卷、《书杂说》六卷、《诗杂说》二卷、《春秋胡氏传附辨》十二卷以及《兰溪山房类稿》等并行于世。

这是一首题兔画的五言古诗。诗意说：兔在月宫中孕育灵性，后来成为兔毫笔进了官府，又承受宠爱。现在是谁让它在秋水之滨，风露之中，凄月之下生活呢！一幅"白兔秋水霜月图"跃然纸上。

题画兔 元·李祁

毛颖多年秃未更①，小窗题字苦难成。
何时会猎中山下，拔起霜毫付管城②。

注 释

①毛颖：毛笔之毛，亦可指笔。②霜毫：白色的兔毛。管城：唐代韩愈曾写《毛颖传》，说毛笔被封在管城，称为管城子。后作毛笔的代称。

解 说

作者李祁，字元阳，元明之际湖湘第一遗民诗人。

这是一首题兔画的七绝，实际上是一首咏兔毫毛笔的诗。诗意是说：原先用的兔毫笔已秃,也没有换,在小窗下写字画画都不行了。什么时候到中山去捉一只兔子来,将它的白毛拔来重新作笔,然后就可以重新写字作画了。这里道出了兔与文人书写绘画的密切关系。

黄筌子母兔 明·高启

阳坡日暖眼迷离①,芳草春眠对两儿②。
谁道姮娥曾作伴③,广寒孤宿已多时④。

注释

①阳坡:南坡。迷离:眼睛眯细而模糊。②两儿:指子母兔画中的小兔。③姮娥:月中仙子,即嫦娥。④广寒:月宫之名。

解说

作者高启(1336~1373),字季迪,元末明初著名诗人;长洲(今苏州市)人;与杨基、张羽、徐贲被誉为"吴中四杰",明洪武元年(1368)应召入朝,授翰林院编修,命教授诸王,纂修《元史》。后因辞官不就及诗文为朱元璋所忌,被腰斩。

题中"黄筌",是五代时西蜀画家。字要叔,成都人。擅画花、竹、翎毛、佛道、人物和山水,技艺全面,自成一派。后蜀孟知祥时为翰林待诏,司翰林图画院事。孟昶时加官如京副使,供职西蜀画院先后达四十年之久。

白兔 明·瞿佑

白玉狻猊脱绊羁①,远随重译到皇畿②。
仙山昔惯餐霞草③,月殿今看舞羽衣④。
尘褐已将狐换腋⑤,霜毫欲与雪争辉。
苍鹰黄犬休回顾,拔宅西来得所依⑥。

注释

①狻猊(suān ní)：传说中龙生九子之一，形如狮，喜烟好坐，这里代指白兔。②重译：辗转翻译，这里说的是几经辗转，表明这只白兔是外国贡给皇廷的。皇畿：京都。③仙山：仙人居住之山，代指白兔故乡。霞草：仙草。④月殿：指传说中玉兔老家月宫。羽衣：白衣，指白兔。⑤尘褐：褐为粗布衣服，尘褐即沾满尘土的粗布衣衫。此处指兔的皮毛。狐换腋：狐狸腋下的皮毛，又称狐白，是名贵的毛皮。⑥拔宅：全家迁移。此处指兔由西方移居中国。

解说

作者瞿佑(1347~1433)，字宗吉，号存斋。钱塘（今杭州）人，一说山阳（今江苏淮安）人，元末明初文学家。洪武年间由贡士荐授仁和训导，历任浙江临安教谕、河南宜阳训导、周王府长史。永乐年间因做诗获罪，谪戍保安（今河北怀柔一带）十年。洪熙元年（1425）赦还，官复原职，在内阁办事。后归故里，以著述度过余年。

其有《存斋诗集》《闻史管见》《香台集》《咏物诗》《存斋遗稿》《乐府遗音》《归田诗话》《剪灯新话》等二十余种著作。今有《瞿佑全集注释》出版。

这是一首咏白兔的七律。首联是说它的来自外国；颔联以仙山月宫暗喻西洋；颈联突出写它毛色之耀眼；尾联是结语，说它已来到皇帝的御苑，鹰犬休来侵犯，它移居于此，是得到了皇家真正的庇护的。

黑兔 明·曾棨

传闻三穴久储精①，日啖玄霜异质成②。八窍总含苍露湿③，一身斜躲黑云轻④。行来青琐应难觅⑤，立向瑶台却尽惊⑥。自是太平多瑞物⑦，愿随毛颖咏干城⑧。

注释

①三穴：即"狡兔三窟"之三窟。储精：储养精华。②啖(dàn)：吃。玄

霜：玄的本意是黑，玄霜则指天地间真气，语带双关。按：亦指传说之仙药。《初学记》卷二引《汉武帝内传》："仙家上药有玄霜、绛雪。"唐裴铏《传奇·裴航》："一饮琼浆百感生，玄霜捣尽见云英。"异质：特殊的品质。③八窍：指兔子的各种器官。按：眼耳鼻口为七窍，生殖孔、排泄孔合为一窍，共为八窍。韩愈《毛颖传》："缺口而长须，八窍而趺居。"《埤雅·释兽》："盖咀嚼者九窍而胎生，独兔雌雄八窍。"④軃(duǒ)：同軃，下垂貌。黑云：指黑色兔毛。⑤青琐：装饰皇宫门窗的青色连环花纹。《汉书·元后传》："曲阳侯根骄奢僭上，赤墀青琐。"此处借指宫廷。⑥瑶台：指仙宫。⑦瑞物：黑兔罕见，亦为祥瑞之物。⑧毛颖：毛笔的别名。因多用兔毫，与兔有所联系。干城：国家捍卫者。《诗经·兔罝》有"公侯干城"之语。

解 说

作者曾棨（1372～1432），字子启，号西墅。江西永丰人。明永乐二年（1404）状元，授修撰，累官至詹事府少詹事。为文有如泉涌，廷对两万言不打草稿。曾出任《永乐大典》副总裁。

这是一首咏黑兔的七律。首联咏兔之内质；颔联咏兔之外形；颈联咏其行踪；处处都或明或暗联系到黑色。尾联歌功颂德。称黑兔为太平祥瑞之物；愿以兔毛所制之笔书写歌咏"干城"之诗。全诗层层递进，极有章法。

题扇芙蓉兔 明·祝允明

霜寒玉线乱秋衣，叶重花深草气肥。
灵药更无人肯饵①，素娥应道不如归②。

注 释

①灵药：指不死药。《灵宪》："嫦娥，羿妻也，窃王母不死药服之，奔月。"②素娥：月中女神，即嫦娥。

解 说

作者祝允明（1460～1527），字希哲，号枝山，因右手有六指，自号枝指生，又署枝山老樵、枝指山人等。明代长洲（今江苏苏州）人。曾任南京应天府通判，人称"祝京兆"。自幼聪慧过人，五岁时能写一尺见方的大字，九岁会作诗，以后博览群书，才气横溢，与唐寅、文征明、徐祯卿并称吴中四才子。其楷书精谨，师法赵孟頫、褚遂良，并从欧、虞而直追"二王"。

这首题扇诗，画有芙蓉和白兔，诗也有景有情。诗中前两句表明画的背景，"霜"与"玉"，乃白色之代词，即指白兔；后两句是情的表述：不会有人让兔子吃不死药再去升天，所以月里嫦娥在满怀思念，还是回到月宫来吧！全诗写芙蓉花叶下玉兔的可爱，颇有风趣。

画兔　明·傅珪

捣药年年住广寒，琼浆时吸桂花丹①。
何人最慕仙家景，移取霜毛画里看②。

注释

①琼浆：琼浆玉液，仙人饮料，亦喻美酒。②霜毛：洁白之毛。

解说

作者傅珪，字邦瑞，清苑人。成化二十三年（1487）进士。改庶吉士。弘治年间任编修，兼司经局校书，参与修《大明会典》。后迁左中允。再迁翰林学士，历任吏部左、右侍郎。

这是一首题兔画的七绝。诗意说：兔原来在月宫里年年捣药，美酒里有它采的桂花香气。谁最羡慕神仙之境，就拔起白兔之毛制笔作画吧。夸称这幅画就是仙景，可见此画之美好。

玉兔图　为许学士思仁题　明·廖道南

龙图学士人中龙①，孤忠直气称豪雄。蛟螭蟠挐走雷电②，鸾凤

迥翥流云虹③。秋轩示我月宫兔，霜毫雪质凝辉素。捣药真调霞液丹④，含英似挹冰壶露⑤。玉宇何年种树成，桂枝缭绕桂花明。仙娥旧住玄霄阙⑥，天使今栖银汉京。学士悬弧当卯岁，昭阳单阏开祥瑞⑦。咸称明视玉衡精⑧，奎璧壁纬人文赉⑨。岳降还当东鲁东⑩，星分危室地灵钟⑪。岱宗秀结千岩雨⑫，瀛海涛驱万里风。揭来侍从蓬莱殿⑬，横经讲幄承清燕⑭。彤管常从石室挥⑮，瑶篇屡向兰台撰⑯。谁云天毕张虞罗⑰，指挥意象回銮坡。中山漫著昌黎传，颖水还怜永叔歌⑱。我为君歌酌君酒，维南有箕北有斗⑲。君归持捧献高堂，莱衣遐祝灵椿寿⑳。

注释

①龙图学士：龙图阁学士许思仁的简称。②蛟螭(chī)：龙的一类。蟠：盘曲。挐(rú)：纷乱。③迥翥(jiǒng zhù)：远远高飞。④霞液：道家称仙露。唐吴筠《游仙》诗之七："霞液朝可饮，虹芝晚堪食。"⑤冰壶：比喻洁净清纯之至。唐姚崇《冰壶诫序》："冰壶者，清洁之至也。君子对之，示不忘清也。内怀冰清，外涵玉润，此君子冰壶之德也。"⑥玄霄阙：天帝所在之处。⑦悬弧：指男子生日。古代习俗，生男孩在门的左首悬挂一张弓。昭阳：天干癸的别称。单阏(dān è)：地支卯年的别称。⑧明视：兔的别名。本为祭祀宗庙用兔之特称。《礼记·曲礼下》："凡祭宗庙之礼……兔曰明视。"孔颖达疏："兔肥则目开而视明也。"玉衡精：北斗第五星，古称兔为玉衡之精。⑨奎、壁：古代二十八宿中的两个，分别位于西方和北方。赉(fén)：盛大、宏博。⑩岳降：称颂诞生或诞辰，如山岳之降。《诗·大雅·崧高》："维岳降神，生甫及申。"东鲁：原指春秋鲁国。《文选·孔稚珪〈北山移文〉》："世有周子，隽俗之士，既文且博，亦玄亦史。然而学遁东鲁，习隐南郭。"今指山东。⑪危、室：二十八宿中的两个，古代星野说以十二星次与地上之郡国对应，危、室二星分野在山东。⑫岱宗：泰山。《书·舜典》："岁二月，东巡守，至于岱宗。"孔传："岱宗，泰山，为四岳所宗。"故称。⑬揭(qiè)来：去来。蓬莱：借指宫殿或秘阁。《后汉书·窦章传》："是时学者称东观为老氏臧室，道家蓬莱山。"后因以指秘阁。⑭横经：指听讲时横陈经书。讲幄：指讲习处的

帐幕。清燕：一作清䜩，即清闲。《汉书·刘向传》："愿赐清燕之闲，指图陈状。" ⑮彤管：指笔。石室：汉代文翁在成都所建学校。⑯瑶篇：文章。兰台：汉代宫内藏书之处，以御史中丞掌之，后世因以称御史台。⑰天毕：天上的毕宿，形似捕兔的网。虞罗：古代虞人官职，以安置罗网捕兽为事。⑱昌黎：唐韩愈代称，曾写《毛颖传》。永叔：宋欧阳修的字，曾作《白兔歌》。⑲箕、斗：星宿名。《诗·小雅·大东》："维南有箕，不可以簸扬；维北有斗，不可以挹酒浆。"喻徒有虚名而无实用之意。⑳莱衣：老莱子穿着彩衣娱亲，指尽孝道。椿：《庄子》寓言中三千岁的树。此处指以兔图为其友之父祝寿。

解 说

　　作者廖道南，字鸣吾，蒲圻（今属湖北）人。明正德年间进士。历官侍讲学士。这是一首为友人许思仁题玉兔画的古风。许思仁为龙图阁学士，其余事迹不详，湛若水有《送许思仁学士归东昌省亲》诗，故知许思仁为山东人，当时还乡为其父祝寿，玉兔图是一件寿礼。湛若水为明孝宗弘治间进士，后历任礼、吏、兵三部尚书。

　　此诗平仄转韵多次，很有韵味。全诗可分五段。第一段4句是对许学士之赞颂；第二段8句是对玉兔的叙述；第三段12句是说许学士生于兔年，有玉兔的祥瑞气质，并盛夸其文章；此处暗示了其所以送兔图为父贺寿，实有娱亲之意。第四段4句回到兔图上来，引了与兔有关的典故，提到韩愈、永叔。第五段4句是作者对许学士之祝词，南方箕斗也象征长寿，赞其回归故里像老莱子那样尽孝。全诗以兔为陪衬，赞扬许学士侍亲奉孝的高尚品德，引叙丰富而不板滞，描写细腻而感情充沛，形象鲜明，给人印象颇深。

（何焱林补注）

白兔　明·谢承举

夜月丝千缕，秋风雪一团。
神游苍玉阙，身在烂银盘①。
露下仙芝湿，香生月桂寒。

姮娥如可问,欲乞万年丹。

注释

①烂银盘:形容月亮。

解说

作者谢承举为江苏人,与戏曲家徐霖(1462~1538)、诗词家陈铎号称"江东三才子",活动于正德年间(1506~1521)。

这是一首咏白兔的五律。头两句描写白兔的毛色洁白可爱;下面两联紧接说,白兔本是月宫之物,享受着仙草桂子,生活环境好极了。尾联则笔锋一转,问嫦娥,能不能把喂兔子的长生药,分一点来给我?语言相当风趣。

(冯广宏补充)

恭题黑兔图 明·张四维

黑兔人间少,疑从北极来①。
圣朝今再见,瑞牒喜重开②。
玉杵成灵药,瑶池荐寿杯③。
周罝应有咏④,梁赋不须裁⑤。

注释

①北极:北方极远处,在五行中黑色属于北方、水德。②瑞牒:吉祥珍贵之图书,梁简文帝《菩提树颂》:"现彼法身,图兹瑞牒。"这里喻指"宝画"。③瑶池:天宫神仙之住地。④周罝(jū):指《诗经·周南》的《兔罝》篇。⑤梁赋:指枚乘所撰《梁园赋》,梁园亦称兔园。

解说

作者张四维(1526~1585),字子维,号凤磬,明蒲州风陵乡(今属芮城)人。明嘉靖进士,因熟知边防事务,为首辅高拱所器重。高拱掌管吏部,于隆庆三年（1569）破格提拔他为翰林院学士，升任吏部右侍郎，参与朝政。万历二年（1574）仍掌管詹事府事，后出任礼部尚书兼东阁大学士，入阁参与机务。八年（1580）加柱国少傅兼太子太傅。十年（1582）以决策功，晋兼太子太师。

这是一首咏宫廷画黑兔图的五律。首联说明人间少有黑兔，可能是从天边来的；颔联紧接着说幸运，今在皇家见到黑兔宝画，重开喜庆；颈联是引月宫里捣药典故，在仙境敬献寿酒；末联是引用诗书，衬托黑兔图画，一是《诗经·兔罝》，二是汉代《梁园赋》。因为是吟咏皇家藏品，诗风严谨典雅，四平八稳。

题画兔　明·张凤翼

不从东郭困韩卢①，亦任田中笑守株②。
千载独传毛颖传③，常留姓字与人呼。

注释

①东郭：东郭逡的省称，古代传说中善跑的狡兔。《三国志·魏志·袁谭传》裴松之注引晋孙盛《魏氏春秋》："此韩卢、东郭自困于前，而遗田父之获者也。"韩卢：古韩国狩猎用的名犬，色黑，故名卢。《战国策·秦策三》："以秦卒之勇，车骑之多，以当诸侯，譬若驰韩卢而逐蹇兔也。"②守株：指守株待兔的典故。《韩非子·五蠹》："宋人有耕田者，田中有株，兔走触株，折颈而死。因释其耒而守株，冀复得兔。兔不可复得，而身为宋国笑。"③毛颖传：韩愈作《毛颖传》，以笔拟人，为笔作传，后遂以毛颖为笔之代称；而笔多用兔毫，所以联系到兔。

解说

作者张凤翼（1527～1613），字伯起，号灵虚，长洲人。嘉靖四十三年（1564）举人。善作曲。与其弟燕翼、献翼并有才名，时人号为"三张"。

这是一首题兔画的七绝。诗的意思是说：不学古代的东郭兔那样去逗名犬而使其困乏，也任人讪笑那田中守株待兔的痴人；唯有千载传颂的《毛颖传》使之留名千古。以兔毫作笔的实用功能为喻，表明作者不务虚名、但求实际的人生态度。

恭题黑兔图应制 明·申时行

梁园驯游日①，周京率舞时②。重阴符水德③，千载表宸禧④。似与阳乌并⑤，还将雾豹疑⑥。玉衡光乍掩⑦，县圃色全移⑧。捣药参神鼎，开置赖圣慈⑨。干城犹在野，应诵国风诗⑩。

注释

①梁园：汉梁王刘武所造之园，亦名兔园。②周京：西周京城，泛指皇都。率舞：语出《尧典》"百兽率舞"之语。曹丕《秋胡行》："尧任舜禹，当复何为，百兽率舞，凤皇来仪。"③重阴：黑色是阴性的极致。水德：五行中的水，属于黑色。④宸禧：皇家的吉祥。⑤阳乌：代指太阳，古人认为中有黑色乌鸦。⑥雾豹：刘向《列女传·陶答子妻》载答子妻的话："南山有玄豹，雾雨七日而不下食者，欲以泽其毛而成文章也，故藏而远害。"玄也是黑色。⑦玉衡：北斗第五星，亦泛指北斗星。《文选·扬雄〈长杨赋〉》："是以玉衡正而太阶平也。"李善注引韦昭曰："玉衡，北斗也。"⑧县圃：昆仑山上西王母的园苑，中有笼兔。⑨开置：取消笼兔之网。⑩国风诗：《诗经·国风·兔罝》篇有"公侯干城"之语。

解说

作者申时行（1535～1614），字汝默，号瑶泉，晚号休休居士。长洲（今吴县）人，明代诗文家。嘉靖四十一年(1562)进士第一，授修撰，历任左庶子，掌翰林院事。万历五年(1577)，由礼部右侍郎改为吏部左侍郎，后兼东阁大学士，参与机务；不久又升礼部尚书兼文渊阁大学士，累进少傅兼太子太傅、武英殿大学士、吏部尚书、建极殿大学士，成为朝廷首辅。申时行老练稳重，熟谙政术。

这是一首借咏黑兔图歌颂圣德仁慈的应制诗,采用五言排律形式,层层递进。第一联用梁园、周京典故,引出兔来;第二联、第三联通过黑色的典故,标志着皇家的吉祥。第四联以天上星辰和王母园圃都黯然失色,突出黑色美好及威力。第五联兔子之能"捣药参神鼎",是因为"开置"有赖圣上的仁德。末联从《诗经·兔置》诗句,联想到守卫疆土的赳赳武士能忠心耿耿,有如屏障,这都是仁爱之风盛行的结果。最后点明主旨,歌颂圣德,符合应制诗的要求。

燕台新咏·兔儿爷 清·栎翁

团圆佳节庆家家,笑语中庭荐果瓜①。
药窃羿妻偏称寡②,金涂狡兔竟呼爷③。
秋风月窟营天上,凉夜蟾光映水涯。
惯与儿童为戏具,印泥糊纸又抟沙。

注释

①荐:供奉。②羿妻:指嫦娥,原来为后羿之妻,因偷吃了丈夫的不死药,飞往月宫。称寡:双关语,一是当了月神,称孤道寡;二是嫦娥离开了丈夫,相当于寡妇。③呼爷(yé,入韵当读yā):称为"兔儿爷"。那是中秋节时儿童手里的兔头人身小玩具,以金色颜料涂兔之头。兴起于晚明,盛行于清代。清富察敦崇《燕京岁时记·兔儿爷摊子》:"每届中秋,市人之巧者用黄土抟成蟾兔之像以出售,谓之兔儿爷。"

解说

作者栎翁为清初诗人,其诗收入《燕台新韵》。兔儿爷为旧时北京中秋节时儿童玩具。明人纪坤《花王阁剩稿》:"京中秋节多以泥抟兔形,衣冠踞坐如人状,儿女祀而拜之。"《北京岁华记》亦载:"市中以黄土抟成,曰兔儿爷,着花袍,高有二三尺者。"

这是一首吟咏京城风情的竹枝词体七律,以北京中秋节时儿童玩具"兔儿爷"为题。兔儿爷的前身，是古人中秋拜月时供奉的兔神，以泥塑彩绘成为兔首人形，穿袍束带。由于一年只供奉这一次，泥塑兔神在祭拜后，便成为小孩的玩物。明清时期，民间艺人便单独制作泥质的兔儿爷玩具出售，呈小孩形象，但头上长出长长的兔耳，十分可爱。

守株待兔 清·佚名

不耕亦不猎，待兔亦何愚。彼自营三窟，君偏守一株。忘蹄空欲得①，注目有谁驱。状似同狙伏②，心还笑雉罦③。草间防蚁噬④，树下咏卬须⑤。味美思烹瓠，神凝等据梧⑥。木根他日朽，毛颖几时俘？试向林中望，应惭赳赳夫。

注 释

①蹄：捕兔的工具。语出《庄子》"得鱼忘筌，得兔忘蹄"。②狙(jū)：古时猴类动物。③雉：野鸡。罦(fú)：捕鸟兽的工具。《诗经·兔爰》有"雉离于罦"之句。④噬(shì)：咬。⑤卬(áng)：我。须：等待。《诗经·国风·邶风》之《匏有苦叶》："招招舟子，人涉卬否；卬须我友。"⑥据梧：凭倚几案。《庄子·齐物论》："惠子之据梧也。"

解 说

这是一首试帖诗，即士子应试时所作的命题诗，又称"赋得体"。由朝廷出题、定韵、定率，限制极严，时间又短，要想作好难度很大。清冒春荣《葚原诗说》卷三："试题有用经史语者，有用时事者，有咏物者，有赋得诗文句者，题虽不侔，而体则画一。命题限韵，多用题字。如王维之《秋日悬清光》，以'秋'字为韵，朱华之《海上生明月》，以'生'字为韵是也。或执事不拘限题字，而听士子自择用题中字者。如试题《春色满皇州》，沈亚之等皆用'州'字，而张嗣初独用'春'字；如试题《清如玉壶冰》，王季友用'冰'字，潘炎用一先韵是也。有但用题中字韵，不明点题字者。如试题《日暖万年枝》，郑师贞用四支韵而不出'枝'字是也。有试题限六韵，而士子自增为八韵者。如《迎春东郊》，王绰为六韵，张濯为八韵；《清如玉壶冰》，王季友六韵，潘炎八韵是也。"由此可见清代要求死板僵化，士子只能守题，不能做反面文章。虽然没有明定类似八股式的格式，但也深受八股的影响。《甚原诗说》指出："六韵首句以仄起为是，或押韵起亦可，此不在六韵之数。二句或对或不对，随时置局。次联承起意而畅足之。三联须旁敲远应，推宕击题。四联、五联聚精会神，正在于此使题无剩意，笔有余情。结句多用颂扬，或寓请托，然亦当与题合拍，不徒泛言。作者能另出精意，补前所未及，则气足神旺，而为后劲矣。"

这是一首以"守株待兔"为题的试帖诗。题的来源是《韩非子·五蠹》："宋人有耕田者，田中有株，兔走触株，折颈而死。因释其耒而守株，冀复得兔。兔不可复得，而身为宋国笑。"全诗为五言16句，属于排律，除了首尾二联外，其余各联皆为对仗。首联两句，点明诗题；第二联一句说狡兔，一句说宋人。以下各联多用涉及兔的典故来堆砌，如"三窟""忘蹄""雉罦""烹瓠""毛颖""赳夫"等，与之相对的句子，则描写待兔宋人的神态。旧题翻新，刻画细腻，以兔为线索，鞭挞庸惰以警示世人。

得兔忘蹄 清·刘跃云

兔兮期有得，蹄也岂能忘①。已向林中取，宁劳罟获藏②。抽毫方跃跃③，抱器转茫茫④。月魄新韬影⑤，星精乍掩芒。掘巢方致诮⑥，迁地亦能良。略比蜩承叶⑦，非同鹿覆隍⑧。笑貌全力搏⑨，嗤鹊远眸张⑩。并悟鱼筌旨⑪，南华妙解彰⑫。

注 释

①蹄：指捕兔机械。《庄子·外物》："蹄者所以在兔，得兔而忘蹄。"②罟(gǔ)：捕兽网。③抽毫：拔取兔毫拟制毛笔。④抱器：古代太史珍藏礼器，比喻捕兔工具之不可忘。又喻怀才待时。⑤韬：隐藏。⑥诮(qiào)：责备。⑦蜩(tiáo)承叶：蝉在树叶上栖息。《庄子·达生》："仲尼适楚，出于林中，

见佝偻者承蜩，犹掇之也……孔子顾谓弟子曰：'用志不分，乃凝于神，其佝偻丈人之谓乎！'"⑧鹿覆隍：《列子·穆王》中的寓言："郑人有薪于野者，遇骇鹿，御而击之，毙之。恐人之见之也，遽而藏诸隍中，覆之以蕉，不胜其喜。俄而遗其所藏之处，遂以为梦焉。顺涂而咏其事。傍人有闻者，用其言而取之。"隍是城墙边的水池。⑨猊(ní)：狮子之类的凶兽。⑩鹘(hú)：可以捕兔的隼类大鸟。⑪鱼筌旨：依《庄子》上"得鱼忘筌，得兔忘蹄"的旨意。⑫南华：即《南华经》，也就是《庄子》一书的别名。

解 说

作者刘跃云（1737～1808），字伏先，又字服先，号青垣，室名贻拙斋。江苏武进（今属常州市）人。乾隆三十一年（1766）丙戌科进士。历任多官。有《贻拙斋诗文钞》《重修喜神祖师庙碑志》等传世。

这是一首说理的试帖诗，题目出自《庄子》。全诗可分四段，每段四句。第一段，开门见山说不应该"得兔忘蹄"，采用网捕，比较省力；第二段是说做什么事情，刚开始目标明确，事成后反而有些茫然，如同月韬星掩，暗淡无光；第三段是说如果办事没有章法，就和乱掘兔窟、遮蔽藏鹿一样；第四段说鹘猊之类捕兽简直太费力气，应该领悟"得鱼忘筌，得兔忘蹄"的道理，《庄子》之论目的和过程，非常辩证。既达目的，则过程就不重要了。

古代涉兔词曲

水调歌头·中秋 南宋·京镗

明月四时好，何事喜中秋。瑶台宝鉴，宜挂玉宇最高头。放出白毫千丈，散作太虚一色，万象入吾眸。星斗避光彩，风露助清幽。

等闲来，天一角，岁三周①。东奔西走，在处依旧若从游。照我尊前只影，催我镜中华发，蟾兔漫悠悠。连璧有佳客②，乘兴且登楼。

注释

①岁三周：即三周岁，作者已来此三周年。②连璧：指并行或一起的美人美事。南朝宋刘义庆《世说新语·容止》："潘安仁、夏侯湛并有美容，喜同行，时人谓之连璧。"此处喻同行登楼之客，尽为嘉宾。

解说

作者京镗（1138～1200），字仲远，晚号松坡居士，豫章（今江西南昌）人。绍兴二十七年（1157）进士。历知江州瑞昌县。孝宗擢监察御史，累迁右司郎官、权工部侍郎。淳熙十五年（1188），授四川安抚制置使，知成都府。绍熙二年（1191）召为刑部尚书，后签书枢密院事、参知政事。庆元元年（1195）除知枢密院事，庆元二年（1196）拜右丞相，又进左丞相，封翼国公。

卒赠太保，谥文忠，后改谥庄定。

词牌水调歌头，又名元会曲、凯歌、台城游等。上下阕95字，平韵（宋代也有押仄韵的）。相传隋炀帝开汴河时曾制《水调歌》，唐人演为大曲。大曲有散序、中序、入破三部分，"歌头"当为其首段。

词中的"蟾兔"，指蟾蜍与玉兔之影。《古诗十九首·孟冬寒气至》："三五明月满，四五蟾兔缺。"月与镜形似，与前句呼应。月在天上移动，代表着时光的流逝，上阕写中秋夜景，下阕抒发游子的感慨，虽只影华发，但良辰美景，使人心喜旷达，词的基调是乐观向上的。

木兰花慢·中秋饮酒将旦客谓前人诗词有赋待月无送月者，因用天问体赋

南宋·辛弃疾

可怜今夕月，向何处、去悠悠？是别有人间，那边才见，光影东头；是天外空汗漫①，但长风、浩浩送中秋？飞镜无根谁系，嫦娥不嫁谁留？　谓洋海底问无由，恍惚使人愁。怕万里长鲸②，纵横触破，玉殿琼楼③。虾蟆故堪浴水，问云何、玉兔解沉浮④？若道都齐无恙，云何渐渐如钩？

注释

①汗漫：广大无边。②长鲸：此指大鲸鱼，晋左思《吴都赋》："长鲸吞航，修鲵吐浪。"③玉殿琼楼：传说月宫内景。④虾蟆：指月中蟾蜍。

解说

作者辛弃疾（1140～1207），原字坦夫，改字幼安，号稼轩，历城（今山东济南）人。二十一岁时参加抗金义军，不久归南宋，历任湖北、江西、湖南、福建、浙东安抚使等职。招集流亡，训练军队，奖励耕战，打击豪强，安定民生。一生坚决主张抗金，反对妥协投降；遭到主和派的打击，晚年一度起用，不久病卒。他是南宋豪放派词人、爱国者。其作品艺术风格多样，以豪放

为主，慷慨悲壮，与北宋苏轼并称"苏辛"。

词牌《木兰花》，为唐教坊曲，《金奁集》入"林钟商调"，55字，前后片各三仄韵，不同部换押。宋教坊演为《木兰花慢》，《乐章集》入"南吕调"，101字，前片五平韵，后片七平韵。

这首词是作者的名作，以月为主题，采取《天问》方式，提出一连串问题，别有风味。词中的玉兔，仅仅是月亮的代词而已。

此词是我国知识界对大地形状及人类分布最早提出的疑问，国人一直以为天圆地方，日月从海上升起，升起后一直照着所有大地山河及人类，然后落入地底或海底。但辛词一反前人说法，"可怜今夕月，向何处去悠悠？是别有人间，那边才见，光影东头？"说明月在不停运动（实际也兼有地球自转、公转），这边已经日出天明，那边却才夜至月升。《天问》中也有类似疑问。

满江红　南宋·陈三聘

斜日镕金，三万顷、棹歌齐举。风不动、采苹双桨，翠鬟相语①。月殿欲浮蟾兔魄②，海神不放鱼龙舞。到今宵、秋气十分清，无今古。

君试唤，扁舟侣。来伴我，潇湘渚。共夷犹春浪③，笑歌秋浦。霸越独高身退后④，尘缨未濯人谁许⑤。叹酒杯、不到子陵台，刘伶土⑥。

注释

①翠鬟：美女。宋梅尧臣《次韵和永叔退朝马上见寄兼呈子华原甫》："吟寄侍臣知有意，翠鬟争唱口应干。"②蟾兔：蟾蜍，玉兔，为月中之精，因亦指月。蟾兔魄：月中阴影。③夷犹：即夷由，从容自得貌。宋张炎《真珠帘·近雅轩即事》词："休去，且料理琴书，夷犹今古。"④霸越：说范蠡事。范蠡助勾践灭吴称霸后，不恋栈于功名，汲汲于富贵，功成身退。⑤尘缨：充满尘土之缨，借指尘俗事。《文选·孔稚珪〈北山移文〉》："昔闻投簪逸海岸，今见解兰缚尘缨。"李周翰注："尘缨，世事也。"⑥子陵台：东汉严子陵钓台，地在今浙江桐庐县南富春山腰。南朝梁顾野王《舆地志》："桐庐县南，

有严子陵渔钓处。今山边有石，上平，可坐十人，临水，名为严陵钓坛也。"

刘伶：字伯伦，晋时沛国人，以酒自遣，史称其常乘鹿车，携一壶酒，使人荷锸随之，曰："死便埋我。"有《酒德颂》流传至今。

解说

作者陈三聘（约1162年前后在世），字梦致，东吴人。生平事迹无考。工词。

词牌《满江红》曲调来源，至今尚未得到确切的依据，一般称为古曲。其曲调悲壮雄伟。双调93字，前阕四仄韵，后阕五仄韵，前阕五六句，后阕七八句要对仗。后阕起始两个三字句也用对仗。此调例用入声韵脚。

这首词里的兔，仍然是月中神兔，只有这样才容易进入艺术语境。上阕写景，人中之景；下阕抒情，情中表志。魏阙、江湖，古代文人心向往之。

（何焱林注）

【南吕】金字经·访吾丘道士 元·张可久

细草眠白兔，小花啼翠禽，且听松风尘绿阴。寻！洞天深又深。游仙枕①，顿消名利心。

注释

①游仙枕：传说中之物。五代王仁裕《开元天宝遗事·游仙枕》："龟兹国进奉枕一枚，其色如玛瑙，温润如玉，制作甚朴素。枕之寝，则十洲、三岛、四海、五湖尽在梦中所见，帝因立名为游仙枕。"

解说

作者张可久（约1270~约1348），字小山；一说名伯远，字可久，号小山；一说名可久，字伯远，号小山；又一说字仲远，号小山。元代庆元（今浙江宁波）人，散曲家和剧作家，与乔吉并称"双璧"，与张养浩合称"二张"。题中道士"吾丘"为复姓。

元曲有各种曲牌，规定其字数、句法、平仄等，具有一定的曲调、唱法。

元曲常用的宫调,有仙吕宫、南吕宫、黄钟宫、正宫、大石调、小石调、般涉调、商调、商角调、双调、越调12种。每一种宫调均有其音律风格,或伤悲或雄壮,或缠绵或沉重。王骥德《曲律》说:"用宫调须称事之悲欢苦乐,如游赏则用仙吕、双调等类;哀怨则有商调、越调等类。以调合情,容易感人。"

这是作者所写的一首散曲。题为访友,实为写景兼表意之小品。"细草眠白兔",只不过以其衬托环境之幽静。

哨遍·高祖还乡　元·睢景臣

【耍孩儿】瞎王留引定火乔男女①,胡踢蹬吹笛擂鼓②。见一彪人马到庄门,劈头里几面旗舒。一面旗白胡阑套住个迎霜兔③,一面旗红曲连打着个毕月乌④,一面旗鸡学舞⑤,一面旗狗生双翅⑥,一面旗蛇缠葫芦⑦。

注释

①王留:元明杂剧泛用人物名称,如今之"张三""李四",一般饰插科打诨角色。火同伙、夥。今谓之一拨。乔男女:乔有不搭调,不靠谱意,此指无赖、恶棍。②胡踢蹬:意为胡乱折腾。③白胡阑:胡阑二字反切为"环",此句意为白环里套个迎霜兔,即白兔。故此旗为月旗。④红曲连:曲连反切为"圈",红圈里打着毕月乌,即日中三足乌,传说三足乌负日经天,故此旗为日旗。⑤鸡学舞:此处鸡为凤凰之谑称,在百姓看来,凤凰与鸡无异。此旗为凤旗。⑥狗生双翅:此旗当为飞虎旗,所谓画虎不成反类犬。⑦蛇缠葫芦:这面旗当是蟠龙旗。

解说

作者睢景臣(约1275~约1320),名舜臣,字嘉贤,或景贤、嘉宾。江苏扬州人,移居杭州。未能仕进,全部情感倾于曲作之中。作品《高祖还乡》,名动当时。

曲中出现的兔,只是画在大队人马的旗帜上,但却写得神采奕奕。帝王出行时仪仗，打着日月龙凤虎旗等，在老百姓眼里，不过是些不当行的可笑摆设，威加海内的汉高祖不过是个臭摆阔的暴发户，千载以下读之，犹令人忍俊不禁！此曲里生肖之鸡、犬、兔、虎、龙、蛇都有，实不多见。

(何焱林注)

钟离春智勇定齐 元·郑光祖

第二折①

(田能同徐弘吉、徐弘义领卒子驾鹰引犬打旗上)

(田能云)某乃田能是也。同众官来到此郊野外，大小三军。布下围场，公子这早晚敢待来也②，将围场摆开者！

(徐弘吉云)将军，摆布严整了也。

(田能云)公子敢待来也。

(齐公子同晏婴③、祗侯跚马儿上④)

(齐公子云)某齐公子是也。来到郊外，兀的不是围场。(做跚马儿走科，云)可怎生獐狍鹿兔不见一个⑤？兀的不是一个雪白兔子！众人休放箭，等我射这玉兔。(做射箭科，云)着！箭射中玉兔也，左右与我拿来！

(卒子云)报的公子得知，玉兔带箭走了也。

(田能赶科。云)呀！兔子活哩，带着箭走了也。

(齐公子云)泼毛团带着我一枝金钑箭走了也，那里去，更待干罢⑥！众人跟着某务要赶上。

(做赶科，云)紧赶他紧走，慢赶他慢走。田能，你守定围场。我务要赶上他。(下)

(田能云)好是跷蹊也。俺采猎半日⑦，止有一个白毛玉兔。公子射中，带着金钑箭走了，公子追将去了。众将士，俺四下里抓寻玉兔去来。(同下)

(正旦唱)【醉春风】你看那邻里俊娇娃，更和这乡间小幼女，家园万卉叶蓁蓁。要把这成行儿数，数。走不彻榆林，观不尽枣棘，数不尽桑树。(茶旦云)咱慢慢的采桑，看有甚么人来。

(齐公子跚马儿赶兔上。云)走走走！甫能赶上。带着金鈚。走入桑园去了。(做看科，云)可怎生不见了？兀那桑间有几个采桑的女子，我试问他一声。兀那采桑的女子，你曾见一个兔子着一枝箭么？

(茶旦云)你在这里问兔儿。我说与你，你去南海子寻问去，连獐子说与你！

(齐公子云)兀那女人。那里是往临淄去的路也？

(正旦唱)【红绣鞋】他问俺那个是临淄的道路。(云)你是甚么人？(齐公子云)某乃齐公子是也。(正旦云)既是齐公子。(唱)你可便怎来到俺这郊墟？哎，你个公子齐侯有疏虞⑧。(齐公子云)这厮好无礼也，有甚么疏虞处？(正旦唱)岂不知禾苗在地。也不念麦将熟，(云)如今田苗在地。(唱)你道波⑨，你不合骤骅骝践田亩。

(齐公子云)好是不祥也。为这个泼毛团，受这个采桑妇的气！我出的这桑林。可怎生不见晏婴？

(晏婴跚马儿慌上见科。云)公子，量那玉兔打甚么不紧，直赶到这里！

(齐公子云)晏婴，你圆的好梦！淑女也不得见。倒受了采桑妇一肚子气。

(晏婴云)公子，在那里？我试看咱。(惊科，云)看了此女子，生的像貌非俗。日当卓午⑩，这个莫不是应梦的贤人淑女？

注释

①折：元杂剧中的一幕。②敢待：即将，就要。元明时口语。元关汉卿《窦娥冤》楔子："这早晚窦秀才敢待来也。"③晏婴(?～前500)：春秋时期齐国大夫。字平仲，夷维(今山东高密)人。历仕灵公、庄公、景公为卿。奉景公命出使晋国联姻，与晋大夫叔向议论齐国政局，预言齐国政权将被田氏取代。

传世有《晏子春秋》，为战国时人搜集其言行编辑成书。④祗候：本宋元职官名。宋代祗候分置于东、西上阁门，与阁门宣赞舍人并称阁职，祗候分佐舍人。元代各省、路、州、县分别设祗候若干名，为供奔走驱使的衙役。元明亦指官府衙役，势家仆从头目。此借用其名。珊马：骑马，元代口语。⑤獐(zhāng)：哺乳动物，形状像鹿，毛较粗，头上无角，雄的有长牙露出嘴外，亦称牙獐。皮可制革。狍(páo)：鹿类动物，比鹿小，毛夏季栗红色，冬季棕褐色，雄者有分枝状角。肉可食。⑥金鈚箭：金鈚同金镞，指名贵之箭。干罢：为元明间口语，甘休之意。元关汉卿《窦娥冤》第二折："好也啰！你把我老子药死了，更待干罢！"⑦采猎：狩猎。⑧疏虞：疏忽，错谬。⑨道波：元明方言，到处乱跑。⑩卓午：正午。唐李白《戏赠杜甫》诗："饭颗山头逢杜甫，头戴笠子日卓午。"

解 说

作者郑光祖，字德辉，平阳襄陵（今山西襄汾县）人。元代著名杂剧家和散曲家，所作杂剧当时名闻天下，声振闺阁，与关汉卿、马致远、白朴齐名，合称"元曲四大家"。他的剧作词曲优美，有时化用诗词名句，贴切自然，然而有时过于雕饰。

题中钟离春，传为战国时齐国无盐邑之女。貌极丑，四十岁不得嫁，自请见齐宣王，陈述齐国四点危难，为宣王采纳，立为王后。于是拆渐台、罢女乐、退谄谀，进直言，选兵马，实府库，齐国大安。事见汉刘向《列女传·辩通》及《新序·杂事》。

在这个剧本一折中，出场的有一只白兔，带箭奔逃，于是引出齐侯遇智女钟离春的故事。文字生动，情节紧凑。打猎实作铺垫，得人才方是主旨。所谓人才难得，金玉珠宝，不过供君主赏玩，后宫佳丽，不过供君主枕席；人才之得，则可安邦定国，富裕民生。齐国君臣，不以貌取才，可谓得选举之要。

（何焱林注）

古代涉兔赋

猎兔赋 晋·夏侯湛

尔乃乘露箱①，御良马，盾戈接于广漠，弓矢连于旷野。端眺蒿莱，侧盱榛秽。落日攒慨②，傍窥蓊荟。视毚兔之所隐③，乃精望而审发。弦绝箭激，惊伏并毙④。搜陵厄险⑤，觅历冈阜。罶罾挂于重林⑥，疏罝结于通薮⑦。密惊视于草间，暂见之于蒙茸。拟以锐殳⑧，规以良弓。睹毫末而放镞，乃殪之于窟中。或纷佟赫以惊骛，影跳竦而扬白。擢轻足之荦荦，振游形之跃跃。弓不暇弯，罝不及幕⑨。尔乃鹰鹞翻以飘扬，劲翼谡而下掣⑩；马释控以长骋，郁腾空而陵厉。翕习于回阻之间⑪，缭绕于山林之际。盘纡游田，其乐泄泄⑫。心既倦兮日迁，命舆驾兮将还。息徒兰圃，秣骥芝田。目送归鸿，手挥五弦⑬。优哉游哉，聊以永年。

注释

①露箱：敞篷车。②落日：日光下照。攒慨：聚集起激昂之气。③毚(chán)：狡猾，毚兔即狡兔。④惊伏：惊逃的和藏匿的。⑤厄险：高而不平之地。⑥罶罾(liǔ zēng)：密网。⑦疏罝：疏网。⑧殳(shū)：长柄武器。⑨幕：

覆盖。⑩谡(sù)：风声。掣（chè）：拖拉。⑪翕习：和协。⑫泄泄：欢乐愉悦貌。⑬五弦：古乐器。《韩非子·外储说左上》："昔者舜鼓五弦，歌《南风》之诗而天下治。"东汉张衡《归田赋》："弹五弦之妙指，咏周孔之图书。"

解 说

作者夏侯湛（约243～291），字孝若，沛国谯县（今安徽亳州）人，西晋文学家。晋武帝泰始年间，举贤良，对策中第。后为中书侍郎、南阳相；晋惠帝时为散骑常侍；至元康初年病逝。他文章宏富，善构新词，和名士潘岳相友善，二人均神逸貌美，时人号为"连璧"。

赋是古代一种专门文体。屈原《离骚》开启辞赋的源流，经过历代的发展和演化，形成了多种风格和流派。一般分为四种：古赋，骈赋，文赋，律赋。古赋以汉代散体大赋为正宗。骈赋通篇基本对仗，两句成联，但句式灵活，音韵自然。文赋则不拘对仗，尚理而失于辞，无咏歌之遗音，不可以言丽。律赋为科举考试所专用，在骈赋的基础上，更注重对仗与声律的工整严密。本文处于古赋与骈赋之间。

此赋原文不存，类书中仅摘录此段，应是最精彩的段落。晋朝因帝王及何劭、石崇、王恺等豪门世家的影响，世风以奢侈相尚。本段即叙述豪家游猎行乐景况，层次井然，气势宏大。尤其是描写猎手的寻视神情，野兔的惊惶状态，十分逼真。全文从开始围猎，一直讲到射杀大量猎物，遍地搜寻，大家高兴而疲惫地回还为止。末尾四句，套用前人成句，别有风味。

（李之正注）

白兔赋 晋·王廙

丞相琅琊王始受旄节①，作镇北方②，仁风所被，回面革心③。昔周旦翼成④，越裳重译而献白雉⑤，著在前典，历代以为美谈。今在我王，匡济皇维⑥，而有白兔之应⑦，可谓重规累矩，不忝先圣也⑧。其辞云：

曰皇大晋，祖宗重光。固坤厚以为基兮，廓乾维以为纲⑨；方将朝服济江，传檄万国⑩；反梓宫于旧茔兮⑪，奉圣帝乎洛阳⑫；建中兴之遐祚兮，与二仪乎比长⑬。于是古之有德，则纳瑞而永安，无德则不胜而为灾。赤乌降于周文兮，尚称曰休哉⑭；桑谷生于殷庭兮，中宗克己以成仁⑮；雊雉登夫鼎耳兮，武丁责躬而教纯⑯。

注释

①此句述司马睿事。司马睿（276～323），字景文，河内温县（今河南温县西）人，司马懿曾孙，司马觐之子。东晋的开国皇帝。司马睿十五岁时，其父死，睿袭琅琊王位。八王之乱后期依附于东海王司马越，越以其为平东将军、监徐州诸军事，留守下邳。汉主刘渊举兵、建立汉国后，中原局势恶化，司马睿用王导之谋，请移镇建邺（今江苏南京）。朝廷遂于永嘉元年(307)命司马睿为安东将军、都督扬州诸军事，九月南下。他在王导、王敦辅助下，优礼当地士族，压平叛乱，惨淡经营，始得在江南立足。建兴元年（313）五月，西晋朝廷以琅琊王睿（司马睿）为左丞相、大都督，督陕东诸军事。此即其受旌节事。旌节：古使臣或地方长官所持信物。《史记·秦始皇本纪》"衣服旄旌节旗皆上黑"唐张守节正义："旌节者，编毛为之，以象竹节。"②作镇北方：所谓督陕东诸军事。陕东即河南陕县之东。于建邺而言，自是北方。但司马睿并未真正作镇北方，此聊述职责之所在耳。③仁风：仁德惠泽，如风流布。《后汉书·章帝纪》："功烈光于四海，仁风行于千载。"回面：回头，归顺。《文选·扬雄〈剧秦美新〉》："海外遐方，信延颈企踵，回面内向，喁喁如也。"李周翰注："回面内向，谓顺服于君。"革心：改正前非，洗心从善。晋袁宏《后汉纪·安帝纪上》："苟不杀无辜，以谴诃为非，无赫赫大恶，可裁削夺，损其租赋，令得改过自新，革心向道。"④周旦：周公姬旦。西周贤臣。翼成：翼：辅佐；成：周成王姬诵。周武王死时，成王尚幼小，周公辅佐成王，统摄国政。⑤越裳：越地衣裳，此指越地国主。越为今岭南一带地方。重译：多重翻译。白雉：白羽野鸡，古以为瑞。《尚书大传》卷四："周公居摄六年，制礼作乐，天下和平。越裳以三象重译而献白雉。"⑥匡济：匡复救济。汉王充《论衡·对作》："圣人作经艺者（著）传记，匡济薄俗，驱民使之归实诚。"皇维：皇家纲维，此指皇权皇统，亦指晋室江山。⑦白兔：古白兔稀少，故以为瑞。《晋书·列传四十》载司马睿曾见王导从弟王虞(hào)有白兔，此或即王廙《白兔赋》之所由。可见白兔之见非杜撰。⑧重规累矩：同一征候，一再重复。

后以喻因袭故事。已作成语。不忝(tiǎn)：不愧，不亚于。《孔丛子·执节》："不忝前人，不泯祖业，岂徒一家之赐哉？" ⑨坤厚：地之博大厚重。宋苏轼《内中御侍已下贺皇太后冬至词语制》："推美《国风》，风茂《周南》之化；考祥《羲易》，共成坤厚之功。"廓：开拓，扩张。《荀子》："狭隘褊小，则廓之以广大。"乾维：天之纲维，天之所命，天之准则。句意为以天命天则为纲。⑩朝服：古朝会所穿礼服，隆重典礼时亦穿。《仪礼·士冠礼》："主人玄冠、朝服、缁带、素韠，即位于门东西面。"此指司马睿奉旨渡江，镇守建邺。以朝廷之命，作镇江表，代天牧民。檄(xí)：古用于征召或昭告天下之文书。传檄：传布檄文。万国：指各地诸侯、长吏。⑪梓宫：古帝、后之棺。《汉书·霍光传》："赐金钱、缯絮、绣被百领，衣五十箧，璧、珠玑、玉衣，梓宫……皆如乘舆制度。"颜师古注："服虔曰：'棺也。'以梓木为之，亲身之棺也。为天子制，故亦称梓宫。"旧茔：旧时坟地。此指西晋旧时皇家墓地，其时已为刘汉军队所残破。⑫洛阳：西晋以洛阳为国都。西晋经八王之乱，国势衰颓。怀帝司马炽继位于战乱之后，无所作为，311年，匈奴人刘曜攻破洛阳，俘司马炽，313年司马炽被刘曜所杀，同年13岁之司马邺在长安继位，是为愍帝。《白兔赋》当于此段时间所写，因愍帝尚存，东晋未建，故有"奉圣帝乎洛阳"之说。⑬中兴：中道振作，复兴旧业，转衰为盛。《诗·大雅·烝民序》："任贤使能，周室中兴焉。"遐祚：长久之帝祚，不尽之福泽。二仪：天、地。三国魏曹植《惟汉行》："太极定二仪，清浊始有形。"⑭赤乌：红色乌鸦。《吕氏春秋·有始》："赤乌衔丹书集于周社。"《尚书大传》卷二："武王伐纣，观兵于孟津，有火流于王屋，化为赤乌，三足。"周文：周文王姬昌。史称其为有德之君。禹、汤、周文，昔人目为三圣王。尚：吕尚，时为国师。休：祥，美。⑮桑、谷：两种树木之名，古人以为二木共生则不祥。《书·咸有一德》附《序》："伊陟相大戊，亳有祥，桑、谷共生于朝。"孔颖达疏："桑、谷二木，共生于朝。朝非生木之处，是为不善之征。"北魏崔鸿《十六国春秋·北燕·冯跋》："桑谷生朝，太戊（即大戊）修德而殷道兴。"太戊为商第九代国君。卒谥中宗。⑯雊(gòu)雉：鸣雉，一作雉雊。《书·高宗肜(róng)日序》："高宗祭成汤，有飞雉升鼎耳而雊。"孔传："耳不聪之异。"孔颖达疏："雉乃野鸟，不应入室，今乃入宗庙之内，升鼎耳而鸣。孔（安国）以雉鸣在鼎耳，故以为耳不聪之异也……《汉书·五行志》刘歆以为鼎三足,三公象也,而以耳行,野鸟居鼎耳,是小人将居公位,败宗庙之祀也。"后因以"雊雉"为变异之兆。肜为商祭礼之一。武丁:商第二十三代国君,庙号为高宗。责躬:责备自己。《后汉书·郭太传》:"蘧瑗、颜回尚不能无过,况其于乎?慎勿恚恨,责躬而已。"武丁因雉鸣鼎耳,虽为不祥之征,却能修德禳灾,终成大治。

解 说

作者王廙(yì)(276~322年),字世将,琅琊临沂(今山东临沂)人。东晋重臣王导之从弟,东晋元帝之戚属。封武陵县侯。王敦以廙为平南将军,赠侍中、骠骑将军,谥曰康。晋室过江,廙书、画为第一,画为明帝之师,书为右军(廙侄羲之)所法。能章楷,传钟(繇)法。尤工于草隶飞白,祖述张(僧繇)、卫(夫人)遗法。其飞白志气极古。时人云:"王廙飞白,右军之亚。"尝得索靖书七月二十六日帖一纸,每宝玩之。永嘉中,乃四叠缀衣中以渡江,后叠迹犹在。善画人物、畜兽、鱼龙。时镇军谢尚于武昌昌乐寺造东塔,戴若思造西塔,并请廙画。有异兽图、列女仁智图、狮子击象图、吴楚放牧图、鱼龙戏水绢图、村社齐屏风、犀兕图,并传后代。羲之亦学画于廙,廙画孔子十弟子并赞以励之。有云:"画乃吾自画,书乃吾自书。吾余事虽不可法,而书、画固可法。"卒年四十七。钟、张、卫为魏晋间书家或画家。

王廙此赋不长,却有三点可注意。其一、此赋如此其短,正说明此赋写于西晋败灭,晋室东迁的兵荒马乱时期。其二、王廙写《白兔赋》恰当其时。北方经八王之乱,边地民族之五胡(匈奴、鲜卑、羯、氐、羌)大举进入中原,尤其匈奴人刘渊所建之汉朝攻破洛阳,直接威胁晋室生存。晋之士大夫大量南渡,东南半壁虽未动摇,但人心不稳,王导等游钟山作新亭之哭,便是这种情绪的反映。有白兔之祥,王廙之赋,对人心之稳定,无疑有一定作用。其"反梓宫于旧茔,奉圣帝乎洛阳",有收复失土、还于旧都之豪气,对人心也是一种激励。王嵩(hào)亦有《中兴赋》之作,都应合了这种需要。第三、指出稀奇之物,可为祥亦可为祸。勤于政事,勇于改过,则灾异亦可化为祥瑞。如桑、谷生于殷廷,殷中宗克己不逮,终成大治;雊雉登夫鼎耳,殷武丁反躬自责,终为善政。告诫人们,天命虽然可依,但人事更加重要。对于当时及后世,都有积极意义。

(何焱林注)

卯兔卷

白兔赋 唐·蒋防

圣理遐远①,毛群效灵。有兔爰止②,载白其形。秉金气而来③,居然正色;因月轮而下,大叶祥经④。岂不以应至道之神化,彰吾君之德馨。皎如霜辉,温如玉粹。毫素丝而可拟,足琼枝而取类。与三窟以殊归,将五灵而共至⑤。洁朗贞质,联绵雅致。名殊东郭⑥,韩卢不敢而前⑦;迹近中林,苍鹰无由得鸷。其容炳真⑧,其性怀仁。饮玉池而冰光不散,食瑶草而雪影长新。理符守黑,事异文身⑨。倘使衔钩⑩,殷帝之狼不若;如令受彩,江生之笔非神⑪。载寝载兴,或驯或扰。仰天鉴以昭晰,托御林而皎皛;为太白之材用,作殊祥之标表。原夫阴骘所为,不识不知。贲然练被⑫,炯若星驰。白则西方,其理且同于服顺;兔为明视⑬,其义取鉴于安危。岂惟跧伏于庭侧⑭,踊跃于堂垂者哉!观其闲暇,沐浴鸿化⑮。笑鲁殿之浮名⑯,耻梁园之旧价⑰。俾夫守株之士⑱,几恨穷通;过隙之驹⑲,空悲代谢。是知隐雾而忧者⑳,其文蔚;反袂而嗟者㉑,其道屈。曷若保贞白以辉映,承圣灵之剪拂㉒;同瑞牒而登高㉓,异周书而玩物㉔。所以充福,应叶祯祥。事资朴素㉕,匪亚文章。知兽用之不扰,审天符之允臧㉖。伴祥乌于苑囿㉗,邻瑞雁于池塘㉘。懿夫以道德为筌蹄者其可忘㉙。

注释

①圣理:造物之理。②爰:宽缓貌。《诗·王风》:"有兔爰爰。"止:助词。③金气:西方之气,属金,色白。④叶(xié):同协。祥经:《礼记·中庸》"国家将兴,必有祯祥。"⑤三窟:《战国策》"狡兔有三窟,仅得免其死"。五灵:指麟、凤、龟、龙、白虎;是古人心目中的神灵动物。⑥东郭:即东郭逡,古人所称狡兔之名,见《春秋后语》。⑦韩卢:即韩子卢,古人所称捷犬之名。⑧炳真:明净而可爱。⑨守黑:甘居卑下。《老子》有"知白守黑"之言。文身:即纹身。古东夷之人断发文身,以避蛟龙之害。⑩衔钩:殷汤之时

有白狼衔钩献瑞。⑪江生：指江淹。少时梦有神人送给五彩笔，文思大进。⑫贲(bì)：装饰。⑬明视：兔之别名。⑭拳(quán)：同蜷，盘曲状。⑮鸿化：大化，盛世。⑯鲁殿：《鲁灵光殿赋》之省语，中有"狡兔拳伏于柎侧"之语。⑰梁园：汉梁王刘武所造之园，亦名兔园。⑱守株：《韩非子》寓言故事，讥笑希图坐享其成者。⑲过隙：白驹过隙，时光过得快。⑳隐雾：隐藏在雾中。见《列女传》"玄豹隐雾"之语。㉑反袂：拭泪。㉒剪拂：培育，赞赏。㉓瑞牒：选官的文书。㉔玩物：爱好奇物。《周书》："玩人丧德，玩物丧志。"㉕朴素：兔色白，给人朴素的感觉。㉖臧：善，奖。㉗祥乌：古人以为乌鹊为吉祥之乌，可带给人以平安爵禄。传三国时魏何晏在狱中，有两只乌落在屋顶上，女儿说："乌有喜声，父必免。"何晏果然被释。唐皇甫冉诗"香象随僧久，祥乌报客先"。㉘瑞雁：即朱雁，古人以为瑞乌。《新唐书·百官志》："景云、庆云为大瑞，其名物六十有四；白狼、赤兔为上瑞，其名物三十有八；苍乌、朱雁为中瑞，其名物三十有二。"㉙筌蹄：捕鱼和兔的工具。《庄子》："得鱼忘筌，得兔忘蹄，得意忘言。"

卯兔卷

解 说

作者蒋防（约792~836?），字子征(一作子微)，又字如城，唐义兴(宜兴古名)人。初任翰林学士、中书舍人。长庆二年(822)因"牛李党争"受到株连，贬为汀州刺史；不久改任连州刺史；大和二年(828)调任袁州刺史。蒋防年少时才思敏捷，能诗善文，其传奇《霍小玉传》尤为著名。

此赋以白兔为题，属于骈赋。白兔自古被认作祥瑞之物，因此首先夸说圣理遐远，白兔亦以圣理而生成；是从月宫而下，颂君主之德。然后一方面说白，一方面说兔，时而两相结合，尽量用典故串联，文辞起伏跌宕。后半转到哲理的领悟上，归结为白兔形态洁朗雅致，其才岂惟拳伏庭侧，踊跃堂垂而已。联系到士人，也应该保持其志趣之贞白，欲得兔者，其可忘之乎。

此为限韵赋，中唐以降，均以限韵律赋取士，至宋时一般定为八韵。此赋亦限八韵。

(李之正注)

白兔赋 明·姚涞

　　窃惟德协于治，治协于瑞，邃古以来，盖莫不然。赤文之箓，尧也①；昭华之琯，舜也②；白狼之钧，汤也；丹乌之谷，武也③。畴德之符④，有足征焉。后世德薄化漓⑤，其不能继，无惑也。

　　惟我皇上，道贯三才，智周万物，孜孜为治，化浃邦家。是以一纪之间，河清、甘露、灵鹊之类，史不绝书。叠贶骈祥，独驾古昔⑥。属者西蜀宪臣，获白兔以贡于阙下，较诸他瑞，尤为异常。自非天无藏宝，地无隐祥，何以有此？夫有至德者，必有至治；有至治者，必有至瑞。谅哉斯兔之为符也⑦。

　　臣瞻依日月，鼓舞鸢鱼，待罪文署，欣忭万倍⑧。是用作为歌赋，以光赞圣德，盖不独使渊云诸臣⑨，得专艺于汉世也。谨献瑞兔赋一篇，上尘睿览⑩。

　　赫皇明之昌历，启圣人而驭宇。绍皇王之丕图⑪，振阴阳之宏纪。象三光以垂照，顺五行而立轨。熙鸿醇于昊轩⑫，匹休光于姚姒⑬。放勋袭其钦明⑭，《旱麓》宗其恺悌⑮。仁恩衍而横流，义声驰而遐靡。焕采物以弘文，遵彝常而崇礼⑯。洽玄德于幽明，敷茂化于远迩。览隆古以独骛，扬徽烈以齐美⑰。三灵协而胥庆⑱，百顺秘而来禔⑲。或吐秘以表贶，或孕奇而荐祉⑳。纷嘉祯之杂集，兆至和之所委。邈西蜀之上游，蟠龙郁而为冈。育异兔以驯伏，匪川泽之能藏。陋中山与东郭㉑，何凡品之足方㉒？羡冠伦之仁兽㉓，传郡国以腾章㉔。凝皓辉于西陆㉕，披素彩于少商㉖。瞻蕊渊兮融魄㉗，感玉衡兮流光㉘。昭明视兮庙祀㉙，应单阏兮岁阳㉚。毳如丝兮皎皎，眸若珠兮煌煌。璧月满兮露漙㉛，箕风入兮桂芳㉜。物与时兮竞爽，望帝都兮开祥。参玄根以比寿㉝，饮元气以为浆。耀珍环于王母㉞，配纯雉于越裳㉟。跃升平之华囿，仪清穆之朝堂。映翠华于上苑，栖朱草于中唐。嗟彼貙之为族㊱，亦既繁而孔庶。骇降质之特殊，乃呈姿以托寓。验以瑞应之图，稽以古今之注。采之里俗之谣，讯之筮龟之喻㊲。往纪之所鲜闻，先朝之所未遇。察金桑之有征㊳，章皇风之广驭。庶事敏而惟康，高年逸而有誉。既丕振乎文英，复远戡乎兵戎。占以类而相从，嘉协气之克裕。臣工见而翔泳，雷四域以同豫。观合契而应符，信龙德之当天。恒逊美而弗居，厉皇情之乾乾。存寅畏于索驭，切兢惕于临渊[39]。纷华陈而不御[40]，嗜好至而莫迁。道既隆而愈恭，精已励而尤坚。辨敬怠于儒籍，审劳逸于农阡。敦德业于久大，泯声臭之幽玄[41]。游高明兮浩浩，履中正兮平平[42]。愿升歌以颂祷，从八风以相宣。茂本支以百世，孚景命以万年[43]。

注释

①相传尧之时天降赤符。②舜时有昭华之琯。琯：玉管。昭华为美玉。③商汤时有白狼衔钩。武王观兵孟津，有赤乌下降。④畴：酬。⑤漓：浅薄。⑥一纪：十二年。叠贶(kuàng)骈(pián)祥：接二连三的天赐祥瑞。独驾：独自超过。⑦符：瑞应。⑧瞻依：瞻仰依恃。《诗·小雅·小弁》："靡瞻匪父，靡依匪母。"鸢(yuān)：飞鸟。鹰科，头顶及喉部白色，嘴带蓝色，体上部褐色，微带紫，两翼黑褐色，腹部淡赤，尾尖分叉，四趾都有钩爪，捕食蛇、鼠、蜥蜴、鱼等，俗称"老鹰"。鸢鱼：《诗经·大雅·旱麓》："鸢飞戾天，鱼跃于渊。"此地有自歉为鸟为鱼意。待罪：指作者因"议大礼"得罪。文署：指作者迁左春坊。忭忭(biàn)：高兴欣喜。⑨渊、云：汉辞赋家王褒字子渊、扬雄字子云。⑩上尘：表奏函牍中表示谦抑之语，意为有污尊长视听。睿：聪明才智。⑪绍：继承。皇王：指三皇、二王。丕图：洪烈伟绩。⑫昊轩：太昊伏羲、轩辕黄帝。⑬姚姒：舜姓姚，禹姓姒。⑭放勋：帝尧之名。《尚书》："放勋钦明。"⑮《旱麓》：《诗经》中一篇之题，意为旱山之麓。恺悌：和乐。《诗·文王·旱麓》有"鸢飞戾天，鱼跃于渊，恺悌君子，何不作人"之语。⑯彝常：天地人之常道。⑰隆古：上古、远古。唐萧颖士《过河滨和文学张志尹》："隆古日以远，举世丧其淳。"独鹜：独步，领先。徽烈：业绩。⑱三灵：天、地、人。胥：皆。⑲百顺：百事顺遂。《礼记·祭统》："备者，百顺之名也，无所不顺者谓之备。"祕：藏。《广韵》："劳也，密也，藏也。"禔(tí)：福。⑳贶(kuàng)：赐予、馈赠。㉑中山：中山国产兔毛，制笔最佳。东郭：即东郭逡，齐之狡兔。㉒足方：足以相匹。㉓仁兽：指麒麟，天下有道则

出现。㉔郡国腾章：在地方上扬有文名。韩愈《毛颖传》将兔毫笔拟名为毛颖，戏说他是管城中书（笔），同绛郡陈玄（墨），弘农陶泓（砚），会稽楮先生（纸），出处必谐。㉕西陆：昴宿分野。昴与卯谐音，而卯为兔位。㉖少商：琴上第七弦。㉗蒸渊：草木丛生处。㉘玉衡：北斗第五星，也泛指北斗。㉙明视：兔之别名。㉚单阏(dān è)：卯年，生肖属兔。㉛湑：清露。㉜箕风：月球行经箕星之度，古人以为是多风之兆。㉝玄根：玄秘的本源。《老子》："玄牝之门，是为天地之根。"㉞珍环：月轮。㉟越裳：古南海国名，曾向周公献白雉。㊱翠华：帝王仪仗之旗帜或车盖。《文选·司马相如〈上林赋〉》："建翠华之旗，树灵鼍之鼓。"李善注："翠华，以翠羽为葆也。"上苑：皇家园林。朱草：一种红色之草，古以为瑞。晋葛洪《抱朴子·金丹》："又和以朱草，一服之能乘虚而行云。朱草状似小枣，栽长三四尺，枝叶皆赤，茎如珊瑚。"中唐：大门至厅堂之路。《诗·陈风·防有鹊巢》："中唐有甓，邛有旨鹝。"《毛传》："中，中庭也；唐，堂涂也。"㺄(nóu)：江东称兔为㺄。㊲筮龟：占卜之具。㊳金桑：祥瑞之物。王子年《拾遗记》："峻鋂山名下有金井，白气冠其上，井中金桑，弱可缄縢。"㊴乾乾：自强不息。《周易·乾》(䷀)："君子终日乾乾。"寅畏：敬惧谨慎。临渊：如临深渊，小心警惕。㊵纷华：富丽堂皇。㊶臭(xiù)：气味。㊷中正：位置恰当。《周易·履》(䷉)："刚中正，履帝位而不疚。"㊸八风：八方之风。《吕氏春秋》《淮南子》《说文解字》《左传·隐公五年》等都有风名。一说为八种季候风，《易纬通卦验》："八节之风谓之八风。立春条风至，春分明庶风至，立夏清明风至，夏至景风至，立秋凉风至，秋分阊阖风至，立冬不周风至，冬至广莫风至。"相宣：相互辉映。《南齐书·文学传·陆厥》："兴玄黄于律吕，比五色之相宣。"景命：大命，天命。《诗·大雅·既醉》："君子万年，景命有仆。"《郑笺》："天之大命。"

解说

作者姚涞(？~1537)，字维东、遂东，号明山，慈溪人。长于史学。明正德十一年(1516)中举，嘉靖二年(1523)进士第一(状元)，授翰林修撰。次年为争"大礼"事受廷杖，下狱。后复官，充经筵讲官，迁左春坊左谕德、侍读学士。十六年主持北冀乡试，所取试文一时为天下范式。

此赋属于骈赋，前有小序，说明作赋缘由。先引经据典，说尧舜汤武这些上古圣王的时代，都有祥瑞之物出现，当今皇上也是祥瑞不断，现在西蜀获得白兔呈献，白兔家养则多，野生则罕见，故视为奇瑞，应该写《瑞兔赋》来歌颂。赋的正文，仍然从皇帝之盛德谈起，根据四川向朝廷献白兔一事，先来一通长篇大论，歌颂德治皇恩，甚至吹捧为前所未有。中间大段串联许多兔的典故，描述白兔，不离祥瑞；而尾段自"恒逊美而弗居"句以下，乃为规谏之言，但仍以各种谀词装饰，用心甚苦。

贺徐州张仆射白兔状 唐·韩愈

伏闻今月五日，营田巡官陈从政献瑞兔，毛质皦白，天驯其心。其始，实得之符离安阜屯。屯之役夫，朝行遇之，迫之弗逸，人立而拱①。

窃惟休咎之兆，天所以启觉于下，依类托喻；事之纤悉，不可图验。非睿智博通，孰克究明？愈虽不敏，请试辨之。

兔，阴类也；又窟居，狡而伏，逆象也。今白其色，绝其群也；驯其心，化我德也；人立而拱，非禽兽之事，革而从人，且服罪也。得之符离，符离实戎国名，又附丽也②；不在农夫之田，而在军田，武德行也，"不战而来之"之道也，有安阜之嘉名焉③。

伏惟阁下股肱帝室，藩垣天下④，四方其有逆乱之臣、未血斧锧之属，畏威崩析，归我乎哉？其事兆矣⑤！是宜具迹表闻，以承答天意。

小子不惠，猥以文句微识蒙念，睹兹盛美，焉敢避不让之责而默默耶？

愈再拜。

注释

①人立：像人那样站立。拱：指兔子举起前肢，好像拱手。②附丽：贴近，依靠。这两个字与"符离"地名同音。③安阜：意思是平安富足，也是好

地名。④股肱：得力的辅佐。藩垣：护卫。⑤兆：应验。

解 说

作者韩愈（768~824），字退之，河阳（今河南省孟州市）人。因祖籍河北昌黎，世称韩昌黎。谥号"文"，又称韩文公。他是唐代古文运动的倡导者，宋代苏轼称其"文起八代之衰"。他中进士后，曾经在汴州董晋、徐州张建封两节度使幕府任职。后回京，历任四门博士、监察御史，因上书论天旱人饥，请减免赋税，贬阳山令。宪宗时为国子博士，累官至太子右庶子、刑部侍郎。后因谏迎佛骨，贬潮州刺史；移袁州。不久回朝，历任国子祭酒、兵部侍郎、吏部侍郎、京兆尹等职。

此文是韩愈在徐州节度使张建封幕府任职时所撰。当时有巡官捉到一只站立的白兔，以为是祥瑞之物，便奉献给节度使，于是韩愈作文祝贺。文章可分五段。第一段讲发现白兔的经过；第二段说瑞兆需要分析、解释；第三段从兔的色、性、行动和地点进行系统判断，认为是好兆头；第四段联系到张仆射的地位，建议将此事上报；最后一段是说自己不能不写这篇祝文。全文层次井然，环环相扣。

（冯广宏注）

中国生肖诗歌大典

第三辑（卷五）

辰龙卷

杨大明　肖　炬　主编

龙门阵中且说龙

追根溯源探龙踪

十二生肖中，龙位居第五；虽然并非名列前茅，但与其他生肖动物相比，却显得特别高贵。展视整个生肖系列，除了与人亲善的"六畜"以外，其余生肖动物如鼠、蛇之辈，明显难登大雅之堂；即使是虎、猴，也显得粗暴或猥琐；唯有龙，自古即称九五之尊，令人肃然起敬。

龙尽管属于动物之类，但又令人难以捉摸，实际上处于虚构与实在之间。如果说它有，生物学领域里找不到它的痕迹；如果说它无，许多古代文献却大量记载着它的存在。这个浸透在中华民族各个领域的永恒话题，从古到今，探索不断，令人浮想联翩，演绎出多少深沉厚重的龙文化。

龙在中国人的心里，始终是能上天，能入渊，时隐时现的神物，有着种种变化神通，而且还有腾云致雨的本领。对龙的崇拜，在我们民族的历史上可谓源远流长，已经构成一种"龙文化"。新近出土于辽宁查海古遗址中的龙纹陶片，已将龙文化的起源推溯到了8000年以前。

龙是中华民族的图腾。不管是国内国外，只要是中国人，都自称是"龙的传人"。中国人心目中的龙，绝非自然界恐龙之属，它与凤凰、麒麟等一样，都存活于人们的美好想象之中，大自然中不能见其踪迹。

龙的模样，中国的神话传说中描写得淋漓尽致——它具有九种动物的形象特征，是一个九不像的物种。东汉王符说鳞虫之长的龙，其形有九似：头似驼，角似鹿，眼似兔，耳似牛，项似蛇，腹似蜃，鳞似鲤，爪似鹰，掌似虎。其背有八十一鳞，具九九阳数。其声如戛铜盘。口旁有须髯，颔下有明珠，喉下有逆鳞。头上有博山，又名尺木，龙无尺木不能升天。它呵气成云，既能变水，又能变火。不过民间还有很多异说，一说是：龙的嘴像马、眼像蟹、须像羊、角像鹿、耳像牛、鬓像狮、鳞像鲤、身像蛇、爪像鹰。一说是：龙的头似驼、眼似兔、耳似牛、角似鹿、项似蛇、腹似蜃、鳞似鲤、爪似鹰、掌似虎。还有一说，是由八种动物的身体某一部分组合而成，具有虾眼、鹿角、牛嘴、鲶须、马鬃、蛇身、鱼鳞、鸡爪。总之，五花八门，各执一词。虽不尽相同，但大体相似。反正谁也没有见过，任人随意发挥。古史学家认为，这可能表明，龙图腾是远古许多部落图腾的整合体。

在绘画界，画师们传授弟子画龙的口诀是"鹿之双角虾之睛，狗之鼻子牛之唇，鲶之胡须蛇之身、狮之鬃毛鱼之鳞，再添鹰爪再添云，一幅神龙即画成"——这也许就是龙的统一约定形象。

1987年，在河南省濮阳市西水坡仰韶文化遗址的一处墓葬中，发现了用蚌壳精心摆塑的龙虎图案。蚌龙置于墓主人尸骨的右侧，龙昂首，曲颈，弓身，前爪扒，后爪蹬，状似腾飞。蚌虎位于尸骨的左侧，虎首微低，张口露齿，虎尾下垂，四肢交递，状如行走。可见先民们对龙的认识与崇拜，已经是非常久远了。不过，那个时候龙的形状还属似蛇非蛇、似鳄非鳄的原始形态，前面所述的九类动物的混合体，是后来演化完善的结果。龙既然是汇诸兽之长且被神化了的物种，其神通也愈来愈大。身子也是由一般动物型而逐步变为有鳞、有角、有须、有脚，无论水陆空都能适应的样子。它的爪子也由开始的三爪、四爪，发展到五爪。五爪金龙，后来成为帝王的象征。

龙的传说和神话，在中国古代经典著作中车载斗量，几乎每本书上都有，可谓不胜枚举。

把龙放在重要位置的，从《易经》开始。《易经》是古代遗留下来的多学科典籍，含义玄妙，深不可测，多被视为古代哲学。《易经》的第一卦"乾"（☰），六爻皆属阳，而龙属阳物，于是便将龙作为卦象表述，以定吉凶。乾卦卦辞中列举了"潜龙勿用""见龙在田""龙跃于渊""飞龙在天""亢龙

辰龙卷

有悔""群龙无首"的多种带龙词语,有人认为实指天象,寓龙以哲学和预测学的深邃内涵。

云遮雾障龙何处

十二生肖的民俗,在民间起源甚早。《左传·僖公五年》记载了上古民间的一则童谣:"丙之晨,龙尾伏辰。"有些研究者认为,这是将生肖龙与地支辰联在一起的最早材料。其实这里是把龙描述为一种天文现象,汉人注称:"龙尾者,尾星也。日月之会曰辰。日在尾,故尾星伏不见。"孔颖达疏:"日月聚会为辰,星宿不见为伏。"辰龙作为生肖,最齐全记载当属东汉王充的《论衡·物势》及《言毒》,其中"十二属"的配合情况,就与今天完全一致。

面对属相物种的排列,使人不能不产生两个疑问:如龙果真是古人想象中的产物,为什么会在十一种实有的动物中间,偏要插进一种纯属虚构的怪物呢?大千世界,物种多的是,全用实有动物岂不更好些?再说,既然龙是图腾标志,后来龙又演变为至高无上的神圣与权力象征,那么,在十二属相的排列顺序中,为什么丝毫看不出龙的这种至高无上的特殊地位呢?

令人惊讶的是,秦汉以后的中国居民,仍不断有人声称他们亲眼看见了活生生的真龙!自《汉书》以来的历代正史及杂史中,都将亲眼见龙的叙述,当作一桩十分严肃的大事而记录下来。今天,我们想要探究中华神龙的真实面目,是不应该也不可能回避这些记载的。

翻检《汉书》《后汉书》《三国志》《晋书》《宋书》《南齐书》《梁书》《陈书》《魏书》《北齐书》《周书》《隋书》《华阳国志》《十六国春秋》《水经注》《伏侯古今注》等古代典籍进行初步统计,从汉高祖五年(前202)至隋仁寿四年(604),总共806年间,见龙的记载达108次。隋唐以后,文献日益增多,有关龙的记载愈加纷纭复杂。

例如,《后汉书·孝章帝纪》元和二年(85)九月,汉章帝曾下过诏令,对见到龙的官民分别给予绢帛奖赏。奖赏不算丰厚,说明见龙并不稀罕。

从咸丰《兴义府志》卷四十四"今江南夏雨时,常有龙见,多不胜书"的说法推测,纵观史志中见龙记录又大多是在夏季,龙伴随云雨而来,因此其中不少记载可能是古人对大气现象的误解，如"金龙闪现，瞬间即逝"，很明显那是把形状似龙的闪电错认为龙；还有什么"龙现爪""龙挂膀"等等，其实是把龙卷风形成后的漏斗状云误认为龙。

在古籍中常可看到对"龙瑞"的附会记载，如《华阳国志·蜀志》记载，建安二十四年（219），黄龙见于武阳赤水（今四川双流县黄龙溪），滞留了九天后方才离去，当时曾立庙作碑。另据《三国志·蜀志·先主传》载，第二年，太傅许靖等上书劝刘备称帝时，亦专门提及此事，以为是刘氏的瑞应。宋代洪适《隶续》卷十六中，著录了两块《黄龙甘露碑》的残文，其中一块镌刻的日期是"建安廿六年"，并有"武阳""赤水"字样，显然就是纪念这桩大事的。

再据《三国志·魏志·明帝纪》和《宋书·符瑞志》中记载：太和七年（233）正月，摩陂（今河南郏县东南）的一口大井中发现了青龙，浮现了十多天，魏明帝亲自率领群臣前去观看，并叫画工当场绘图，但尚未画完，龙就下潜消失了。因为此事，还特地下令改年号为青龙，改摩陂为龙陂。臣僚们竞相吟诗作赋，歌咏祥瑞，留存到今天的有刘劭的《龙瑞赋》、缪袭的《青龙赋》。刘劭说，虽然早已听说过龙瑞的传闻，但从没有像这一次能够观看得如此真切："自载籍所纪，瑞应之致，或翔集于邦国，卓荦于要荒，未有若斯之著明也。"

南北朝郦道元《水经注·沫水》记载：灵道县有铜山，又有利慈渚，"晋泰始九年（273），黄龙二见于利慈池。县令董玄之率吏民观之，以白刺史王浚，浚表上之，晋朝改护龙县也"。灵道县是一个古县名，其故址位于今天四川的汉源县、甘洛县一带。

崔鸿《十六国春秋·前燕录》记载：慕容皝十二年（345）"夏四月，黑龙一、白龙一见于龙山。皝亲率群僚观之，去龙二百余步，祭之以太牢。二龙交首嬉翔，解角而去。皝大悦，还宫殿，赦其境内，号新宫曰和龙"；又立龙翔佛寺于山上。龙山，今称凤凰山，在辽宁朝阳市东。

《太平广记》卷四二三引张读《宣室志》，叙述了太原城居民围看飞龙的场景："汾水贯太原而南注，水有二桥，其南桥下尝有龙见，由是架龙庙于桥下。故相国令狐楚居守北都时，有一龙自庙中出，倾都士女皆纵观；近食顷，方拿奋而去，旋有震雷暴雨焉。又明年秋，汾水延溢，有一白蛇自庙中出，既出而庙屋摧圮，其桥亦坏。时唐太和初也。"令狐楚担任太原府尹及北都留守，

是在太和六年至七年，即公元832至833年。在此期间，先是龙从庙中出，后来拿云奋身而去，说明龙是能够腾空飞行的。第二年又有白蛇出现，说明龙与蛇显然不同。

宋代诗人舒岳祥《咏龙》："曾见老人潭上坐，忽然不见石泓深。至今月白风清夜，潭底时闻似笛吟。"诗人有序说明他听见过龙的叫声，有人还看见过龙和它所变化的老人："予先人墓在香岩，有湫二。湫常现一龙，时显时隐。世传古有樵人见有老人坐石上，近之即隐。又尝有两龙觜现水中，大如象鼻，水沸激而上，复流湫中，水不盈也，因号其山为龙须山。今名龙舒，以下多舒姓也。"

这些记录使人发问：古人到底看见了些什么？古人已逝，往事难再，留下了大堆疑团。今天，凡具备自然科学知识的人，决不会相信真正有龙的存在，那么当年那些古人究竟看见的是一种什么模样的动物呢？在大自然中是否存在我们还没有发现或认识的物种呢？

传说日本大阪市浪速区瑞龙寺所收藏有龙的标本，保存相当良好，有三百七十多年历史。龙身长约一米，头上有角，嘴边有长须，眼形巨大，只有三只爪，应该是水中蛟龙吧！后脚因退化短小，蛇般的背脊，全身附有鳞片，被涂满金漆。标本经过防腐处理制成，与传说中的龙相比，显然小了点，是一尾尚未长成熟的龙。

沾上龙字便增光

中国历代帝王，全都以龙自居，自诩为真龙天子。住的宫殿称龙庭、龙宫，穿的衣服称龙袍、龙衮，睡的床铺称龙榻、龙床，坐的椅子称龙椅、龙座，皇帝的后裔称龙种，皇帝生了气称龙颜大怒，皇帝断了气称龙驭上宾，龙的称谓遍及帝王家的一切。龙的图案更是皇家的专利品，不管是衣物器具、日常用品、宫室窗棂、檐阶砖瓦，乃至棺椁陵园，都以龙的图案为装饰，任何人不得僭用。如有僭用，轻则杀头，重则夷族。实际上，龙已经成为统治者的象征。

龙的图案民间不可以用，但龙的称谓却并非帝王家专利，谁都可以使用。

在使用中有个奇特的现象,就是凡冠了龙的词,都不同凡响。

最特出的人才,常被人称之为"伏龙""卧龙""潜龙""人中龙凤""龙蟠凤逸"。称有贵人之相为有"龙凤之姿";称威武之师为"龙骧虎旅";称志气高远为"龙骧虎视"。

后汉的荀淑,有子八个,即俭、鲲、靖、焘、汪、爽、肃、敷八兄弟,皆有学问,时人及史家称为"荀氏八龙"。唐代的崔琯、崔珙、崔瑨等八人皆有才,亦被称为八龙。宋代的韩纲、韩综、韩绛、韩维等八兄弟,也被称为八龙。

在古代,凡长八尺以上的马皆可称"龙"。骏马称为"龙雏",亦称"龙媒"。杜甫诗中"有能市骏骨,莫恨少龙媒"可证。汉代有名的"龙文",便是汗血马。

古代地形险要之处称"龙盘虎踞",稀世宝剑称为"龙泉",称高贵宴席为"龙羹凤馔",称考试高中为"鱼跃龙门",称对孩子的期冀为"望子成龙",称人群中良莠不齐为"鱼龙混杂"等等。

在四川,民居院落的第一道大门称"龙门"。称主事的为"提龙头的"。旧的民间帮会"哥老会"的最高首脑称"龙头大爷"。

唐人刘禹锡《陋室铭》说:"山不在高,有仙则名;水不在深,有龙则灵。"总之,一沾上龙字,便不同一般,尊荣非常。

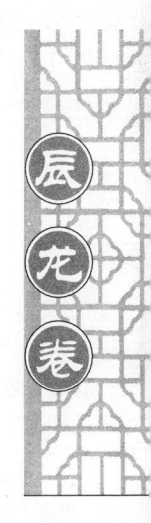

龙的家族知多少

从文字方面看,最早的甲骨文中就有龙字,并且有多种写法。由于几千年来,龙的文化已渗入中国社会的方方面面,龙便成为华夏民族的象征。

龙是中国神话中的一种善变化的神异动物,传说能隐能显,春分时登天,秋分时潜渊;又能兴云致雨,为众鳞虫之长,四灵之首。《山海经》中的夏后启、蓐收、句芒,都"乘两龙"。史书又记颛顼乘龙至四海,帝喾春夏乘龙。传说里华夏民族的先祖炎帝、黄帝,与龙都有密切的关系,在《史记·天官书》中,黄帝的名字"轩辕",成了星座的名称;又说黄帝就是黄龙的化身。黄色在五行中为土之正色,位居中央,也是龙族之首。相传炎帝之母感应"龙首"

而生炎帝，炎帝与赤龙基本上可画等号。因而炎黄子孙自称"龙的传人"，名副其实。中国成了世界认同的"龙的国度"。

龙传说在发展过程中，种类也开始多了起来，古书分有夔、虺、虬、螭、蛟、角龙、应龙、火龙、蟠龙、青龙诸种。

夔龙在神话传说中是单足神怪动物。《山海经·大荒东经》描写夔"状如牛，苍身而无角，一足，出入水则必有风雨，其光如日月，其声如雷，其名曰夔"。但更多的古籍中则说夔是蛇状怪物。《说文解字》："夔，神魅也，如龙，一足。"《六帖》："夔，一足，踔而行。"在商晚期和西周时期青铜器的装饰上，夔龙纹是主要纹饰之一，形象多为张口、卷尾的长条形。

虺是一种类蛇的龙，传说有剧毒，能喷烟雾；可说是早期的龙，以爬虫类的蛇作模特，常在水中。"虺五百年化为蛟，蛟千年化为龙。"虺是龙的幼年期，曾出现在西周末期的青铜器装饰上，但不多。

虬是无角的龙，或是处于成长期的龙，当它有了角，便成为龙。

蟠螭也是无角的早期龙，有一种说法是指雌性的龙。它的形象一般被用作装饰。在春秋至秦汉的青铜器、玉雕或建筑上，常用蟠螭形作装饰，其形式有单螭、双螭、三螭乃至群螭多种。

蛟一般指能发洪水的有鳞的龙。《韵会》："蛟，龙属，无角曰蛟。"《抱朴子》："母龙曰蛟。"有人认为蛟可能是鳄鱼。

角龙应该是龙中的老者了。

有翼的龙称为应龙，它是龙中之精，曾奉黄帝之令讨伐过蚩尤，并杀了蚩尤而成为功臣。大禹治水时，应龙以尾扫地，疏导洪水又立了功。

火龙全身有紫火缠绕，所经之处，能燃烧一切物体。

蟠龙指蛰伏在地而未升天的龙，形状作盘曲环绕状。一般把盘绕在梁柱上的龙，习惯都称作蟠龙。

青龙又称苍龙，在中国古代二十八宿天区中，位于东方。

民间说法中有"龙生九子、九子不同"的传闻。据说在龙的家族中，龙的九个儿子都不成龙，各有自己的特殊模样。所谓九子，并非龙恰好生了九子，中国传统文化中，"九"是表示极多的数字，有至高无上地位，既是个虚数，也是个贵数，所以用来描述龙子。龙有九子这个说法由来已久，但是究竟是哪九种动物形象，一直说不清楚，直到明代一些学人笔记，如陆容的《菽园杂记》、李东阳的《怀麓堂集》、杨慎的《升庵集》、李诩的《戒庵老人漫笔》、徐应秋的《玉芝堂谈荟》等，对诸位龙子的情况才有详细记载，但说法不尽统一。综合起来，其九子的情况是：

龙的长子叫赑屃（bì xì），样子像龟，能负重物，还喜欢文字，爱扬名，所以叫它驮石碑。所谓乌龟驮碑，其实那是赑屃。

次子叫螭吻，喜欢登高，能降雨，通常被装饰在建筑物的屋脊上，用以防火。

三子叫蒲牢，爱吼叫、喜爱音乐，常被用来装饰大钟，做钟顶的钟纽。

四子叫狴犴（bì àn），样子像老虎，是威力的象征，因此把它装饰在监狱的大门上，用以威吓罪犯。

五子叫饕餮，生性贪吃，一般装饰在盛食物的器皿上。

六子叫蚆嗄（bā xià），平时最喜欢水，所以大都装饰在桥头、桥洞和桥栏上。

七子叫睚眦（yá zì），性情凶残，爱争斗厮杀，所以装饰在刀剑的柄上。

八子叫金猊，样子像狮子，喜欢烟火，一般装饰在香炉上。

九子叫椒图，样子像螺蛳，善于封闭和保护自己，人们一般把它装饰在大门上，用来守门。

此外，还有种种不同说法，但多大同小异。

西方国家有龙吗

龙文化生根在中国，影响着东南周边国家。可是，龙究竟是不是一个存在的物种？让我们先来放眼世界，看看西方国家有没有龙的传说？试做一点考证。

英文和法文 dragon、德文 Drache、俄文 дракон，翻译成中文时都译为"龙"字。但是，这些语言对龙的解释并非完全一致，甚至在同一语种里解释，也不完全相同。

在一般的英汉词典里，dragon 的解释是龙，或者指寓言虚构的怪物。《褒斯氏二十世纪英语词典》（1925年版）对龙的解释是："寓言中一种有翅膀的蛇。"《图解牛津词典》（1978年版）把龙解释为神话中的怪物："外貌稍像鳄或蛇，长有锐利的爪子，还有翅膀，常常以火呼吸，神话中把它当作护卫者，用来监守财库或保卫女子的贞洁。"《英语韦勃斯德新词典》（1981年版）对龙的解释是："神话中的一种怪异动物，仿佛是长翅膀的鳄鱼，两只眼睛怒睁，头顶上有冠鬣，巨大的爪子十分锐利，常常能够吐火。"《英汉辞海》对龙的解释是："一种传说的动物，一般被描绘成怪异的有翅和鳞的蛇或蜥蜴，头具有盔冠，爪强大。"又说："龙，用纹章学表示的怪兽，有半狮半鹫的怪兽头，有鳞和翅的躯体，有四足和一条长的倒钩尾巴以及作为托物或支撑的舌头。"权威的《不列颠百科全书》对龙的解释是："传说中的一种怪物。通常被想象成一只巨大的蜥蜴，长着蝙蝠的翅膀，身披鳞片，能吐火；也有人把它想象成一条蛇，有带刺的尾巴。"

美国《词典》里对龙的解释大致相同："传说中的怪物，是一条大蛇，长有利爪、翅膀和鳞片。"法国人对龙的解释，跟英美人相比差别较大。综合《当代法语词典》（1972年版）和《词汇》（1975年版）的说法，龙是由狗的头部和身体、狮子的爪子、蝙蝠的翅膀以及蛇的尾巴构成的怪物。不过德国人的解释，却与英美人基本一致。《现代德语词典》（1977年版）对龙的解释是："长有翅膀，顽强的或吐火的神话动物，具有蛇、蜥蜴的外貌。"俄国人也把龙解释为有翅膀、会喷火的蛇。《俄文百科全书》和俄语词典都持这种说法。

归纳起来，欧美人所描述的龙具有三个明显的特征：长有翅膀、能吐火、外貌像蛇（蜥蜴或鳄鱼）。英国、美国、法国、德国、俄国等西方国家，都把龙想象成一种面目狰狞的蛇怪，所以民间流行的不是崇龙习俗，而是屠龙习俗。西方人并不将龙当作祥瑞的象征，相反是邪恶的象征；许多屠龙习俗与中国的崇龙形成了鲜明的对照。

教言话本助龙腾

中国曾经容纳过不少外来文化，国外的龙文化也曾慢慢地进入了华夏九州。汉代后期，随着佛教的传入，龙也跟着走进了国内的宗教场合。中国的龙王信仰，是随着佛教的兴起而产生的，但又与印度佛教中的龙王有很大差异。

在中国佛教中，东南西北四海分别有四个龙王分管，龙成为司水之神。凡有水之处，无论江河湖海、渊潭塘井均有龙王，职司当地水旱丰歉，于是大江南北龙王庙林立，成为中国龙崇拜的重要部分。唐玄宗时，还设坛官致祭，以祭雨师之仪祭龙王。宋徽宗大观二年（1108）下诏天下五龙皆封王爵，封青龙神为广仁王，赤龙神为嘉泽王，黄龙神为孚应王，白龙神为义济王，黑龙神为灵泽王。直到清同治二年（1863），还在封运河龙神为"延庥显应分水龙王之神"，令河道总督以时致祭，可见龙王崇拜习俗延伸之久远。

留在诗歌里的龙王，可以举出《全唐诗》所录吴越王钱镠的残句"传语龙王并水府，钱塘借与筑钱城"；唐代诗人顾况《琴曲歌辞·龙宫操》里，也有"汉女江妃杳相续，龙王宫中水不足"的句子。

道教是中国本土的宗教，集巫术，自然崇拜及神仙方术于一身，并加以理论化和系统化，当然与龙的渊源也很深。先秦时代周穆王乘龙周游四海，乘龙升天以及龙能沟通天人之说，都被道教全盘继承。

道教创始人张陵的后辈各代"天师"，都说与龙有缘。传说第三代天师张鲁，有十个儿子，号"张氏十龙"。张鲁女儿在山下洗衣，忽有白雾绕身，竟因此而孕。她感到羞耻，自杀前留下遗言，要求剖开腹中看为何物。结果是腹中有两条小龙，婢女把它们放进了汉水。

龙在道教中最主要的作用，是协助道士上天入地，沟通鬼神，以及作为乘骑工具。有道行的天师、真君还能召龙、驱龙，常见于一些稗官野史。

到明代，述异演事的话本兴起，对龙神话的演绎推向了极致。一部《西游记》，把龙写得惟妙惟肖，从魏征斩杀金角老龙，到龙王向唐皇索命，再到孙悟空大闹龙宫，再到白龙化马供唐僧骑坐，以及取经途中的降妖伏怪，龙在各种故事里面常常起到至关重要的作用。在另一部话本《封神演义》中，从哪吒闹海抽龙筋，到各路神仙打仗，无处不见龙的身影。

其实，龙的故事在上古时代就已有了。一千年前编辑的《太平广记》，搜集的涉龙神话小说，就有八十一则，远达先秦。唐代李朝威的传奇《柳毅传书》，元代李好古的杂剧《张生煮海》，已使龙由神向人转化，少了神的诡秘，多了人的情愫。龙已生活在人群之中，而非天上的神物了。

在众多戏剧小说中，龙像人一样的良莠不齐，有善有恶。由此而演绎出"都江堰李冰父子伏孽龙""望娘滩龙儿一步一回头"的诸多激动人心的故事，

至今故老还能娓娓道来。

下面不妨列举一些民间的"龙话"。

河南洛阳东北孟津老城一带，有个"龙马负图"的传说。据说古代黄河里，出现过一个水中蛟龙变成的妖怪，头似龙，身似马，满身的鬃毛卷成无数个漩涡，凶猛无比。按它那个形状，人们就叫它龙马。它的到来，使附近洪水横流，庄稼毁坏，人们无法生存下去。

正当人们处于生死存亡的时刻，伏羲乘坐六龙，专门来降服龙马。说也奇怪，龙马见了这位圣人，立即变得温顺善良起来。后来，伏羲认真研究龙马身上的漩涡，坐看了八八六十四天，终于发现了一种数学规律，名为"河图"。"龙马恰为天地用，图河先得圣人心"，后世为纪念伏羲和龙马，在那里修建了一座寺院，称为负图寺，寺前高竖两块大碑，上刻"图河故道"和"龙马负图"几个大字。

据说大禹治水时有三样法宝：一是伏羲氏的河图、玉简；二是天上的应龙下凡，用尾巴划地，给他指引方向，三是大龟把"息石"和"息壤"投到低洼的地方，今人认为，那就是膨润土，遇水则体积膨胀，足以止水。

民间以为，发洪水是因为黑龙在兴风作浪，大禹辛辛苦苦筑起来的工程受到破坏。大龟领大禹上了一座高山，看见了那条全身乌黑的巨龙。只见大龟把尾巴轻轻一挥，天空就划出一道彩虹般的弧线，五彩石纷纷落到乌龙脑门上，最终蛮龙被制服，从此成了大禹一个得力助手，听候调遣。

相传春秋时代，秦穆公有个小女儿名叫弄玉，长到十几岁，美妙无双，聪颖绝伦，但性情孤僻，经常一个人在深宫里品笛吹笙。

穆公欲召邻国王子为婿，但弄玉要求懂音律、善吹笙的高手，否则不嫁。穆公珍爱女儿，只得依从于她。有天夜里，弄玉在月光下倚栏吹笙，这时东方远远传来一阵洞箫声，与之相和。一连几夜，都是如此。弄玉把这件事情告诉了父亲，穆公便派大将孟明前往寻访，一直寻到华山，才听樵夫说有个萧史，在山中隐居，喜欢吹箫，箫声可以传出几百里。孟明很快便找到了萧史，把他带回秦宫。

萧史来到秦宫，正好是中秋节。穆公见他举止潇洒，风度翩翩，心里十分高兴，马上请他吹箫。萧史取出玉箫，吹了起来。一曲还不曾吹完，殿上的金龙好像也在翩翩起舞。接着萧史和弄玉就结成夫妻。后来萧史带着玉箫跨上金龙，让弄玉带着玉笙乘上彩凤，一时间龙凤双飞，双双升空而去。

在中国偌大的版图上，龙的民间故事特别多，沾龙的城名、桥名、山名、水名、寨名、路名，简直成千上万。而这成千上万的地名中，每一处都有一个龙的传说背景，有的暴戾，有的缠绵，有的悲壮，有的婉丽，有的催人泪下。

龙的影响遍中华

龙的影响，遍及中华大地每个角落。

以龙为姓、以龙作名的，古往今来，不下数百万上千万人。

以龙命名的地名，更是无法计数。大到省名（黑龙江），延及到府名、州名、城名、县名、镇名、乡名、村名、寨名，乃至山名、水名、桥名、潭名、池名、丘名、馆名、亭名、书斋名、文集名等等，不一而足。几乎每一个名，都有一个与龙有关的来历故事，如果将这些故事收集成书，那必定是洋洋大观。

除前面提到的龙在人文领域、宗教领域、戏剧领域、小说领域有深远影响外，龙在其他领域的影响，也不可忽视。

绘画领域：凡古今中外的各个画种，无不涉及龙的形象。

书法领域：喜欢榜书的人，尤钟"龙"字的书写。有人为写好"龙"字，不惜倾毕生之力。

音乐领域：上至古琴曲，下及现代流行歌曲，无不有对龙的歌唱。

舞蹈领域：其龙舞，尤以民间为盛。大凡庆典、春节，民间以舞龙为乐，少到一人舞独龙，多到数百人舞长龙。舞彩龙，舞单色龙，舞火龙，舞水龙，舞草龙，舞板凳龙，凡可作龙形来舞的，应有尽有。

雕塑领域：从帝王家的丹墀、殿柱、屋脊、华表、照壁、墓道、陵寝，及民间的庙宇、祠坊、桥墩、栏柱均可见龙的雕塑。

武术领域：常以龙为拳种、套路。金庸笔下一种高端的武学"降龙十八掌"就有以《易经》爻辞作套路名。武术名家多爱以"龙"命其名，如驰誉世界武坛的李小龙、成龙等。

民俗领域：端午节划龙舟，春节耍龙灯，元宵节烧火龙，已经成为民族的

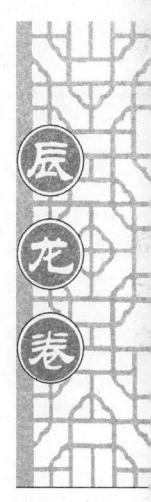

传统活动，甚而影响到东南周边国家。

龙文化渗透之广是其他文化现象难以匹敌的。元宵的彩灯、儿童的糖画、农民的草编、闺阁的刺绣，乃至餐桌上菜肴的配饰，无不见有龙的形象。

龙文化浸透在中华民族的各个领域和日常生活的方方面面，现在依然保持着强大生机。中国龙文化对国家统一、民族复兴，具有强大的感召力、凝聚力、向心力。

古代涉龙诗

离骚（摘录） 战国·楚·屈原

为余驾飞龙兮①，杂瑶象以为车②。何离心之可同兮③，吾将远逝以自疏④。

注释

①飞龙：腾飞的龙，《庄子·逍遥游》："藐姑射之山，有神人居焉……乘云气，御飞龙，而游乎四海之外。"也喻道。古代神话中常以龙作骖。兮：语词。②瑶：玉。象：象牙。指装饰有玉及象牙之车。王逸注："象，象牙也。言我驾飞龙，乘明智之兽，象玉之车。"③离心：离心离德，指道不同，不能团结协同。朱熹集注："离心，谓上下无与己同心者也。"④远逝：远行。去到遥远之地，《后汉书·苏竟传》："昔智果见智伯穷兵必亡，故变名远逝。"自疏：自己与之疏远。《史记·屈原贾生列传》："其志絜，故其称物芳；其行廉，故死而不容自疏。"

忽吾行此流沙兮①，遵赤水而容与②。麾蛟龙使梁津兮③，诏西皇使涉予④。

注 释

①流沙：《山海经》，流沙出钟山西行，注云指西海居延泽，即今内蒙古额济纳齐东南。②赤水：出昆仑山，大约今之青海省兴海县境。③麾：举手为麾，此处用为指挥。蛟龙：有鳞曰蛟龙。比龙小，无角。梁津：梁为桥，津为渡，渡口。王逸注："以蛟龙为桥，乘之以渡。"④西皇：即少皞(hào)，传说中古代东夷族首领，住西海之津，故曰西皇。《楚辞·远游》："凤皇翼其承旂兮，遇蓐收乎西皇。"姜亮夫校注："西皇，西方天神也。西方庚辛，其帝少皞，少皞即西皇。"涉予：涉之本义为趟水过河，此处指渡河。

解 说

作者屈原名平（约前340~约前278），字原；芈(mǐ)姓，屈氏。战国末期楚国丹阳（今湖北秭归）人，楚武王熊通之子屈瑕后代，为楚宗室。屈原事楚怀王，娴于辞令，明于法度，忠心国事，勤政爱民，曾任三闾大夫等职，主张联齐抗秦，却屡遭排挤。怀王死后，因顷襄王听信谗言，屈原遭流放，终投汨罗江而死。

屈原是伟大爱国主义诗人，世界文化名人。他创立了"楚辞"这种文体，也开创了"香草美人"以喻明君贤臣、德行善政的文艺传统。代表作品有《离骚》《天问》《九歌》等。其作品与《诗经》成为我国诗学之两大源头，后人常以《诗》《骚》并称。

《离骚》是屈原的代表作，是我国最早的长篇抒情诗，计两千四百余字。诗中表达了诗人对国家的爱，对奸邪的恨，对理想的追求，对节操的坚持，是现实主义与浪漫主义结合的杰作。是我国文学遗产中的珍品。

前段说：我驾驶着灵物飞龙，又用象牙美玉装饰着我的车，怎么能跟那些与自己道不同的奸佞共处，我将远去，不随流俗。诗句不是对龙的吟咏，只是提到龙而已。以下楚辞诸篇均同。

后段说：我（屈原）很快到了流沙荒漠，沿着赤水河从容行走。我指挥蛟龙为我架桥梁，命令少皞来帮我渡过河流。动用神兽圣帝来相接，这里指屈原的一种美好的向往。

九歌·河伯（摘录） 战国·楚·屈原

与女游兮九河①，冲风起兮横波②。乘水车兮荷盖③，驾两龙兮骖螭④。

注释

①女：同汝，即你，此处指河伯、黄河之神。九河：禹治河至兖州，分为九道：徒骇、太史、马颊、覆融、胡苏、简、絜、钩磐、鬲津，亦称九河。②冲：隧也，《诗》云："大风有隧。"冲风：暴风。③水车：水中行走之车，河伯所乘。④骖(cān)：车驾两侧的马为骖。螭(chī)：如龙而黄、无角。骖螭意为两龙驾辕，以螭为骖。

解说

《九歌》是流行于楚国的祭歌，经屈原加工整理，计十一篇，每篇各祭一个神，最后一篇《礼魂》当为送神之歌。

此为倒写手法，屈原与河伯乘坐碧荷作盖的水车，由两条神龙驾车，螭龙在旁，到九河中游玩，大风刮起，生成巨浪。《河伯》主要描述祭巫想象与河神在九河遨游，继而登昆仑、望极浦、入龙宫、游河渚，最后依依惜别的情景，在一定程度上保留了某些古代遗俗。

天问(摘录) 战国·楚·屈原

日安不到？烛龙何照①？羲和之未扬②，若华何光③？
何所冬暖？何所夏寒？焉有石林？何兽能言？
焉有虬龙④，负熊以游。雄虺九首，倏忽焉在⑤？

注释

①烛龙：古代神话中的神兽，在西北无日之处，人面蛇身，衔烛以照幽

阴。见《山海经·大荒北经》。②羲和：驾驭日车的神。《楚辞·离骚》："吾令羲和弭节兮，望崦嵫而勿迫。"王逸注："羲和，日御也。"与《尚书》中掌管天文历法者应为两人。③若华：若木之光华。《山海经》："灰野之山、有树青叶赤华、名曰若木、日所入处，夫日所入处、最为荒远。"④虬(qiú)龙：有角的小龙。《说文》："龙子有角者。"⑤雄虺(huǐ)：古书上指一种能喷毒雾的龙。倏忽：顷刻，转瞬间。焉在：何在？即转眼间就不知其在何处。王逸注："虺，蛇别名也。倏忽，电光也。言有雄虺，一身九头，速及电光，皆何所在乎？"

解说

《天问》是屈原继《离骚》之后的又一首长诗。《天问》中，屈原就天文自然、神话传说、历史人物等一百七十多个问题，对天提出质问。作品想象丰富，构思奇特，为后世保存了较多的神话传说资料。

九章·涉江（摘录） 战国·楚·屈原

世溷浊而莫余知兮①，吾方高驰而不顾②。
驾青虬兮骖白螭②，吾与重华游兮瑶之圃③。

注释

①溷(hùn)浊：指污浊之处。②高驰：飞向高洁辽远。②虬：有角小龙，螭(chī)：无角的龙。《广雅·释鱼》："有鳞曰蛟龙，有翼曰应龙，有角曰虬龙，无角曰螭龙。"《抱朴子》："母龙曰蛟,子曰虬（虬），其状鱼身如蛇尾，皮有珠。"③重华：舜之美称。《书·舜典》："曰若稽古，帝舜曰重华，协于帝（尧）。"孔传："华，谓文德。言其光文重合于尧，俱圣明。"一说舜目重瞳，故名。《史记·五帝本纪》："虞舜者，名曰重华。"张守节正义："(舜)目重瞳子，故曰重华。"瑶圃：产玉之圃，此指美丽高洁之神仙境界。

解说

《九章》是屈原写的九篇诗歌的总题目，《涉江》是其中的一篇。

本篇为顷襄王时期,屈原远放江南时,为记叙征程和抒写怨愤而作。

九章·悲回风(摘录) 战国·楚·屈原

鸟兽鸣以号群兮①,草苴比而不芳②。
鱼葺鳞以自别兮③,蛟龙隐其文章④。

注释

①号群:呼叫其群,招引同类。②苴(jū):枯草。比:放在一起,等同起来。生机勃勃的香草与枯萎颓败的腐草放在一起,就失掉了芳香。③葺(qì):整理、修饰。自别:彼此相区别。④文章:指错综华美的色彩或花纹。

解说

此段意为:飞鸟走兽群鸣相呼,荣草、枯草放在一起不能一起散发芳香。鱼类修饰鳞片显示其与众不同啊,蛟龙则隐去其身上文采。比喻忠直之士失其本志,贤者亦伏匿而深藏。

远游(摘录) 战国·楚·屈原

屯余车之万乘兮①,纷溶与而并驰②。
驾八龙之婉婉兮③,载云旗之逶蛇④。

注释

①屯:聚集。乘:古四马驾车一乘,此处万乘言车马之多。②溶与:即"容与",迟缓不进。《大人赋》曰:纷鸿溶而上厉。有悠闲、和谐意。③八龙:神人车驾。韩愈《衢州徐偃王庙碑》:"周天子穆王无道,意不在天下,好道士说,得八龙,骑之西游,同王母宴于瑶池之上,歌讴忘归。"婉婉:屈伸婉转貌。④逶蛇(yí):同逶迤,形容车旗迎风飘扬的样子。

解 说

本篇是屈原梦想超脱的作品。

这几句说：万辆马车聚集一处啊，从容安详并驾向前。驾着八条龙骏和谐迤逦而进，载着云彩一样的旗幡蜿蜒前行。

《远游》篇是屈原厌倦了官场的尔虞我诈，对楚王重用奸邪，宠信嬖佞的用人原则及政治日益腐败，国势日益凋敝的局面，再也不抱任何可能改变的希望，愤而希望离浊世而远游，在精神上求得自由与独立，想象屯车驾万乘。纷容与而并驰那样弘阔的场面，想象有无穷多的志同道合者与之并驾齐驱，协力同心，奔向理想的前方。

八龙婉婉，云旗逶蛇，表现行迈的高超，精神的飞扬。直是天马行空，纵横无际。

然而车驾骗骗，八龙婉婉，都只存在于理想之中，幻想之中，反衬出屈原之不为人理解，不为王室所用，不能报效国家，服务苍生的孤寂与无助。

惜誓（摘录）　汉·贾谊

苍龙蚴虬于左骖兮①，白虎骋而为右骓②。
建日月以为盖兮③，载玉女于后车④。

注 释

①蚴(yòu)虬：屈曲行动。蚴虬亦作蚴蟉。②骖、骓(fēi)：古代车驾居中的马为服，两旁的叫骖，也叫骓。合于昔人左青龙右白虎之说。③盖：此处指车盖或麾盖；所谓麾盖亦指仪仗，即画有日月图案的车盖及仪仗。④玉女：美女。《吕氏春秋·贵直》："惠公即位二年，淫色暴慢，身好玉女。"高诱注："玉女，美女也。"后车：副车。《诗·小雅·绵蛮》："命彼后车，谓之载之。"郑玄笺："后车，倅车也。"陆德明《释文》："倅(cuì)，七对反，副车。"古时出行，妇女一般坐在后车上。

解 说

作者贾谊(前 200～前 168)，洛阳（今河南省洛阳市东）人。西汉初年著名的政论家、文学家。18 岁即有才名，年轻时由河南郡守吴公推荐，二十余岁被文帝召为博士。不到一年被破格提为太中大夫。但是在 23 岁时，因遭群臣嫉恨，被贬为长沙王的太傅。后被召回长安，为梁怀王太傅。梁怀王坠马而死后，贾谊深自歉疚，至 33 岁忧伤而死。才人之命不永，可为浩叹。其著作主要有散文和辞赋两类。散文如《过秦论》《论积贮疏》《陈政事疏》等都很有名；辞赋以《吊屈原赋》《鹏鸟赋》最著名。贾谊之文，纵横恣肆，说理透彻明晰，极具说服力。后人将其文集为《贾子新书》十卷，现存五十六篇。

这几句说：弯曲盘绕的青龙伴随左侧啊，右边是驰骋纵横的白虎。车上以日月为盖啊，车后载着天宫神女。气势宏大、想象力丰富。本篇是较优秀的拟骚作品，以大量笔墨铺叙屈原出楚时盛大的场面和仪式，接着写他誓死远离浊世的意志，通过具体形象描绘和对世俗黑暗的剖析，突显了作者痛惜屈原之死的心情。

根据汉砖画可看出龙是短身如兽，故能与虎并驾齐驱，可见龙的形象也是逐步发展的。

七谏·哀命（摘录） 汉·东方朔

处玄舍之幽门兮①，穴岩石而窟伏②。从水蛟而为徒兮③，与神龙乎休息④。

注 释

①玄舍：暗室。幽门：幽深玄妙之门，亦指精神寄托之所在。②穴岩石：有穴居意。窟伏：隐藏于石窟中。③为徒：为伴。④休息：休养生息。

解 说

作者东方朔（前 154～前 93），姓东方，名朔，字曼倩，平原厌次（今山东惠民）人。西汉辞赋家。武帝即位，征四方士人，东方朔上书自荐，诏拜为郎。后任常侍郎、太中大夫等职。他性格诙谐，言词敏捷，常在武帝前谈笑取乐，但时时观察颜色，直言切谏。言政治得失，陈农战强国之计。其间亦有滑稽突梯之言，汉武帝始终把他当俳优看待，不得重用。于是写《答客难》《非有先生论》，以陈志向和抒发自己的不满。著述甚丰，后人汇为《东方太中集》。

七谏为汉东方朔所著辞赋。这里有缅怀屈原，以述其志。自喻愿随蛟龙潜伏，以自隐藏，像龙一样休养生息，实际上仍有求用之心。

七谏·谬谏（摘录） 汉·东方朔

虎啸而谷风至兮①，龙举而景云往②。
音声之相和兮③，言物类之相感也④。

注释

①谷风：山谷中的风。《淮南子·天文训》："虎啸而谷风至，龙举而景云属。"《易》曰："云从龙、风从虎。"②景云：云有光者；瑞云：《文选·应贞〈晋武帝华林园集诗〉》："凤鸣朝阳，龙翔景云。"李善注："《孝经援神契》曰：'王者德至山陵则景云出。'孙柔之曰：'一名庆云。'《文子》曰：'景云光润。'"③音声相和：指动物同类相呼，如鸾凤和鸣，雎鸠相呼。④相感：相互感动，感应。《易·系辞下》："往者屈也，来者信也，屈信相感而利生焉。"

解说

虎啸生谷风，龙行总有彩云伴生。鸟兽相呼，云龙相感，声音相互调和，如同同类间相互感应。本篇主要劝谏君主应当辨别忠奸，任用贤士。集中反映了东方朔陆沉金马，与世俗和光同尘的心态。全篇不仅充满了怀才不遇的悲愤情绪，也充满了希望得到汉武帝重用，给他施展匡弼君王、一展抱负机会的迫切愿望。这里把龙作为有德行的美好象征。

九怀·尊嘉（摘录） 汉·王褒

蛟龙兮导引，文鱼兮上濑①。抽蒲兮陈坐②，援芙蕖兮为盖③。

注释

①文鱼：鲤鱼；一说飞鱼。《楚辞·九歌·河伯》："乘白鼋兮逐文鱼，与女游兮河之渚。"王逸注："言河伯游戏，远出乘龙，近出乘鼋，又从鲤鱼也。"洪兴祖补注："陶隐居云：鲤鱼形既可爱，又能神变，乃至飞越山湖，所以琴高乘之。"《文选·曹植〈洛神赋〉》："腾文鱼以警乘，鸣玉銮以偕逝。"李善注："文鱼有翅，能飞。"濑(lài)：水湍急。上濑：争急湍而上溯。②蒲：多年生草本植物，生池沼中，高近两米。根茎长在泥里，可食。叶长而尖，柔韧可编席、制扇，夏天开黄色花（亦称"香蒲"）。抽蒲：抽出蒲草编制的席子。陈坐：安置座位。③援：引取。芙蕖：即荷花。《尔雅·释草》："荷，芙渠。其茎茄，其叶蕸，其本蔤，其华菡萏，其实莲，其根藕，其中的，的中薏。"郭璞注："（芙渠）别名芙蓉，江东呼荷。"

解说

作者王褒，字子渊，西汉人，文学家，生卒年不详。蜀资中（今四川省资阳市雁江区墨池坝）人。活动于汉宣帝（前73~前49）时期。他是我国历史上著名的辞赋家，写有《甘泉》《洞箫》等赋十六篇，与扬雄并称"渊云"，对后世辞赋之作，有一定影响。明代杨慎有《王子渊祠》诗："伟晔灵芝发秀翘，子渊擒藻谈天朝。汉皇不赏贤臣颂，只教宫人咏洞箫。"评其作品及一生际遇。

《九怀》与屈原思君忧国有同感。诗句意为：蛟龙导引，大鱼扶渡，香蒲团坐，荷花叶为盖。《尊嘉》之"尊"是尊崇、尊重之意；"嘉"为美好，这里指德行美好的人，文中勾勒了春意盎然的和乐景象，又一屈原君子之风。

（何焱林补注）

九叹·逢纷（摘录） 汉·刘向

登逢龙而下陨兮①，违故都之漫漫②。
思南郢之旧俗兮③，肠一夕而九运④。

注释

①逢龙：山名，王逸注："逢龙，山名。逢，一作逢，古本作蓬。"下陨：下落，下降。②违：《说文》："违，离也。"如违别，睽违。《尔雅》："违，远也。"漫漫：遥远。句意为离故都天遥地远。③南郢：郢为楚国都城，在今湖北江陵县。④九运：九转。

解说

作者刘向（前77～前6），西汉经学家，目录学家，文学家。原名更生，字子政。汉皇族楚元王刘交四世孙。历经宣帝、元帝、成帝三朝；曾任散骑谏大夫、散骑宗正、光禄大夫等职。曾屡次上书称引灾异，弹劾宦官外戚专权。成帝时受诏校书近二十年，未完成者由其子刘歆续成。官终中垒校尉，故又世称刘中垒。刘向典校的古籍主要包括经传、诸子和诗赋。典校时，又撰有《别录》。刘歆以《别录》为基础，撰成《七略》，是中国最早的目录学著作。书已佚。东汉班固因《七略》而成《汉书·艺文志》，从中可以见到《七略》的梗概。《汉书·艺文志》载刘向有辞赋三十三篇，今仅存《九叹》一篇。刘向散文主要是奏疏和校雠古书的"叙录"，较有名者为《谏营昌陵疏》《战国策叙录》。此外，他还编著了《新序》《说苑》《古列女传》三部历史故事集，是魏晋小说的先导。

《九叹》为汉刘向所作楚骚体，为九个短篇组成。

诗句意为：登上逢龙山往下一看，楚国远到看不见。思念都邑故俗，令人憔悴，肚肠一夕九回转。于是他更加苦闷、伤感、失落，以至于形容枯槁、衣衫褴褛、身心俱疲，陷入精神困境之中。这突显了他极高的自我期许和热爱祖国、尊崇高洁的人格。

九叹·远游（摘录）　汉·刘向

譬彼蛟龙乘云浮兮，泛淫氾溶纷若雾兮①。

注释

①泛：飘浮。氾(hòng)溶：汹涌、弥漫。东汉王充《论衡·论死》："鸡卵之未孚也，氾溶于鷇中，溃而视之，若水之形。"

解说

这几句说：譬如蛟龙随着广阔深厚的云层浮游不定，纷纭变化如同大雾。此篇《远游》与屈原所作《远游》同名，从思想内容和语汇词句看颇多相似之处；但屈原之悲是深沉苍凉之悲，本篇之悲则是豪宕慷慨之悲。作品通过瑰丽多彩的场景描写，展示了一幅幅神奇美妙的神话世界图景，表现了屈原为追求真理而不屈不挠的精神。

九思·悼乱（摘录）　汉·王逸

白龙兮见射①，灵龟兮执拘②。

注释

①白龙：河神、河伯化为白龙，羿射之，眇其左目。②灵龟：有灵应的龟，古人作瑞兽看。《庄子·外物》：宋元君夜半而梦人被发窥阿门，曰："予自宰路之渊，予为清江使河伯之所，渔余且得予。"元君觉，使人占之，曰："此神龟也。"君曰："渔者有余且乎？"左右曰："有。"君曰："令余且会朝。"明日余且朝。君曰："渔何得？"对曰："且之网得白龟焉，其圆五尺。"此即灵龟被拘执之典。

解 说

作者王逸(约89~158)，字叔师，南郡宜城（今属湖北）人。东汉文学家。安帝时为校书郎，顺帝时官侍中。所作《楚辞章句》，是《楚辞》最早的完整注本，颇为后世学者所重视。作有赋、诔、书、论等二十一篇，又作《汉诗》百二十三篇，今多亡佚。哀悼屈原之作《九思》，存于《楚辞章句》中。原有集，已佚，明人辑为《王叔师集》。

《九思》写作时间在汉顺帝时，创作目的，王逸自己说："逸与屈原，同土同国，悼伤之情，与凡有异。窃慕向褎之风，作颂一篇，号曰《九思》，以裨其辞。"《九思》在艺术上，善于运用比喻和象征的表现手法；深化主题，具有较强的艺术感染力。全诗由九个短篇组成。

诗句说：白龙被后羿射伤了左眼，灵龟被渔人捕获。哀叹屈原遭遇，如白龙灵龟亦遭劫难。

潜龙诗　三国·魏·曹髦

伤哉龙受困，不能越深渊。上不飞天汉，下不见于田①。蟠居于井底，鳅鳝舞其前。藏牙伏爪甲，嗟我亦同然！

注 释

①天汉：天上的银河。见于田：引自《周易·乾》(☰)九二的爻辞："见龙在田。"

解 说

作者曹髦（241~260），字彦士，谯（今安徽亳县）人，魏文帝曹丕之孙，初封高贵乡公。魏嘉平六年（254），司马师废曹芳立之为帝。因对司马昭的专权感到愤怒，曾说出"司马昭之心，路人皆知"这句名言。甘露五年(260)，他率宿卫数百人攻司马昭，反被昭所杀。此诗吐露出他那种压抑的心情。

诗中十分明白地以龙自喻，上不能升天，下不能入渊，只好困在井里，被泥鳅黄鳝所戏，深深地道出他那种无可奈何的苦闷。

(冯广宏补充)

龙铭 晋·傅玄

丽哉神龙，诞应阳精；潜景九渊①，飞曜天庭。屈伸从时，变化无形；偃伏污泥，上凌太清②。

注释

①诞：产生。阳精：太阳的精华。《三国志·魏志·管辂传》裴松之注引三国魏管辰《管辂别传》："龙者阳精，以潜为阴，幽灵上通，和气感神，二物相扶，故能兴云。"景："影"的借字。九渊：深渊或指神龙隐藏的九种渊水。《列子·黄帝》："鲵旋之潘为渊，止水之潘为渊，流水之潘为渊，滥水之潘为渊，沃水之潘为渊，汧水之潘为渊，雍水之潘为渊，汗水之潘为渊，肥水之潘为渊。是为九渊焉。"②凌：升越。太清：指天空。《楚辞·远游》："譬若王侨之乘云兮，载赤霄而凌太清。"

解说

作者傅玄（217～278），字休奕，北地郡泥阳（今陕西耀县东南）人。三国魏时曾任著作史，迁弘农太守。入晋为侍中，加太仆。

此铭录自《太平御览》，主要描述神龙的行动莫测，变化无常，能屈能伸，极言其神圣，可以代表古人对龙的基本看法。

（冯广宏补充）

五郊乐章·肃和 唐·魏征

玄鸟司春①，苍龙登岁②。节物变柳③，光风转蕙④。
瑶席降神⑤，朱弦飨帝⑥。诚备祝嘏⑦，礼殚珪币⑧。

注释

①玄鸟：燕子。司春：掌管春令，报告春讯。②苍龙：青龙。古指二十八

宿中东方七宿。《国语·周语中》"夫辰角见而雨毕，天根见而水涸"三国吴韦昭注："辰角，大辰苍龙之角。角，星名也。"登岁，升于岁首。古人称斗柄指东，则天下春。③节物：即物候，各季节之动植物及景色。变柳：春至柳色转青。所谓五九六九，沿河看柳。④光风：雨后丽日和风，草木生色。王逸注："光风，谓雨已日出而风，草木有光也。"蕙：蕙兰。多年生草本植物，叶丛生，狭长而尖，春末夏初开淡黄绿色花，香气浓郁，供观赏。⑤瑶席：华美之席，陈于神座前呈放供品。⑥朱弦：熟丝所成之弦。《礼记·乐记》："《清庙》之瑟，朱弦而疏越。"郑玄注："朱弦，练朱弦。练则声浊。"飨帝：祭祀上帝。亦有祭祀春神青帝意。⑦祝嘏(gǔ)：祝祷及代神所致之答辞。《礼记·礼运》："脩其祝嘏，以降上神与其先祖。"郑玄注："祝，祝为主人飨神辞也；嘏，祝为尸致福于主人之辞也。"⑧珪币：祭神之玉及帛。《汉书·文帝纪》："其广增诸祀坛场珪币。"颜师古注："币，祭神之帛。"

解说

诗录自《旧唐书·音乐志三》，此为郊乐歌词。所谓五郊，即东、南、西、北、中五郊。古礼，帝王于五郊设祭迎气。立春之日，迎春于东郊，祭青帝句芒；立夏之日，迎夏于南郊，祭赤帝祝融；立秋前十八日，迎黄灵于中兆，祭黄帝后土；立秋之日，迎秋于西郊，祭白帝蓐收；立冬之日，迎冬于北郊，祭黑帝玄冥。所谓肃和即庄敬和谐。

作者魏征（580~643），字玄成，唐巨鹿人（今河北邢台市巨鹿县人，又说河北晋州市或河北馆陶市），政治家。曾任谏议大夫、左光禄大夫，封郑国公，以直谏敢言著称，是中国史上最负盛名的谏臣。贞观十三年(639)所上《十渐不克终疏》，在当时和后世都有重要影响。贞观间，因有魏征等极言极谏之臣，有唐太宗这等开明睿智之主，成就了传为千秋美谈的贞观之治。

魏征著有《隋书》的《序论》和梁、陈、齐各书的《总论》，另有《次礼记》二十卷，和虞世南、褚亮等合编的《群书治要》（一名《群书理要》）五十卷。他的重要言论大都收录在唐时王方庆所编《魏郑公谏录》和吴兢所编《贞观政要》两书里。

这是一首五郊乐歌歌词，当是迎春于东郊之祭。上四句说物候之变，春天已至，后四句说迎神之礼仪及礼物。从中可以见到古人郊祭之概貌。

（何焱林补充）

奉和圣制《龙池篇》 唐·姚崇

恭闻帝里生灵祉①,应报明君鼎业新②。
既协翠泉光宝命③,还符白水出真人④。
当时舜海潜龙跃,此日尧河带马巡⑤。
独有前池一小雁⑥,叨承旧惠入天津⑦。

注 释

①灵祉:神灵所降福祉。②鼎业:帝王之业,《梁书·武帝纪上》:"丙辰,齐帝禅位于梁王。诏曰:'三光再沉,七庙如缀。鼎业几移,含识知泯。'"③翠泉:此指龙池,因玄宗在藩时其宅之井溢而成池,中宗时又"数有云龙之气"故诗称翠泉光宝命。宝命:天命。《书·金縢》:"无坠天之降宝命,我先王亦永有依归。"蔡沈集传:"宝命,即帝庭之命也。谓之宝者,重其事也。"白水:河流。《左传·僖公二十四年》:"所不与舅氏同心者,有如白水!"杨伯峻注:"'有如白水'即'有如河',意谓河神鉴之。《晋世家》译作'河伯视之'是也。"此处翠泉、白水皆指龙池。真人:道家指得道成仙之人,此处用指唐明皇。④舜海潜龙:指睿宗朝李隆基在藩,而其德如舜,堪继帝尧者,故称。尧者,李隆基之父唐睿宗。⑤尧河:指玄宗朝。⑥小雁:作者自谦之称。⑦天津:星官名,亦作"天汉""天潢",即天河。指唐玄宗之天恩。

解 说

作者姚崇(650～721),本名元崇,字元之,避唐玄宗"开元"年号讳,改名姚崇。祖籍江苏吴兴,因先辈世代在陕州为官,遂定居陕州硖石(今属陕县硖石乡)。崇出身于官僚家庭。年轻时喜好逸乐,年长以后,才刻苦读书,大器晚成。历任武则天、唐睿宗、唐玄宗三朝宰相,有"救时宰相"之称。特别是在玄宗朝早期为相,对"开元之治"贡献尤多,影响深远。

圣制,由皇帝钦制,此指皇帝所作之《龙池》诗。这是一首奉和帝王的诗，帝王是真命天子，所以有灵异事出现而成帝业。全诗围绕"龙池"着笔，主题突出。末了不忘说两句自谦之词，叨承天恩之幸。

何按：龙池有多处，此龙池在长安隆庆坊玄宗未即位时所居的旧邸旁，中宗曾泛舟其中。玄宗即位后，于隆庆坊建兴庆宫，龙池被包容于内。在今陕西西安兴庆公园内。唐沈佺期《龙池篇》："龙池跃龙龙已飞，龙德先天天不违。"朱鹤龄笺注："《雍录》：'明王（李隆基）为诸王时，故宅在京城东南角隆庆坊。宅有井，井溢成池，中宗时数有云龙之祥。后引龙首堰水注池，池面益广，即龙池也。开元二年（714）七月，以宅为宫，是为兴庆宫。'"与下篇合看，此为应和玄宗《龙池》篇之作，下篇之龙池，亦指兴庆坊龙池。

龙池篇　唐·沈佺期

龙池跃龙龙已飞，龙德先天天不违①。
池开天汉分黄道，龙向天门入紫微②。
邸第楼台多气色，君王凫雁有光辉。
为报寰中百川水，来朝此地莫东归。

注释

①先天天不违：语出《周易·乾·文言》："夫大人者，与天地合其德，与日月合其明，与四时合其序，与鬼神合其吉凶。先天而天弗违，后天而奉天时。"有天人合一意。②天汉：即银河。黄道：太阳周年视运动的轨道，即地球绕太阳公转的轨道平面与天球相交而成的大圆。紫微：指天宫。

解说

作者沈佺期（约656～约714），字云卿，相州内黄人。上元二年（675）进士及第。由协律郎累迁考功员外郎。神龙三年（707），召拜起居郎兼修文馆直学士，常侍宫中。后历中书舍人，太子少詹事。沈佺期善属文，尤长七言之作，与宋之问齐名，当时并称"沈宋"。

这首七律与前面一首同题，主题是吟咏龙池。前4句讲述龙从池里飞出的祥瑞，象征玄宗登基之吉。后4句说玄宗在此建兴庆宫，龙池成为一景，连全国东流的河水，都不肯前流，情愿停止在池子里了，极尽歌功颂德之能事。

龙池乐章　唐·苏颋

西京凤邸跃龙泉，佳气休光镇在天①。
轩后雾图今已得②，秦王水剑昔尝传③。
恩鱼不入昆明钓④，瑞鹤常如太液仙⑤。
愿得巡游同旧里，更闻箫鼓济楼船⑥。

注　释

①凤邸：帝王即位前所居的府第。龙泉：宝剑名。东汉王充《论衡·率性》："棠溪鱼肠之属，龙泉太阿之辈，其本铤山中之恒铁也。"龙泉原名龙渊，唐避高祖李渊讳，改称龙泉。休光：盛大祥光。《汉书·匡衡传》："使群下得望盛德休光，以立基桢，天下幸甚。"②轩后：轩辕氏黄帝，曾用指南车破了蚩尤的雾阵。雾图：帝王圣者受命之瑞。《艺文类聚》引晋皇甫谧《帝王世纪》："黄帝时，天大雾三日，帝游洛川之上，见大鱼，杀三牲以醮之，天乃甚雨，七日七夜，鱼流，始得图书。"③秦王：即秦昭王。水剑：水心剑之省称。南朝梁吴均《续齐谐记·曲水》："秦昭王三月上巳置酒河曲，见金人自河而出奉水心剑，曰：'令君制有西夏。'及秦霸诸侯，乃因此处立为曲水。"④恩鱼：汉武帝事。《太平广记》卷一一八引《三秦记·汉武帝》："昆明池，汉武帝凿之，池通白鹿原。人钓鱼于原，纶绝而去。鱼梦于武帝，求去其钩。明日，帝游戏于池，见大鱼衔索，曰：'岂非昨所梦乎？'取鱼去钩而放之。帝后得明珠。"后以恩鱼为颂圣德词。昆明：指昆明池，故址今陕西，汉代开凿。⑤瑞鹤：吉祥之鹤，亦指仙鹤。太液：即太液池，古池名，一为汉武帝时开凿，池中筑台，起蓬莱、方丈、瀛洲三山。在陕西省长安县西。周回十顷。池中筑渐台，高二十余丈，刻金石为鱼龙奇禽异兽之属。二为唐太液池，在大明宫中含凉殿后，中有太液亭。唐李白《宫中行乐词》之八："莺歌闻太液，凤吹绕瀛洲。"参阅清《嘉庆一统志·西安府二·大明宫》。此指唐太液池。⑥箫

鼓楼船：指在池中游弋的楼船，音乐之声不绝。

解说

作者苏颋（670～727），字廷硕，雍州武功（今陕西武功）人。17岁中进士。玄宗时袭封国公，进同紫黄门平章事。于曰文宪。与张说同以文章显，时号燕许大手笔。工书，尝撰并书唐陇右节度使郭知运碑，在京兆武功。其诗骨力高峻，韵味深醇，情景声华俱佳。后人辑有《苏廷硕集》。

此诗非专门咏龙，而是写皇家园林龙池的景象。诗中说：唐玄宗以前的府邸中就有龙气。所以成就了帝业，帝王本来就是以龙自居的，箫鼓楼船，帝王的巡游，展示皇帝的气派，好一幅天下太平景象。

（何焱林补注）

蜀道难（摘录） 唐·李白

上有六龙回日之高标①，下有冲波逆折之回川。黄鹤之飞尚不得过，猿猱欲度愁攀援②。

注释

①六龙回日：《淮南子》说：太阳神命羲和驾着六条龙拉的车出游，被高标山所阻，只好回车。《图经》说，高标山即高望山，为四川嘉定府的主山，岿然高峙。②猿猱(náo)：泛指猿猴。

解说

作者李白（701～762），字太白，号青莲居士，又号"谪仙人"。唐朝诗人，有"诗仙""诗侠"之称。祖籍陇西郡成纪（今甘肃省平凉市静宁县南），出生于蜀郡绵州昌隆县（今四川省江油市青莲乡）。一说出生于西域碎叶（今吉尔吉斯斯坦托克马克）。

李白二十岁时只身出川，一生多在漫游中度过。他不愿从科举做官，希望依靠自身才华，通过他人举荐走向仕途。天宝元年（742），因道士吴筠推荐，李白被召至长安，供奉翰林，文章风采，名震天下。李白初因才气为玄宗所赏识，后因不能见容于权贵，在京三年，就弃官而去。安史乱起，李白入永王李璘幕府，李璘败，至德二年（757）李白被流放夜郎，乾元二年（759）遇赦。后依当涂令李阳冰，上元三年（762）李白病故于当涂。有《李太白集》传世。

李白《蜀道难》写于出川第一次到长安之时。全诗47句，道尽蜀道之雄奇险要，一方面赞颂祖国山河的壮丽；另方面，诗人敏锐地预感到国家动乱即将爆发，担忧会发生"所守或匪亲，化为狼与豺"的军阀割据现象。因此，劝诫友人不要贪图锦城之乐，宜早日离蜀返家。全诗结构严谨，层次分明，变化莫测，创造出博大浩渺的艺术境界。此处仅摘其涉龙诗句。

绝句 唐·杜甫

欲作渔梁云覆湍①，因惊四月雨声寒。
青溪先有蛟龙窟，竹石如山不敢安②。

注释

①渔梁：水中人为设置的捕鱼堤坝，亦称鱼梁，多用木桩、柴枝或编网等制成篱笆或栅栏，，置于河流、堰口、或出海口等处以捕鱼。云覆湍：急流为乱云覆盖。安：放置、安装鱼梁。

解说

作者杜甫（712～770），字子美，自号少陵野老，杜少陵等，原籍湖北襄阳，生于河南巩县(今巩义市)。盛唐大诗人，有"诗圣"之称。代表作"三吏"（《新安吏》《石壕吏》《潼关吏》）"三别"（《新婚别》《垂老别》《无家别》）。初唐诗人杜审言之孙。唐肃宗时，官左拾遗。后入蜀，友人严武推荐他做剑南节度府参谋，加检校工部员外郎。故后世又称他杜拾遗、杜工部。他忧国忧民，人格高尚，一生写诗一千五百多首，诗艺精湛，对后代影响很大。其诗也为东方各国所重。有《杜工部集》等传世。

因为水中先有蛟龙，只要人们一设置捕鱼器具，就引起风雨而被毁，竹石再多也只得放弃此事了。可见人们对蛟龙是敬畏的。

杜甫此诗或暗有所指,即纵有青溪可以捕鱼,但已为蛟龙所据,纵有谋生之所,早为大力者占有,虽欲借一席之地安身而不可得,诗人之穷愁潦倒,漂泊无依,情见乎词。

续古 唐·陈陶

景龙临太极①,五凤当庭舞②。
谁信壁间梭③,升天作云雨。

注释

①景龙:唐中宗年号(707~710)。太极:《易》易有太极,是生两仪,两仪生四象,四象生八卦,即派生万物意;又太极为睿宗年号(712)。③五凤:赤者凤,黄者鹓鶵(yuān chú),青者鸾,紫者鸑鷟(yuè zhuó),白者鹄。古以凤至为瑞征。④壁间梭:这里指梭化为龙。见《晋书·陶侃传》:"侃少时渔于雷泽,网得一织梭,以挂于壁。有顷雷雨,自化为龙而去。"

解说

作者陈陶(约812~约885),字嵩伯,自号三教布衣。《全唐诗》卷七百四十五陈陶传作"岭南人"。从其《闽川梦归》,称建水(在今福建南平市东南,即闽江上游)一带为"家山"(《投赠福建路罗中丞》)来看,当是剑浦(今福建南平)人。早年游学长安,善天文历象,尤工诗。举进士不第,遂恣游名山。宣宗大中时,隐居洪州西山,后不知所终。有诗十卷,已散佚,后人辑有《陈嵩伯诗集》一卷。其《陇西行》四首之二:"誓扫匈奴不顾身,五千貂锦丧胡尘。可怜无定河边骨,犹是春闺梦里人。"把残酷现实与少妇美梦交织在一起,造成强烈的艺术效果,至今脍炙人口。他漫游浙江、福建、广东时,曾路过今闽东地区,并留下《旅次铜山途中先寄温州韩使君》等诗。

景龙,五凤可作灵物看待,但织梭一旦从壁间飞升,就会化而为龙,兴云布雨。诗人寄托遥深,人们往往会为习惯势力、习惯看法所左右,常常以景龙、五凤等物为瑞征,为表面上的光环所吸引,谁会相信不起眼的壁间之织梭也会破壁飞升,化而为龙,普降甘霖时雨,福惠苍生?寓意在其中矣。

小游仙(三首) 唐·曹唐

白石山中自有天①,竹花藤叶隔溪烟②。
朝来洞口围棋了,赌得青龙值几钱③?

注释

①白石:仙家食物。汉刘向《列仙传·白石生》:"尝煮白石为粮。"此以白石山暗喻仙家所居之地。②竹花:竹子与时花;此自溪对岸所见。③青龙:借指赌局。玩押牌宝(赌博的一种)时,赌徒围在四方,坐庄的人叫"庄家",庄家对面称天门;右面称人,亦称白虎;左面是"地",亦称青龙。青龙亦指竹杖之属,见下首诗注。

且欲留君饮桂浆①,九天无事莫推忙②。
青龙举步行千里③,休道蓬莱归路长④。

注释

①桂浆:用桂花加入酿制的酒中,指酒浆或美酒。桂花酒被视为月宫的珍饮。②九天:天上九个层次或区划。《吕氏春秋·有始》谓天有九野:中央曰钧天,东方曰苍天,东北曰变天;北方曰玄天,西北曰幽天,西方曰颢天,西南曰朱天,南方曰炎天,东南曰阳天。③青龙:骏马。《吕氏春秋·本味》:"马之美者,青龙之匹,遗风之乘。"或用费长房故事,长房从壶公学道不成,辞归,翁与一竹杖曰:"骑此任所之,顷刻至矣。至当以杖投葛陂中。"长房乘杖须臾来归。即以杖投陂,顾视则龙也。④蓬莱:神山名。相传海上有三神山,名为蓬莱、方丈、瀛洲。

琼树扶疏历瑞烟①,玉皇朝客满花前②。

东风小饮人皆醉，短尾青龙枕水眠。

注释

①琼树：神树。《汉书·司马相如列传》："咀嚼芝英兮叽琼华"。颜师古注引三国魏张揖曰："琼树生昆仑西流沙滨，大三百围，高万仞。"扶疏：枝叶茂盛的样子。瑞烟：祥瑞烟气。②玉皇：道教称天帝曰玉皇大帝。朝客：朝见玉皇的各路神圣。

解说

作者曹唐，字尧宾，桂州（今广西桂林）人。生卒年不详。唐代诗人。初为道士，举进士不第。咸通(860~874)中，为使府从事。

曹唐以游仙诗著称，其七律《刘晨阮肇游天台》《织女怀牵牛》《萧史携弄玉上升》等17首，世称"大游仙诗"。《唐才子传》称他"作《大游仙诗》50篇"，当有遗佚。其七绝《小游仙诗九十八首》尤为著名。大多取材于神话传说及六朝志怪小说，加以艺术创造。所咏仙境及神仙故事，迷离缥缈，瑰奇多采，想象丰富，设色秾丽，对后世游仙诗有一定影响。《北梦琐言》载：曹唐同时人"沈询侍郎清粹端美，神仙中人也。制除山北节旄，京城诵曹唐《游仙诗》云：'玉诏新除沈侍郎，便分茅土领东方。不知今夜游何处，侍从皆骑白凤凰。'"可见《小游仙诗》在当时广为流传。

游仙诗是作者虚拟自己进入仙境状态写成的诗。这三首七绝都提到了青龙，实际上代表东方的生气。

第一首写白石、竹花、溪烟、藤叶自是仙境，再在一洞口围棋，赌物竟是青龙，按费长房故事，则为竹杖，有何宝贵？尾句说：纵算赢得天上祥瑞，又能有什么价值？作者委婉地表达对社会的不满和无可奈何的心境。

第二首写神仙的生活总是悠闲的，从来不推忙，出行驾乘青龙，千里顷刻即至，所以蓬莱都不以为远，潇洒中有一种避世观。

第三首写精美的树木，枝叶茂盛，吉祥的烟霭在林中升起，玉皇大帝早上请的客人坐在鲜花前，春风里各位仙人都喝得醉醺醺的，就是在一旁的短尾青龙枕着溪水而睡过去了。三首诗中都提到青龙，一是作为赌物，一是作为驾乘，龙在道家眼中就是坐骑，这里似乎成了神仙豢养的宠物了，好不惬意的神仙生活！

骊龙 唐·无名氏

有美为鳞族，潜蟠得所从①。标奇初韫宝，表智即称龙②。大壑长千里，深泉固九重。奋鬐云乍起，矫首浪还冲。荀氏传高誉，庄生冀绝踪③。仍知流泪在，何幸此相逢。

注释

①潜蟠：潜伏和盘曲。②韫（yùn）：蕴藏，包含。表智：显露智慧。古代有智慧的人往往被人称之为龙。③荀氏：东汉荀淑(83～149)，为战国荀卿第十一世孙，八个儿子，并有才名，人称"荀氏八龙"，其第六子荀爽最为知名，官至司空。庄生：指战国时庄子（庄周）。《庄子·列御寇》有骊龙典故："河上有家贫恃纬萧而食者，其子没于渊，得千金之珠。其父谓其子曰：取石来。锻之！夫千金之珠，必在九重之渊而骊龙颔下。子能得珠者，必遭其睡也。使骊龙而寤，子尚奚微之有哉？"

解说

此诗作者失名。题中"骊龙"，是一种带珠的黑龙。《尸子》："玉渊之中，骊龙蟠焉，颔下有珠。"晋葛洪《抱朴子·祛惑》："凡探明珠，不于合浦之渊，不得骊龙之夜光也。"

诗为五言排律。描写骊龙状态、性格、能力，及有关典故。末两句似有希冀之意：虽世间仍有"流泪者"在，或有幸会见到相当于龙一样的能人出现！

（冯广宏补充）

题张道隐太山祠画龙 五代·蒋贻恭

世人空解竞丹青，惟子通玄得墨灵①。
应有鬼神看下笔，岂无风雨助成形②。

威疑喷浪归沧海，势欲拿云上杳冥③。

静闭绿堂深夜后，晓来帘幕似闻腥。

注释

①丹青：国画的代名词。通玄：通晓玄妙道理。汉张衡《东巡诰》："皇皇者凤，通玄知时。"此或指修得道术。②昔人有龙成道时，风雨相助之说。③拿云：典出李贺诗："少年心事当拿云。"即直上云霄，呼吸云霓。

解说

作者蒋贻恭，五代后蜀诗人。一作诒恭，又作诏恭，江淮间人。唐末入蜀，因慷慨敢言，无媚世态，数遭流遣。后蜀高祖孟知祥搜访遗材，起为大井县令。贻恭能诗，诙谐俚俗，多寓讥讽。高祖末年，臣僚多尚权势，侈傲无节，贻恭作诗讽之，高祖赞为"敢言之士也"。《咏安仁宰捣蒜》《咏虾蟆》《咏王给事》等，讥刺缙绅及轻薄之徒，为彼所恶，痛遭捶楚。《全唐诗》收录其诗十首。

题中"张道隐"，一作姜道隐，五代前蜀画家，绵竹（今四川绵竹）人。幼年时辄尽日不归，父母寻之，多在神佛庙中有画处流连。及长，不务农桑，唯画是好。

龙 宋·丁谓

不操千金宝，思观九色虬①。负图钟上圣，衔烛照穷幽②。但仰飞天大，宁闻战野忧③。沃焦须濡泽④，莫道我无求。

注释

①九色虬(qiú)：变幻各种颜色的虬龙。虬是传说中有角的小龙，《广雅·释鱼》："龙子一角者蛟，两角者虬，无角者螭也。"②负图：古代传说伏羲氏时，有龙负图出河，是称"河图"。钟：适逢；倚仗。衔烛：用传说中"烛龙"的典故。《山海经·大荒北经》："西北海之外，赤水之北，有章尾山。有神，

人面蛇身而赤，直目正乘。其瞑乃晦，其视乃明。不食、不寝、不息，风雨是谒。是烛九阴，是谓烛龙。"屈原《天问》："日安不到？烛龙何照？"③飞天：即《周易·乾》"飞龙在天"之意。战野：用《周易·坤》(☷)"龙战于野，其血玄黄"的典故。④沃焦：即岷山。《华阳国志》："岷山，一名沃焦山，其蹠曰羊膊，江水所出。"霈(pèi)泽：指雨水，隐喻恩泽。杜甫《大雨》诗："风雷飒万里，霈泽施蓬蒿。"

解说

丁谓（966～1037），字谓之，后更字公言，北宋时期长洲县（今江苏苏州）人。善言谈，喜欢作诗，于图书、博弈、音律无一不精。出自寇准门下，大中祥符五年至九年（1012～1016）任参知政事。

这首五律专门咏龙，堆砌了许多龙的典故，语言儒雅，文采斐然。末两句诗的主旨："沃焦须霈泽"，希望龙给予焦渴的下方一点及时雨，暗喻君王(古人皆以龙为君主的象征) 及时惠民，这应是为官的我唯一要求。

（冯广宏补充）

偶题　宋·王安石

山腰石上千年涧，石眼全无一日干①。
天下苍生望霖雨②，不知龙向此中蟠③。

注释

①石眼：石上泉眼。唐韩愈《峡石西泉》诗："居然鳞介不能容，石眼环环水一钟。"②霖雨：连绵三日以上的大雨。或指及时雨。《书·说命上》："若岁大旱，用汝作霖雨。"③蟠：屈曲而伏。

解说

作者王安石（1021～1086），字介甫，晚号半山；世称王荆公，谥为"文"，一称王文公。北宋政治家、思想家、文学家、改革家，唐宋八大家之一。北宋临川人(今江西省东乡县上池村人)。仁宗庆历进士。嘉祐三年（1058）

上万言书，提出变法主张，要求改变"积贫、积弱"的局面，推行富国强兵的政策。神宗熙宁二年(1069)任参知政事，次年任宰相，依靠神宗实行变法。并支持五取西河等州，改善对西夏作战的形势。因保守派反对，新法遭到阻碍。熙宁七年辞退。次年再相；九年再辞，还居江宁(今江苏南京)，封舒国公，后改封荆国公，故世称王荆公。其诗"学杜得其瘦硬"，擅长于说理与修辞，善于用典，对后来宋诗的发展有很大影响。有《临川先生文集》存世。

诗指出，天下大旱，独山腰石上常润不干，诗人猜想是否是有龙盘踞此地之故呢！希望龙快现身，广布霖雨，以解旱情。王安石关心天下百姓民生，由此可见一斑。

画龙 宋·刘攽

南人谒雨争图龙①，画师放笔为老雄②。烟云满壁夺画色，雷电应手生狂风。观者皆惊爪牙动，攫拿意似翻长空③。吾疑奋迅出户牖④，何事经时留此中。共言叶公初好画⑤，当时亦有神龙下。天意为霖非尔能，世俗慕真聊事假⑥。

注释

①谒雨：祈雨、求雨。②老雄：老的雄龙。亦有声势威猛，老而雄健意。③攫(jué)：用爪抓取，引申为夺取。④奋迅：鸟兽奔跑飞翔疾速而气势雄壮。《尔雅·释畜》："绝有力，奋。"晋郭璞注："诸物有气力多者，无不健自奋迅，故皆以名云。"户牖：门窗。⑤叶公：叶公子高。汉刘向《新序·杂事五》："叶公子高好龙，钩以写龙，凿以写龙，屋室雕文以写龙。于是天龙闻而下之，窥头于牖，施尾于堂。叶公见之，弃而还走，失其魂魄，五色无主。是叶公非好龙也，好夫似龙而非龙者也。"⑥事假：世俗之人因喜真而不可得，只有画假龙来娱乐眼球。

解说

作者刘攽(bān)(1023~1089)，字叔赣，一字贡夫，号红南。樟树市黄土岗镇人。与兄敞同登进士第。仕州县二十年，始为国子监直讲。熙宁(1072左右)中判尚书考功，同知太常礼院。尝贻书王安石，论新法不便，出知曹州。曹为盗区,重法不能止;敞为治尚宽平,盗亦衰息。他与司马光同修《资治通鉴》,专职汉史,作东汉刊误,为人称颂。刘攽、刘敞与敞之子刘世奉尝合著《汉书标注》。世称三人为"墨庄三刘"。有《文献通考》《文选类林》《中山诗话》等行于世。

　　诗说南方人拜雨求龙王,于是就画老龙图。画出龙从云,雷电狂风大作,龙爪舞势汹汹,好像要冲出门窗去。都说叶公画龙引出真龙,但下不下雨是天意,有了龙图就能求出雨,只能是一厢情愿。主旨与前诗相似。

(何焱林补注)

咏龙诗　金·完颜亮

　　蛟龙潜匿隐苍波,且与虾蟆作混和。
　　等待一朝头角就,撼摇霹雳震山河。

解　说

　　作者完颜亮(1122～1161),字元功,女真人,本名迪古乃;即金废帝。他为人残暴,在位期间杀人无数,但能肃清吏治,听取臣下的有益建议;后在瓜州渡江作战时死于内乱。

　　这首七绝比较直白,实以蛟龙为喻,言己之志。蛟龙隐伏之时,不为人所重,一旦羽毛丰满,就能使地动山摇。

(冯广宏补充)

龙挂　宋·陆游

　　成都六月天大风,发屋动地气势雄。黑云崔鬼行风中①,凛如鬼神塞虚空。霹雳迸火射地红②,上帝有命起伏龙。龙尾不卷曳天东,壮哉雨点车轴同。山灌水溢路不通,连根拔出千尺松。未言为人作年丰,伟观一洗芥带胸。

注释

①崔嵬：同崔嵬，高山。此指黑云如山压来。②霹雳迸火：雷鸣电闪。③伏龙：潜龙。宋朱熹《斋居感兴》诗之六："伏龙一奋跃，凤雏亦飞翔。"

解说

作者陆游（1125～1210），字务观，号放翁，越州山阴（今浙江绍兴）人。南宋爱国诗人，有《剑南诗稿》《渭南文集》等数十种文集存世，自言"六十年间万首诗"，今尚存九千三百余首，是我国现有存诗最多的诗人。

诗题"龙挂"指远看积雨云下呈漏斗状舒卷下垂，旧时以为是龙下挂吸水。宋叶梦得《避暑录话》卷下："五六月之间，每雷起云族，忽然而作，类不过移时，谓之过云雨，虽三二里间亦不同。或浓云中见若尾坠地蜿蜒屈伸者，亦止雨其一方，谓之龙挂。"其实即今人所谓之龙卷风，其力量之巨大，使人有谈风声变之忧。

宋时成都土地平旷，野无障碍，夏天局地对流激烈，容易形成龙卷风。今龙卷风多见于北美，成都近年已杳无龙卷风之踪迹了。

此亦柏梁体也。

上沙遇雨快凉　宋·范成大

刮地风来健葛衣①，一凉便觉暑光低。
云头龙挂如垂箸②，雨在中峰白塔西。

注释

①健：快感。葛衣：葛布制的夏衣。②龙挂：龙卷风。积雨云下呈漏斗状舒卷下垂，旧以为龙下挂吸水，故称。箸：筷子。意为龙挂像悬垂的筷子般笔直。

解说

作者范成大（1126～1193），字致能，号石湖居士。平江吴郡（郡治在今江苏吴县）人，南宋诗人，谥文穆。先学江西诗派，后学中、晚唐诗，继承了白居易、王建、张籍等诗人新乐府现实主义精神,自成一家。风格平易浅显、清新妩媚。题材广泛,以反映农村社会生活内容作品成就最高。他与杨万里、陆游、尤袤合称南宋"中兴四大诗人"。有《石湖居士诗集》《石湖词》等传世。

按:地名上沙者有数处,从范成大仕宦轨迹看,当是杭州(南宋临安)之上沙。

快凉者快意于凉爽也,今称凉快。

这一首七绝描写炎夏,忽然遇到强对流天气,凉风倏至,乌云顿起,远方下起暴雨,云头垂下灰柱,犹如乌龙挂首。寥寥四句,刻画出使人感到凉爽的畅快情绪。

题画龙　宋·楼钥

老龙卧海沙,觉来未欠伸①。珠光发海底,闯然自有神②。画龙不画全,必杂烟雨云。此龙未尝动,具见爪与鳞。一龙望见之,争心生怒嗔③。奋迅勇欲前,便尔云满身。不知出谁笔,定非尘中人。若非亲见之,何由写其真?云涛方汹涌,恍若渺无津。为霖会有时,正尔良苦心。乃知青云高,不如寂寞滨。深虞或飞去④,什袭聊自珍⑤。

注释

①欠伸:一作欠申,打呵欠,伸懒腰。《仪礼·士相见礼》:"凡侍坐君子,君子欠伸,问日之早晏,以食具告。"郑玄注:"志倦则欠,体倦则伸。"所谓志即精神,思想。②闯然:生动活跃的样子。《朱子语类》卷七一:"唯是一阳初复,万物未生,冷冷静静;一阳既动,生物之心闯然而见。"③嗔(chēn):怒;生气。④虞:忧虑。⑤什袭:亦作十袭,把物品一重重包裹起来以珍藏。

解说

作者楼钥(1137~1213),南宋诗人。字大防,号攻愧主人,鄞县(今属浙江)人。隆兴元年(1163)进士,为胡铨所知赏,赞其为"翰林才"。初任教官,后调温州教授，光宗时提升为起居郎兼中书舍人。楼钥敢于直谏，无所避忌。光宗亦说："楼舍人朕亦惮之。"因与韩侂胄政见不合，辞去官职。韩侂胄被诛后，楼钥又被起用为翰林学士，升为吏部尚书兼翰林侍讲，进参知政事，后授为资政殿大学士、提举万寿观。死谥宣献。乾道间，以书状官从舅父汪大猷使金，按日记叙途中所闻，成《北行日录》。

此古风写龙睡醒来，初兴风云，另一龙望见，怒欲与争斗。这画不知出自谁的手笔，想来作者绝非尘世中人，如果他没有亲眼见到，怎么会把龙画得这样真切。画中云涛汹涌，浩渺无际。最后是诗人的感叹，早知青云上有如此争斗，还不如在水滨安于寂寞。这般好的画真怕龙活过来飞走了，应当重重包起来珍藏。作者借观赏画流露出对人世、官场争斗倾轧的感叹。

毘陵天庆寺观画龙　宋·戴复古

自题姑苏羽士李怀仁醉笔，诗呈王君保寺丞使君。

姑苏道士天酒星①，醉笔写出双龙形。墨迹纵横夺造化，蜿蜒满壁令人惊。一龙翻身出云表②，口吞八极沧溟小③。手弄宝珠珠欲飞，握入掌中拳五爪④。一龙排山山为开，头角与石争崔嵬⑤。波涛怒起接云气，不向九霄行雨来⑥。万物焦枯天作旱，两雄壁隐宁非懒？真龙不用只画图，猛拍栏干寄三叹！

注释

①酒星：天上主管酒的星，一称酒旗星。汉孔融《与曹操论酒禁书》："天垂酒星之燿，地列酒泉之郡，人著旨酒之德。"②云表：云外，东汉张衡《西京赋》："立修茎之仙掌，承云表之清露。"③八极：八方极远之地，《淮南子·原道训》："夫道者，覆天载地，廓四方，析八极，高不可际，深不可测。"高诱注："八极，八方之极也，言其远。"④五爪：龙一般为四爪，亦有作五爪者。民俗戏谑语称手为五爪金龙，意为随便抓拿。⑤崔嵬：犹"嵯峨"，高貌。⑥九霄：九重天之上，所谓九霄云外，喻天极高处。晋葛洪《抱朴子·畅玄》："其高则冠盖乎九霄，其旷则笼罩乎八隅。"

作者戴复古(1167~?)，字式之，南宋著名的江湖派诗人。尝居南塘石屏山，故自号石屏。天台黄岩(今属浙江台州)人。一生不仕，浪游江湖，后归家隐居，卒年八十余。曾从陆游学诗，作品受晚唐诗风影响，兼具江西诗派风格。部分作品抒发爱国思想，反映人民疾苦，具有现实意义。其诗词格调高朗，诗笔俊爽，清健轻捷，工整自然。有《石屏诗集》《石屏词》等传世。

毗(pí)陵，古地名，春秋时吴季札封地延陵邑，西汉置县，治今常州，此以古地名代称其地，如今称重庆为渝州。

此为七言古风。前部分写姑苏道士李怀仁醉笔画的双龙图是何等的潇洒有气势，夺造化之工，令人惊叹。接着诗人发出感叹，现在人世间正大旱，它们隐于壁间，何不在天上下点雨来，真正的龙不是只在画面上看的，我为此发出深深的叹息。主旨对虚有其表、不求务实的宦场世风，表示了深深的不满。

(何焱林补注)

日离海　宋·谢翱

日离海，青曈昽①，沃以积水涵苍穹②。神光隐，豹雾空③。气呼吸，为蛟龙。赤云衣，紫霓从。吹白众宿歌大风④。天吴遁⑤，清海宫。

①曈昽(tóng lóng)：太阳初升由暗而明。②沃：浇灌。③豹雾：《列女传·陶答子妻》："妾闻南山有玄豹，雾雨七日而不下食者，何也？欲以泽其毛而成文章也，故藏而远害。"后用雾豹比喻退隐避害的人。此处喻神灵隐罩的光雾。④宿：星，星宿。⑤天吴：传说中的水神。《山海经·海外东经》："朝阳之谷，神曰天吴，是为水伯。"

解说

作者谢翱(1249~1295)，宋代诗人，字皋羽，一字皋父，号宋累，又号晞发子，原籍长溪(今福建福安)。度宗咸淳间应进士举，不第。恭宗德祐二年文

天祥开府延平，率乡兵数百人投之，任谘议参军。文天祥兵败，脱身避地浙东，往来于永嘉、括苍、鄞、越、婺、睦州等地，与方凤、吴思齐、邓牧等结月泉吟社。谢翱有《晞发集》《西台恸哭记》，编有《天地间集》《浦阳先民传》等。

诗写海中日出的场景，借龙形容天空的斑斓景象。全诗一韵到底，节奏明快，富有音乐感。

蛟龙歌　宋·何梦桂

蛟峰先生以《猩猩歌》《鸡雏吟》二章见寄，所以兴起人心，维持世教，甚切切也。其发明比兴，已无余蕴，后有作者，无能再出新意矣。今辄以《蛟龙歌》答赋《猩猩歌》，《希有鸟吟》答赋《鸡雏吟》。前章以昭蛟峰先生之心，后章以广可庵老子之意。

生物具角齿，每每与物抗。蹈阱虎以刚，触藩羊以壮①。世间怪物有蛟龙，三百六十虫之长。神灵出嘘吸，变化互来往。布爪曾云兴，鼓鬐欻电放。无欲不受刘累驯，假形岂被叶公诳②。时飞则飞潜则潜，所以随时知得丧。莫道鱼虾性不灵，相依煦沫岂敢嗔。江渍鳣鲸久失水③，闻此鼓舞咸相亲。世无刑醢受，时非法网秦。然匪藉余荫④，安能逃世人。亡象齿与革，亡猩血与唇；有身即有患，谁能无其身？安得此身化为云，随龙上下云无心。

注释

①触藩：以角抵撞藩篱，比喻碰壁。语出《周易·大壮》（䷡）："羝羊触藩，羸其角。"②鼓鬐(qí)：亦作"鼓鳍"，即摆动鱼鳍。唐钱起《巨鱼纵大壑》诗："奋跃风生鬣，腾凌浪鼓鳍。"欻(xū)：忽然。刘累：夏君孔甲时的养龙专业户。据《左传》所载，刘累曾向豢龙氏董父学习豢龙、御龙技术，孔甲时天降两龙，便封他为御龙氏，派他养龙。假形：寄托于形象。叶公：春秋末期叶邑尹，有"叶公好龙"事为人所哂。汉刘向《新序·杂事五》："叶公子高好龙，钩以写龙，凿以写龙，屋室雕文以写龙。于是天龙闻而下之，窥头于牖，施尾于堂。叶公见之，弃而还走，失其魂魄，五色无主。是叶公非好龙也，好

夫似龙而非龙者也。"诳(kuáng)：欺骗，迷惑。③煦(xù)沫：相互怜惜。语出《庄子·大宗师》："泉涸，鱼相与处于陆，相呴以湿，相濡以沫。"江渍(fén)：江岸；亦指沿江一带。鳣(zhān)：鲟鳇鱼类的古称。④刑醢(hǎi)：古代一种酷刑，将人剁成肉酱。匪藉：义同非借。

解说

作者何梦桂，南宋（度宗）咸淳元年（1265）进士，曾为太常博士，历监察御史官，大理寺卿。引疾去，筑室小酉源。元至元中，屡召不起。

这是一首专咏蛟龙的杂言古风，据题序为答谢蛟峰先生《猩猩歌》之作，蛟峰不详何人。此诗开头4句，说有角有齿之物，常常与他物抗敌。如虎因凶猛遭遇陷阱，羝羊因强壮的角而常缠在藩篱上，可谓自寻烦恼。以下10句，描写蛟龙能上能下，能飞能潜；"无欲"，不为刘累所驯，"假形"，岂受叶公欺骗。接着12句，则转言各种水族和陆兽，虽然互相关照，但往往逃脱不了人类的毒手，大象死亡是因为有牙有革，猩猩死亡是因为有唇有血，为人所取；然后提升到《老子》有身就有患的哲理上。末两句点明主题，希望化身为云，随龙上下，逍遥自由。

辰龙卷

段志坚画龙·为刘邓州赋　金·元好问

猪龙可豢亦可屠①，世人画蛇复画鱼。天飞忽入阿坚笔②，始觉众史欺庸愚③。腥风万里来，白浪横江湖。一麾走海若④，再顾失天吴⑤。浩荡明河翻⑥，尾鬣惨不濡⑦。只愁纸上出雷火，持控大千如此珠。天生神物与化俱⑧，灭没变见何所无。逆鳞自古不受触⑨，乃令缩头随卷舒。怪得堂堂髯御史⑩，平生长有雨随车。

注释

①猪龙：指安禄山。宋乐史《杨太真外传》卷下："（唐玄宗）尝与（安禄山）夜燕，禄山醉卧，化为一猪而龙首。左右遽告帝。帝曰：'此猪龙，无能为。'终不杀，卒乱中国。"故诗称可豢可杀。一作指扬子鳄，又称猪婆龙，

爬行动物。豢：喂养。②阿坚：当指段志坚。③众史：众画师。《庄子·田子方》："宋元君将画图，众史皆至，受揖而立。"成玄英疏："众史，画师。"④海若：传说中的海神名。⑤天吴：水神名。《山海经·海外东经》："朝阳之谷，神曰天吴，是为水伯。"⑥明河：银河。唐宋之问《明河篇》："明河可望不可亲，愿得乘槎一问津。"⑦尾鬣：颈上的毛和尾巴。惨不濡：银河清浅，龙的尾及鬣都沾不湿。⑧持控：把持，掌控。金元好问《愚轩为赵宣之赋》诗："心生心化谁持控，举世伥伥皆大梦。"与化俱：与造化相俱。⑨灭没：形消声灭。《列子·说符》："天下之马者，若灭若没，若亡若失。"后以"灭没"形容马跑得极快。逆鳞：喻君王。《韩非子·说难》以龙喻君王，谓龙喉下有逆鳞，"若有人婴之者，则必杀人"。⑩髯御使：春秋战国时期列国皆有御史，掌文书及记事，近事国君。秦设御史大夫，为副丞相之职，位尊，并以御史监郡，有纠察弹劾之权。汉以后，御史职衔累有变化，职责则专司纠弹，文书记事归太史掌管。此以御史尊称邓州州官刘某，其人亦美髯公。

解说

作者元好问（1190～1257），字裕之，号遗山，世称遗山先生。山西秀容（今山西忻州）人。兴定进士，历任内乡令、南阳令、尚书省掾、左司都事、行尚书省左司员外郎，金亡不仕。工诗文，在金元之际颇负重望。其诗奇崛而绝雕琢，巧缛而不绮丽，形成河汾诗派。晚年致力收集金君臣遗言往事，多为后人纂修金史所本。著有《杜诗学》《东坡诗雅》《锦机》《诗文自警》《壬辰杂编》《遗山先生文集》四十卷、《续夷坚志》四卷、《遗山先生新乐府》五卷等，传世有《遗山先生文集》，编有《中州集》。

题中段志坚，为金元间全真道士，曾编《清和真人北游语录》，善画。刘邓州，当为诗中"髯御史"。

龙是神物，变化自如，可随心画，人、龙合一。正因如此，怪不得这位大胡子御史平常出门去，总有雨随着他的车驾。这首古诗，明写龙，实赞人。

（何焱林补注）

龙潭 元·刘因

盘磴脱交荫①,平坛得高岑②。高岑不可攀,飞湍激幽音。穷源岂不得,爽气来駸駸③。灵润发山骨,沮洳下崖阴④。为问石上苔,妙理谁曾寻。乾坤有干溢,此水无古今。下有灵物栖,倒影毛发森。东州旱连岁,呼龙动云林⑤。顾此百丈潭,岂无三日霖。为霖此虽能,鞭策由天心。日暮碧云合,空山深复深。

注释

①盘磴:盘旋而上的磴道、石级。交荫:树木相互掩映。②岑:小而高的山。③駸駸(qīn):盛多貌。唐柳宗元《感遇》诗之一:"东海久摇荡,南风已駸駸。"意为开豁高朗之气不断涌来。④山骨:山中岩石。沮洳(jù rù):低湿地;或腐烂的泥沼。《诗·魏风·汾沮洳》:"彼汾沮洳,言采其莫。"孔颖达疏:"沮洳,润泽之处。"⑤云林:云林义多歧,此指云如丛林般广大,深厚。

解说

作者刘因(1249～1293),元代著名理学家、诗人。字梦吉,号静修。初名骃,字梦骥。雄州容城(今河北容城县)人。才华出众,性不苟合。家贫教授生徒,皆有成就。因爱诸葛亮"静以修身"之语,题所居为"静修"。元世祖至元十九年(1282)应召入朝,为承德郎、右赞善大夫。不久借口母病辞官归。母死后居丧在家。至元二十八年,忽必烈再度遣使召刘因为官,他以疾辞。死后追赠翰林学士、资政大夫、上护军、追封"容城郡公",谥"文靖"。著作甚丰,有《四书精要》《易系辞说》等。《静修集》为其诗文集,收入各体诗词八百余首。名冠元初诗坛,《元史》有传。

这是一韵到底的五言古诗。诗人见画生情,有感而发。先是叙述小山、林木、飞瀑,接着"乾坤有干溢,此水无古今",推想到下有龙栖住,联想到天旱,希望龙能出来呼风唤雨,以解旱情。

画龙歌 元·小云石海涯

老墨糊天霹雳死①,手擘明珠换眸子②。一潜渊泽久不跃,泥活风须色深紫③。虬髯老子家燕城④,怒吹九龙无余灯⑤。手提百尺阴山冰⑥,连云涂作苍龙形。槎牙爪角随风生⑦,逆鳞射月干戈声⑧。人间仰视玩且听,参辰散落天人惊⑨。潇湘浮黛蛾眉轻,太行不让蓬莱青⑩。烈风倒雪银河倾,珊瑚盏阔堪不平⑪。吸来喷出东风迎,春色万国生龙庭⑫。七年旱绝尧生灵,九年涝涨舜不耕⑬。尔来化作为霖福,为吾大元山海足。

注释

①老墨:指作画者老道。按:此处亦可释为用老墨糊(涂)天,将天画得黑而深邃,连雷电也看不见,仿佛死了。用以形容龙怒之声威。②擘(bāi):剖开。句意为擘开明珠,为龙换上眸子,顿时晶光四射,暗用画龙点睛之典。天亦为之活泛起来。③泥活:泥活活之省,此状水声。杜甫《九日寄岑参》诗:"所向泥活活,思君令人瘦。"仇兆鳌注引赵汸曰:"活活,泥水深多,行有声也。"风须:龙须张动,如风吹拂。④虬髯:拳曲连鬓胡须,俗称络腮胡。唐皇甫曾《赠老将》诗:"辘轳剑折虬髯白,转战功多独不侯。"老子:老头子,老年男子的泛称。《三国志·吴志·甘宁传》"宁益贵重,增兵二千人"裴松之注引晋虞溥《江表传》:"(宁)因夜见权,权喜曰:'足以惊骇老子(指曹操)否?'"燕城:或指元大都,今北京市。⑤九龙:此指九龙烛。唐太宗《咏烛》诗之二:"九龙蟠焰动,四照逐花生。即此流高殿,堪持待月明。"无余灯:所有的灯都吹灭。⑥阴山:蒙语为达兰喀喇,横亘于内蒙古自治区南境、东北接连内兴安岭的阴山山脉。山间缺口自古为南北交通孔道。阴山冰指月光。意为画家吹灯乘月色而作画,故下有逆鳞射月之句。⑦槎(chá)牙:此指龙爪龙角错落森然。苏轼《江上看山》诗:"前山槎牙忽变态,后岭杂沓如惊奔。"⑧逆鳞:倒生的龙鳞甲,一般喻为强权者之禁区。《韩非子·说难》:

"夫龙之为虫也,柔可狎而骑也,然其喉下有逆鳞径尺,若人有婴之者则必杀人。人主亦有逆鳞,说者能无婴人主之逆鳞则几矣。"古以龙喻君主,以触"逆鳞"、批"逆鳞"等喻犯人主或强权之怒。干戈声:逆鳞映月,如干戈映月,令人仿佛听到干戈相碰击之声,以声状形,别开生面。⑨参辰:泛指星辰。汉苏武《诗》之三:"征夫怀往路,起视夜何其。参辰皆已没,去去从此辞。"散落:有二层意义,一因逆鳞射月的光芒冲击,天上的星辰为之震落,令天人皆震动了。二则暗示星辰散落,退隐,天已近明。为以下诸句张本。⑩蛾眉:应为峨眉山。何按,蛾眉亦指远山,元萨都剌《走笔赠燕会初》诗:"西湖天镜碧堕地,吴山蛾眉春入窗。"许善长《神山引·裙归》:"那边隐隐城郭,渐见人烟,不知何处?〔远望介〕吓!蛾眉滴翠,螺髻送青,非琼山而何!"皆为以蛾眉喻远山之例。二句意为飞龙在天,霖雨时降,潇湘浮黛,远山倒影在河水中随波起伏,轻盈舞蹈,太行山也青葱可人,与蓬莱仙山没有区别了。⑪银河倾:银河倾泻就像大风卷积雪那样满天飞扬,既写作者画龙连银河也被搅得像烈风倒雪一样飞散,也意味天光大明,银河隐退。珊瑚盏:珊瑚作的酒盏,喻酒盏之名贵。不平:意为龙虽画好,但作者心中创作之冲动犹激扬澎湃,没有停歇,见得笔有尽而意无穷。而珊瑚盏阔大,盛酒多,正好用来纾解此不平之气。⑫两句画家将酒吸来,不是浇自己块垒,而喷向东风,发抒一腔豪兴。龙兴时雨,万国边荒,春色也应时而生在龙庭,生在天子足下。⑬旱、涝:典出尧时十年七旱,舜时十年九涝。按:庄子《外篇·秋水第十七》有:"禹之时,十年九潦,而水弗为加益;汤之时,八年七旱,而崖不为加损。"荀子《富国篇第十》有:"禹十年水,汤七年旱。"诸典皆无"尧七年旱,舜九年涝"之说,恐系诗人误记。

解 说

作者小云石海涯,元人,其父楚国忠惠公,名贯只哥,小云石海涯遂以贯为氏,复以酸斋自号。年十二三,膂力绝人,使健儿驱三恶马疾驰,持槊立而待,马至,腾上之,越二而跨三,运槊生风,观者辟易。或挽强弓射生,逐猛兽,上下峻阪如飞,诸将咸服其趫。稍长,折节读书,目五行下。吐辞为文,不蹈故常,出人意表。初,袭父官为两淮万户府达鲁花赤。镇永州,御军极严猛,行伍肃然。稍暇,辄投壶雅歌,意所畅适,不为形迹所拘。一日,呼弟忽都海涯语之曰:"吾生宦情素薄,顾祖父之爵不敢不袭,今已数年矣,愿以让弟,弟幸勿辞。"语已,即解所绾黄金虎符佩之。北从姚燧学,燧见其古文峭厉有法及歌行古乐府慷慨激烈,大奇之。仁宗在东宫,闻其以爵位让弟,谓宫臣曰:"将相家子弟其有如是贤者邪!"俄选为英宗潜邸说书秀才,宿卫禁中。仁宗践阼,上疏条六事:一曰释边戍以修文德,二曰教太子以正国本,三曰设谏官以辅圣德,四曰表姓氏以旌勋胄,五曰定服色以变风俗,六曰举贤才以恢至道。书凡万余言,未报。拜翰林侍读学士、中奉大夫、知制诰同修国史。会议科举事,多所建明,忽喟然叹曰:"辞尊居卑,昔贤所尚也。今禁林清选,与所让军资孰高,人将议吾后矣。"乃称疾辞还江南。晚年为文日邃,诗亦冲淡。草隶等书,稍取古人之所长,变化自成一家,所至士大夫从之若云,得其片言尺牍,如获拱璧。其视死生若昼夜,绝不入念虑,攸攸若欲遗世而独立云。泰定元年五月八日卒,年三十九。赠集贤学士、中奉大夫、护军,追封京兆郡公,谥文靖。有《直解孝经》一卷行于世。

作者大约是在看画家画龙时所写的诗,前部分写作画时的情景,中间部分写画作之精妙神韵,最后4句写诗人的心愿,表明全诗关注民生的主旨。铺陈扬抑,想象丰富,从古诗中的转韵表达充沛、曲折的情感。

(何焱林补注)

郭恕先升龙图 元·邓文原

海上参差十二楼①,阆风玄圃彩云浮②。
神仙尚厌人间世,故作乘龙汗漫游③。

◆注 释

①十二楼:仙人居处。《史记·封禅书》:"方士有言:'黄帝时为五城十二楼,以候神人于执期,命曰迎年。'上许作之如方,命曰明年。"《汉书·郊祀志下》:"五城十二楼。"颜师古注引应劭曰:"昆仑玄圃五城十二楼,仙人之所常居。"②阆风:即阆风巅。《离骚》:"朝吾将济于白水兮,登阆风而緤马。"王逸注:"阆风,山名,在阆昆仑之上。"玄圃:昆仑山顶神仙居处,也

作悬圃。③汗漫：漫无边际、广泛。汗漫游：漫无边际地远游。唐杜甫《奉送王信州崟北归》诗："复见陶唐理，甘为汗漫游。"仇兆鳌注引《淮南子》："若士谓卢敖曰：'吾与汗漫游于九垓之外。'"

解说

作者邓文原（1258~1328），字善之，一字匪石，人称素履先生，四川绵州（今绵阳）人，其父早年避兵入杭，或称杭州人。绵州古属巴西郡，人亦称"邓巴西"。生于宋理宗宝祐六年，卒于元泰定帝致和元年。博学善书。宋末应浙西转运司试中魁，元至元间辟为杭州路儒学正，累迁翰林待制，出佥江南浙西廉访司事，谳狱明允。卒谥文肃。文原著作今仅存《巴西文集》一卷。传世书迹有《临急就章卷》等。

题中郭忠恕(?~977)，字恕先，又字国宝，洛阳(今属河南)人。7岁能诵书属文，举童子及第。后周广顺中(952)召为宗正丞兼国子监书学博士。由于争忿朝政，不久贬为崖州司户，秩满去官，不复仕，纵放岐雍、陕洛间。入宋，官国子监主簿，益纵酒肆言。工画山水，尤擅界画，楼观舟楫皆极精妙。所画重楼复阁建筑颇合规矩，比例十分准确精细。作石似李思训，作树似王维，善写篆、隶书。传世作品有《雪霁江行图》等。宋太宗即位，闻其名，召赴阙，授国子监主簿，赐袭衣、银带、钱五万，馆于太学，令刊定历代字书。所定《古今尚书》并释文，行于世。

神仙也过不惯久居一处的生活，总是乘着龙漫无边际到处游走。哪怕是高楼大厦，仙风瑶圃中，总有厌烦的时候。全诗写乘龙漫游，流露出内心深处的避世、厌世的生活态度。

（何焱林补注）

僧传古涌雾出波龙图歌　元·柳贯

叶公好龙致真龙①，精气所感无不通。僧中刘累有传古，夜梦捷入骊龙宫②。阳晖焰焰阴精动，左右给侍皆鱼虫③。探珠不得逢彼怒④，轰然鼓鬣兴雷风⑤。潜窥窃识领其妙，写之万楮抒毋同⑥。目睛数月才一点，波浪咫尺如层空。乘云执镜麾电母，跨海献宝招河宗。刘尝善誉古善画，得意忘象象乃工。为龙为画了不识，有顷噀水投长虹⑦。龙乎龙乎德正中，超忽变化天为功。绛冠帝子秉节从⑧，九渊唤起赤鲩公⑨。永奠鳌极开鸿濛⑩。

注释

①叶（旧读 shè）公好龙：事见刘向《新序·杂事》：叶公子高好龙，钩以写龙，凿以写龙，屋室雕文以写龙，于是天龙闻而下之，窥头于牖，施尾于堂，叶公见之，五色无主。是叶公非好龙也，好其似龙非龙也。②骊(lí)龙：黑色的龙。传其颌下有珠，人称骊珠。③阳晖：日光，唐杨衡《游陆先生故岩居》诗："深林无阳晖，幽水转鲜碧。"给侍：侍奉，侍从。宋何薳《春渚纪闻·两刘娘子报应》："其一乃上皇藩邸人，敏于给侍。每上食，则就案析治脯脩，多如上意。"④探珠：骊龙颌下的珠子，人人都想夺取的宝贝。⑤鬣(liè)：动物颈上的长毛。龙颈亦有长毛，称为龙鬣。唐李沈《醮词》："八极鳌柱倾，四溟龙鬣沸。"⑥楮(chǔ)：落叶乔木，树皮是造桑皮纸和宣纸原料。故以楮代称纸。捋(lǔ)：涂抹。毋同：不同，毋与无意近，今多不用。⑦噀(xùn)：把水含在口中后喷出。⑧绛冠：深紫红色的帽子，指显贵。帝子：皇帝家族。秉节：手持仪仗。节一为古使臣所持符节，杖上系麾头。节一指古乐器，用手拍打发声以调节律。⑨鲩(huàn)：与鲵同。唐时讳国姓李，称鲤鱼为赤鲩公。鲤鱼跃过龙门可成龙。⑩鳌极：大地的支柱。传说海中有大鳌，背负蓬莱山在海中。女娲断鳌足以立四极，才把地面支起来。鸿濛：宇宙形成以前的混沌状况。

解说

作者柳贯(1270~1342)，字道传，自号乌蜀山人，婺州浦江(今属浙江浦江)人。博学多通，为文沉郁，工书法，精于鉴赏古物和书画，经史、百氏、数术、方技、释道之书，无不贯通。官至翰林待制，兼国史院编修。元代散文家虞集、揭傒斯、黄溍、柳贯并称"儒林四杰"。柳贯官止于五品，禄不过千石。其诗古硬奇逸，意味隽永，人称其为"文场之帅，士林之雄"。明代"开国文臣之首"宋濂为柳贯门生。文集有《金石竹帛遗文》《近思录广辑》《字系》《柳待制文集》等。

这首一韵到底的七言古诗，即柏梁体，题中僧传古，为宋四明（今浙江宁波）人。天资颖悟，画龙独进乎妙。北宋建隆年间名重一时，垂老笔力益壮，简易高古，非世俗之画所能到。

题王宰所藏墨龙 元·柳贯

飞廉为御丰隆车①，凭陵九渊倾尾闾②。谁与发墨启元奥③，神光蹙斗旋其枢④。湖边竹屋清夜徂⑤，防有没人来摘珠⑥。

注释

①飞廉：风神。又作蜚廉，夏初时人，夏后启使蜚廉铸九鼎。丰隆：雷神，主管雷电云雨。②凭陵：登临，凌驾。李白《大鹏赋》："焯赫乎宇宙，凭陵乎昆仑。"九渊：九重深渊。《庄子·列御寇》："夫千金之珠，必在九重之渊，而骊龙颔下。"尾闾：传说中指海水所归之处，《庄子·秋水》："天下之水，莫大于海，万川归之，不知何时止而不盈；尾闾泄之，不知何时已而不虚。"成玄英疏："尾闾者，泄海水之所也。"③元奥：原始的玄妙。④蹙：足踩。斗、枢：斗杓、天枢，为北斗星七颗星中两星之名。⑤徂(cú)：往，过去。⑥没人：潜水人、蛙人。《庄子·达生》："若乃夫没人，则未尝见舟而便操之也。"郭象注："没人，谓能鹜没于水底。"

解说

此诗说，风神和雷神驾驭着车马，龙凭借九渊之水奔向大海深处。是谁用笔墨渲染出这样的画来，你看，龙竟把北斗七星都玩转了。这墨龙实在画得逼真，以至于一到晚上即须到湖边竹屋，提防有人来偷摘龙颔下的明珠。末句防人摘珠侧写画之精美。

玉龙图 元·虞集

贝阙澄澄海月生①，水晶帘影接空明②。
鲛绡剪得霓裳就③，却拥冰髯上太清④。

注释

①贝阙：以紫贝为饰的宫阙，这里指龙宫。②空明：月光映照下的水，因其明澈如空故称。③鲛绡：传说中海中鲛人织的绡，入水不濡，见《述异记》。亦泛指薄纱。霓裳：神仙羽衣。④太清：此指天空。《鹖冠子·度万》："唯圣人能正其音，调其声，故其德上及太清，下及太宁，中及万灵。"陆佃注："太清，天也。"即玉龙腾空飞升。

解说

作者虞集（1272~1348），元代著名学者、诗人。字伯生，号道园，人称邵庵先生。祖籍仁寿（今四川仁寿县），为南宋丞相虞允文五世孙，其父虞汲曾任黄冈尉，宋亡后，徙临川崇仁（今属江西）。其母亲是国子祭酒杨文仲之女。虞集生于湖南衡阳，正当宋末，兵戈扰攘，国无宁日，为避战乱，随父迁居江西崇仁二都（今石庄乡）。少受家学，尝从吴澄游。成宗大德初，以荐授大都路儒学教授，李国子助教、博士。仁宗时，迁集贤修撰，除翰林待制。文宗即位，累除奎章阁侍书学士。领修《经世大典》，著有《道园学古录》《道园遗稿》。虞集素负文名，与揭傒斯、柳贯、黄溍并称"元儒四家"；诗与揭傒斯、范梈、杨载齐名，人称"元诗四家"。

夜发龙潭 元·萨都剌

船头夜静天如水，渡口潮平月在江。
灯影摇波风不定，老龙吹浪湿篷窗①。

注释

①篷窗：船窗，长途航行之船大，有篷有舱，故船有舱。宋张元干《满江红·自豫章阻风吴城作》词："倚篷窗无寐，引杯孤酌。"

解说

作者萨都拉（约1272～1355），字天锡，号直斋，蒙古人，元代诗人、画家。其先答失蛮，是西辽统治下的西突厥部落葛罗禄，为唐代三姓葛罗禄后裔。成吉思汗灭西辽，葛罗禄首领阿尔斯兰归附成吉思汗，萨都拉祖先答失蛮也随之归附。故人亦称其为回族人。一说本朱氏子，阿鲁赤收为养子，阿鲁赤为色目人，以武功留镇代州（今山西大同），遂为雁门人。泰定四年（1327）进士，官御史。元末，曾入方国珍幕府。好游深岩邃壑，人迹不到处。尝登司空山（今安徽太湖）太白山，叹曰："此老真山水精也。"遂结庐其下而终。工诗词，多写自然景物及怀古之作，间有反映民间疾苦者。有《雁门集》传世。

诗题夜发龙潭，写的是夜间行船，首二句写登舟时情景，语调平实，却将夜色、江景写得温馨可人，"天如水"三字说明水天皆静，水天一色，天映水中，才有天如水之感，并为下句作铺垫，只有月明如昼，才能见水见天。诗人登舟时风静潮平，明月在江，充满诗情画意。

人定舟发，平静的水天被桨橹所动摇，舟渐行渐远，亲友也渐离渐远，诗人思亲念友之心潮渐起，江流的晚潮渐起，夜渐深江风渐紧，不时吹进船舱来，灯影随之闪烁明灭，波光摇曳，大自然的变化应和着诗人心情的变化。

此诗也含有一定哲理，自然、人事都变动不居，既然是在龙潭的地方夜乘船，就得小心，刚才渡口风平浪静，月在中天，过一会儿灯影摇摆不定，风一吹，浪花飞卷就打湿了船篷。说不定风雨随之而至，老龙就要兴风作浪了，但无论变化如何，人要把持得住。

（何焱林补注）

题陈所翁墨龙　元·萨都剌

画龙天下称所翁①，秃笔光射骊珠宫②。长廊白日走云气，大厦六月生寒风。兴来一饮酒一石，手提元兔追霹雳③。涨天烟雾晴不收，头角峥嵘出墙壁④。全形具体得者稀⑤，今日海边亲见之。满堂光焰动鳞甲，倒挟海水空中飞。凌风直上九天去，天下苍生望霖雨。太平天子居九重⑥，黍稷穰穰千万古⑦。

注 释

①所翁：南宋人，姓陈，名容，字公储，号所翁，一生颇为坎坷，中年中进士，只做过县令等小官，终生未能一展才华。诗文虽甚豪壮，闻名后世的是水墨画龙，今有《墨龙图》和《云龙图》传世，气势磅礴，浑然天成。其处南宋时，画中如墨龙图中龙爪指向东北方，有直捣黄龙，扫荡金朝之意。②骊珠：骊龙之珠，喻珍贵之人或物。《庄子·列御寇》："夫千金之珠，必在九重之渊，而骊龙颔下。"③元兔：应为玄兔，指黑色兔毫笔。此或清人为避康熙名讳所改。一石：十斗，约三百斤。原指重量，此处言其多。④涨天：弥天。头角峥嵘：指才能杰出，风姿卓异。元鲜于必仁《折桂令·蓟门飞雨》："到处通津，头角峥嵘，薄渥殊恩。"此处指龙之头角峥嵘外露，有破墙而出的气象。⑤具体：此处具同俱，具体即整体，全形俱体为强化语气之修辞。⑥九重：帝王所居宫禁，以其森严，故称九重；亦指朝廷。唐卢纶《秋夜即事》诗："九重深锁禁城秋，月过南宫渐映楼。"⑦穰穰(rǎng)：丰盛貌。

解 说

这首古诗说，陈所翁画龙天下第一，满幅中只见光射龙宫，这幅画墨龙的图画一挂，廊道中顿生云气，连六月天都顿生寒意。想他一边狂饮一边挥毫，仿佛满屋中就电闪雷鸣、鳞舞甲动了，海水倒挟，简直要冲出墙壁。要是这龙真的飞了出来，直上九天，遍布霖雨，皇上、百姓都会因庄稼丰盈而享受久远的太平了。诗末了称颂几句太平天子，祈祷万年丰稔，虽是诗家名宿，亦难免俗。

题所翁画龙 元·张渥

我闻真龙神变化，呼吸风云齐上下。胡为却向九渊潜①？颔下骊珠光不夜。一朝帝敕鞭雷霆②，秘怪恍惚无逃形③。蜿蜒千丈露头角，颠倒山岳翻沧溟④。乾坤澒洞日为黑⑤，元气淋漓收不得⑥。愿将点滴试天瓢⑦，草木晴光苏下国⑧。龙兮龙兮汝为龙，攀之不见追无踪。何当飞空附其尾，手按鸿濛究元始⑨。

注释

①九渊：深渊，出处见前题注。②帝敕(chì)：帝指天帝、上帝。敕：帝王命下之词，一称敕旨。③秘怪：潜藏隐秘之古灵精怪。唐韩愈《南海神庙碑》："海之百灵秘怪，慌惚毕出，蜿蜿蚰蚰，来享饮食。"④沧溟：沧海。《汉武帝内传》："诸仙玉女，聚居沧溟。"⑤澒(hòng)洞：弥漫、充斥。汉贾谊《旱云赋》："运清浊之澒洞兮，正重沓而并起。"⑥元气：指充塞天地的原始自然之气。《楚辞·王逸〈九思·守志〉》："食元气兮长存。"原注："元气，天气。"⑦天瓢：天神行雨之瓢。宋苏轼《二十六日五更起行至磻溪天未明》诗："安得梦随霹雳驾，马上倾倒天瓢翻？"⑧晴光：天清气朗的晴明之光，唐杜审言《和晋陵陆丞早春游望》："淑气催黄鸟，晴光转绿苹。"苏：复苏，草木萌发。下国：下界，国家。《史记·天官书》："五星皆从而聚于一舍，其下国可以礼致天下。"⑨鸿濛：一作洪蒙；此指混沌开辟之初。

解说

作者张渥(？~约1356)，字叔厚，号贞期生、江海客，元代画家。祖籍淮南，后居杭州(今浙江杭州)。通文史，好音律，然屡举不中，仕途失意，遂寄情诗画。能山水，"尽自然之性"，擅长人物，法李公麟白描得其清丽流畅之风；擅"铁线描"，被誉为"李龙眠后一人而已"。亦尝作弥勒佛像。所画线条刚劲飘逸，人物形神刻画生动，兼画梅竹亦潇洒有致。传世作品有《九歌图》《雪夜访戴图》等。

玉帘泉 元·杜本

灿烂金为屋，玲珑玉作帘①。

飞泉来百道，中有老龙潜。

注释

①玉作帘：即玉帘泉瀑布，位于江西省庐山山南兜律峰下，又称紫霄瀑、喷雪泉。悬空四十余丈，斜挂如帘，如散丝随风飘扬，坠潭无声，极为轻妙。庐山名瀑不下数十，此列第一。

解说

作者杜本（1276～1350），字伯原、原父，号清碧，清江（今属江西）人，元代文学家、理学家，学界称清碧先生。寓居武夷山，工篆隶，读书能文，留心经世。与人交，尤笃于义。吴越岁饥，进言救荒策。大吏用其言，米价顿平，遂荐于武宗。召至京，不久离去，居武夷山。文宗即位，再征不起。惠宗时，召为翰林学士，复称疾固辞。终于家。本尝辑宋遗民诗为《谷音》一卷，鉴别极精；自著有《清江碧嶂》集一卷，均入《四库总目》，传于世。时敖氏有舌诊法十二首，杜本又增二十四图，列彩图方药，撰成《敖氏伤寒金镜录》，是为我国最早之舌诊专著。

诗中描写玉帘泉，其光灿如黄金之屋，其玲珑如白玉之帘。为什么有百道飞瀑？皆因中有一老龙潜伏于此。前写景，后表意，以"老龙"点出新趣。

题陈所翁九龙戏珠图　元·张耒

两龙颔颃出重渊①，白日移海空中悬。一龙回矫一倒起，侧磔虬髯怒喷水②。大珠炎炎如弹丸，爪底云头争控抟③。一龙昂首逆鳞雾，两龙旁睨苍崖蟠④。怪风狂电浩呼汹，天吴倅立八山动⑤。一龙后出尤崛奇⑥，半尾戏绕蜿蜒儿。儿生未角已神猛，一顾却走千蛟螭。陈翁砚池藏霹雳，往往醉时翻水滴。便觉天瓢入手来⑦，雨气模糊浑是墨。我尝见画多巨幅，簸荡惊涛骇人目。何如此笔穷变化，三尺微绡形势足。是翁前身定龙精，故能吸欻奔精灵⑧。卷图还君慎封镭⑨，但恐破壁飞空冥⑩。

注释

①颉颃(xié háng)：上下飞舞。《诗·邶风·燕燕》："燕燕于飞，颉之颃之。"②回矫：回头矫首，矫首即昂头。陶潜《归去来兮辞》："时矫首而遐观。"唐杜甫《又上后园山脚》诗："穷秋立日观，矫首望八荒。"倒起：龙尾先出水而起。磔(zhé)：开张。虬髯：拳曲的胡子。③抟(tuán)：同团，聚在一起成团状。④睨(nì)：斜着眼看。崖：山石或高地陡面。⑤浩呼：同号呼，大声狂呼。《诗·大雅·荡》："既愆尔止，靡明靡晦。式号式呼，俾昼作夜。"按：宋綦安世涌有句："水声浩呼"。汹：状水声之词。《尚书大传》："汹汹、嗑嗑，皆水声也。"天吴：水神。《山海经·大荒东经》："有神人，八首人面，虎身十尾，名曰天吴。"倅(cuì)：副，侧畔。八山：语出《起世经》卷一、《长阿含经》卷十八等，谓以须弥山为中心，环绕之怯提罗、伊沙陀罗、游乾陀罗、苏达梨舍那、安湿缚揭拏、尼民陀罗、毗那多迦、斫迦罗等八山。此借指众高山。⑥崛奇：亦作"嵚奇"。独特，奇异。唐顾况《李供奉弹箜篌歌》："弄调人间不识名，弹尽天下崛奇曲。"⑦天瓢：即雨师行雨之瓢。详注见前。瓠瓜剖开，一半可作瓢。⑧欻(xū)：忽然。有轻而易举义，张衡《思玄赋》："欻神化而蝉蜕兮，朋精粹而为徒。"句意为就像呼吸般容易达到龙的精妙所在。⑨镢(jué)：紧锁。⑩破壁飞空：用南朝梁张僧繇画龙点睛故事，僧繇画龙点睛，龙则破壁飞去。

解说

作者张翥(1287～1368)，字仲举，晋宁（今山西临汾）人。元代诗人。少年时四处游荡，后随著名文人李存勤奋读书。其父调官杭州，又有机会随仇远学习，因此诗文都写得出色，渐有名气。张翥有一段时间隐居扬州，至正初年(1341)被任命为国子助教。后来升至翰林学士承旨。今存《蜕庵诗集》四卷，词二卷。

龙画得好，诗也写得神奇。九条龙的神态，一一表现出来，或回矫倒起，或张须喷水，或昂首，或旁观，或缠绕，或神猛，或蜿蜒，令见到画的人神往，骇目。能把龙画到这般，那陈所翁的前身一定是龙精了，所以才能做到的，最后告诫这画一定要保管封锁好，否则它会破壁飞出去的，更是把画家神奇化了。

题苍龙戏海图　元·陈泰

天孙织云春锦红①，玉梭误落乘刚风②。一夕变化云冥濛，海水起立为珠宫③。坐令年年机杼空，谁与黼黻上帝躬④。求梭不得愁鬼工，安知入君怀袖中。

注释

①天孙：天帝之孙，指织女星。②玉梭：织梭之美称，隋江总《内殿赋新诗》："织女今夕渡银河，当见新秋停玉梭。"唐李峤《奉和七夕两仪殿会宴应制》："帝缕升银阁，天机罢玉梭。"亦用梭化龙之故事，见前注。刚风：即罡风，高天劲风，道家语。唐顾况《曲龙山歌》之二："愿逐刚风骑吏旋，起居按摩参寥天。"《朱子语类》卷二："道家有'高处有万里刚风'之说。"③珠宫：龙宫，古人以为龙宫多宝。唐杜甫《太子张舍人遗织成褥段》诗："煌煌珠宫物，寝处祸所婴。"浦起龙《心解》："赵曰：珠宫言龙宫。"④机杼：织机与梭。黼黻(fǔ fú)：古代礼服上新绣的花纹。黼为黑白相间，黻为黑青相间。

解说

作者陈泰，元诗人，字志同，别号所安，长沙茶陵人。延祐二年（1315）进士，除龙泉县主簿。栖迟薄宦，以吟咏自适，终于是官。举于乡，以《天马赋》得荐，考官批其卷曰："气骨苍古，音节悠然，天门洞开，天马可以自见矣。"所作七言歌行居十之七八，大致气格近李白，而造句则多类李贺、温庭筠。才气纵横，颇多奇句，自有不可湮没者。此诗句句入韵，亦柏梁体之短章也。

诗说织女把玉梭误落，一夕变化成龙，入海中并建起龙宫。这样令织女年年织不成锦，还有谁给玉皇大帝织有花纹的袍子呢。织女寻求不得的梭，谁知这梭跑到画师心中和手中，得以画出这幅精美的图画来了。作者把"苍龙戏海"优美传说的故事与绘画结合起来，想象丰富，题材新颖。

小临海曲 元·杨维桢

网得珊瑚树①，移栽玛瑙盆②。
夜来风雨横③，龙气上珠根④。

注释

①珊瑚：为腔肠动物，骨骼坚硬、颜色鲜艳，可作装饰品，珊瑚在网，比喻有才学的人都被收罗。②玛瑙：名贵矿物。③横(hèng)：猛烈。④珠根：喻珊瑚树之根为明珠般珍贵及明丽。

解说

作者杨维桢（1296~1370），元末明初著名文学家、书画家。字廉夫，号铁崖、铁笛道人，又号铁心道人、铁冠道人、铁龙道人、梅花道人等，晚年自号老铁、抱遗老人、东维子，会稽（今浙江诸暨）枫桥全堂人。与陆居仁、钱惟善合称为"元末三高士"。泰定四年进士。历天台县尹、杭州四务提举、建德路总管推官，元末农民起义爆发，杨维桢避寓富春江一带，张士诚屡召不赴，后隐居江湖，在松江筑园圃蓬台。有《东维子文集》《铁崖先生古乐府》等著作行世。

诗说珊瑚移栽玛瑙盆中，已是名贵。夜来风雨潇潇，莫非招引了龙的光临，因为珊瑚的珠与根上都充满了龙的气息。此诗喻人才得以重用，乃主上英明所致。

龙井 元·贡师泰

宝剑落深潭①，时时见光怪②。
鳞甲飞上天，白昼风雨快。

注释

①宝剑：指龙泉剑。《太平御览》引《晋书·张华传》云：华见斗牛间常有紫气，要豫章人雷焕宿。夜屏人问其故，焕曰："宝剑之精，上彻于天耳。"因问："在何郡？"焕曰："在豫章丰城。"即补焕丰城令。焕到县，掘狱屋基，入地四丈余，得一石函，光华非常，中有双剑并刻题，一曰龙泉，一曰太阿。华赠一剑与雷焕。张华诛，雷焕子雷华为州从事，持剑行经延平津，剑忽于腰间跃出坠水，使人没水取之，不见剑，但见两龙各长数丈，蟠萦有文章。没者惧而返。须臾，光彩照水，波浪惊沸，于是失剑。此用其事。②光怪：斑斓耀眼。

解说

贡师泰（1298～1362），字泰甫，宣城（今属安徽）人，元泰定四年（1327）进士。师泰为官，勤理政，善断狱。巡视上都，见徭役不均，民受其困，遂不论贫富，均其徭役，百姓受惠。师泰生性倜傥，形貌伟岸，文学知名当时，为元朝"名高一代"的显赫人物。著有《诗经补注》等。

题中龙井，为杭州四大名泉之一，水质清洌甘美。龙井茶叶名闻中外，根据产地分狮、龙、云、虎，即狮峰、龙井、云栖、虎跑四地。

诗中描写龙井沏茶情景，似宝剑落入深水潭里，时时显露光芒。又似龙的鳞甲从潭底跃上天去，白日里有如疾风骤雨，诗把龙与剑和水联系在一起，既形象又新奇。

题陈所翁画龙　元·李祁

千年老龙伏岩阻①，懒向天台作霖雨。忽逢健笔一写之，鬣角鳞鬐尽苍古②。溪风肃肃山雨寒③，骄螭腾拏稚蛟舞④。愿君长留此画江海间，更使千年作龙祖。

注释

①岩阻：险要之山地。②苍古：苍劲挺拔，古意飒然。宋李格非《洛阳名

园记·湖园》："园圃之胜不能相兼者六，多宏大者少幽邃，人力胜者少苍古，多水泉者艰眺望。"清袁枚《随园诗话》卷十："然余到桂林，见独秀峰有简题名，笔力苍古。"③肃肃：象声词，状风之声。《后汉书·列女传·董祀妻》："处所多霜雪，胡风春夏起，翩翩吹我衣，肃肃入我耳。"北魏郦道元《水经注·漯水》："南崖下有风穴，厥大容人，其深不测，而穴中肃肃，常有微风。"④螭(chī)：无角龙。腾拿：翻卷腾空貌。稚蛟：幼小的蛟龙。

解 说

作者李祁，字一初，号希蘧翁、危行翁、望八老人、不二心老人，生卒年不详，湖南茶陵州人。元惠宗元统元年（1333）进士第二名。授应奉翰林文字。时农民起义爆发，元朝统治岌岌可危。李祁母老就养江南，改任婺源州同知。累迁江浙儒学副提举。归隐江西永新，后避乱世藏入云阳山中。

洪武初年，明太祖开"礼乐馆"，征聘宿学名儒，李祁坚决回绝明朝的邀请，自号不二心老人。蛰居穷乡三十年，古稀之年，遭遇兵乱去世。时年七十三岁。祁擅长于行、草大字书法，风格遒劲、飘逸而含古意。明李东阳《怀麓堂集》称：李祁楷书精湛，能诗擅文，其诗《四库提要》予以高度评价，认为其作"冲融和平，自合节奏"。诗文近千篇，仅存《云阳集》。入《沅湘耆旧集》一书者七十五首。

题中画家陈所翁，名容，字公储，所翁为其号。善用水墨画龙而名留天下，祖籍福建，生在南宋（公元13世纪），见前注。

诗中写千年老龙蜷伏在山岩险要处，不愿管布雨事，而陈所翁笔下的龙更显得苍古。风雨中还有健壮的螭龙和幼小的蛟龙在飞舞，愿一代画龙大师长留此画在人间，千年后的人们都要认这龙作老祖宗了。诗以老龙自譬，借题画表避世之志。

画扇　元·张宪

渴龙饮清江，江水皆倒立。
风雨满山来，石楠半身湿①。

注释

①石楠：亦称千年红，蔷薇科，常绿灌木，初夏开花，复伞房花序。

解说

作者张宪（约1341年前后在世），字思廉，山阴（今浙江绍兴）人。生卒年不详。家于玉笥山，因号玉笥生。学诗于杨维桢，最受赞许。少时，负才不羁，慕鲁连子为人，不治产业，誓不娶，故年逾四十犹独居。曾到京师，纵谈天下事，被视为狂生。至正甲午（1354），以布衣上书辩章三旦公，公奇之，列置三军之上。出奇料敌，言一一中表。为某官，非其志，弗就。乙未（1355）春，寇复陷常、湖，又以书干苗部总兵，不能听，辄去。后还富春山，混迹僧旅。晚为张士诚所招，署太尉府参谋；迁枢密院都事。元亡，变姓名，周游四方，不娶妻，不返乡里。后到杭州，寄食报国寺，终日书不离手，以老终身。

扇面篇幅不大，上面画了一条口渴的龙在饮水，致使江水倒立回流，更引来了满山风雨，石楠花处在半湿状。作画者抓住了龙饮水这一场面，展开想象，江水倒立，风雨满山，再点缀半湿的花叶之景，妙趣横生。

题道士青山白云图　明·张以宁

云气晓来浓，前山失数峰。
道人夜作雨，呼起碧潭龙。

解说

作者张以宁（1301~1370），字志道，古田人。生于元成宗大德五年，卒于明太祖洪武三年，终年七十，有俊才，博学强记，擅名于时，人呼小张学士。元泰定中，以《春秋》举进士。官至翰林侍读学士。明灭元，复授侍讲学士。奉使安南，还，卒于道。家于古田翠屏山下，学者称翠屏先生。以宁工诗，高雅俊逸，超绝畦畛。著作有《翠屏集》《春王正月考》等。

诗中说，云雾早上之浓，山不见峰，而这一切都是因为道士昨夜唤雨，把碧水潭中的龙唤起了的缘故。把云雾和龙联想并画出来，想雾里看龙，又是一番奇特处。

这是一首题画诗,图中有道士、青山、白云,如果粗略地看过去,不过青山白云道士而已,但诗人会联想,所谓意在言外,读图也是如此,意在画外,所谓见微知著,由表及里,看见满山浓云,前山数峰为雾所掩,一定是昨夜下了雨,如果止于此,则图中道人不过是个点缀之物,可有可无。这幅画也无多大意趣。诗眼是"道人夜作雨",有此一句,诗便活了,画也有了生气人气,在青山白云浓雾众多物象中,道人是主角,诸多物象皆因道人而生,为道人所感,才有了生机,有了意义。否则,那不过是自在之物而已。

岭南杂咏 明·汪广洋

番禺南望渺烟波①,怪底鱼龙出没多②。
顷刻风霆飞白昼,黑云拖雨过牂牁③。

注释

①番禺(pān yú):地名,在广州市南郊。②底:犹言"这"。鱼龙:泛指鳞介类水族动物。③风霆:狂风、雷暴。《礼记·孔子闲居》:"地载神气,神气风霆,风霆流形,庶物露生,无非教也。"④牂牁(zāng kē):古代郡名,在今贵州境内。

解说

作者汪广洋(?~1379),字朝宗,江苏高邮人,明洪武朝官员。通经能文,善篆、隶大书,庄重非时人所及。早年流寓太平(今江苏南京),元至正十五年(1355)朱元璋渡江,攻下采石矶,召汪进见,汪呈"高筑墙,广积粮,缓称王"之策。擢元帅府令史,不久任骁骑卫事,参与常遇春军务。洪武元年(1368)大将军徐达平定山东,因汪廉明持重,朱元璋任命他料理行省。后入京任中书省参政。二年,出任陕西参政。洪武三年,因李善长病,召为左丞相。因与右丞相杨宪不和,遭杨弹劾,说他奉母无礼,远调海南。后李善长弹劾杨宪,宪被诛,广洋被召还朝,是年冬十一月,汪被封为护军忠勤伯,诰词中曾称赞他"处理机要，屡献忠谋"，将他比作张良、诸葛亮。洪武四年，李善长因病告老回家。洪武六年，胡惟庸为左丞相，汪广洋为右丞相，无所建树。六年正月，迁广东行省参政。洪武十年（1377）复拜右丞相。广洋慑于当时政治气候，依然不敢有所建树，只是饮酒吟诗、浮沉守位而已，帝数诫谕之。洪武十二年十二月，因刘基为胡惟庸毒死一案遭中丞涂节上奏，朱元璋问及此事，广洋回说不知。朱元璋大怒，斥责广洋朋党欺君，将广洋贬谪海南。当船行到太平时，朱元璋追究其在江西包庇朱文正，在中书省又不揭发杨宪阴谋等罪过，下诏赐毒而死。著作有《凤池吟稿》八卷传世。

诗中说，岭南古代属于偏远的地方，流放地也多在那里，气候也多变，路途艰险，在番禺南望、烟波浩渺，鱼龙出没，顷刻又雷霆大作，何时可随这风雨到祥䴥，见此景而抒发思乡之情。

番禺地处热带，天气多变，亦是鱼龙混杂之地，尤其台风袭来，风雷大作，洪水泛滥，这是自然现象，联系到汪广洋的不幸遭遇，此诗之字里行间，未必没有宦海莫测的隐喻。按：此诗或汪左迁广东时作。

画龙歌 明·周是修

云如车轮风如马，雷鼓砰訇电旗扯①。其中踊跃何尔为？无乃蜿蜒作霖者②。古来善画此者谁？叶翁所翁称最奇。笔端挥洒绝相似，亦有风云雷电随。大梁徐公生卓荦③，自少以来深好学。挥毫洒墨运天机，鬼泣神愁日光薄。斯须缟素腾真龙，莽苍直夺造化工。恍如列缺引霹雳④，欻若巽二驱丰隆⑤。枯木槎牙头角露，鳞拂雪花骇成怒。划然威掣海门开⑥，劲望层空欲飞去⑦。我时见画心胆豪，拔剑起舞翻绒袍。波涛万顷东溟阔，瘴烟千丈南衡高⑧。嗟哉徐公天相尔，后恐无继前无比。酒酣神气益洒然，白日风云窗户起。为君一作画龙歌，雷风激烈云嵯峨。鱼虾混处不可久，龙兮龙兮奈尔何！

注 释

①砰訇(pēng hōng)：响声宏大。②作霖：《书·说命上》："若济巨川，

用汝作舟楫；若岁大旱，用汝作霖雨。"孔传："霖，三日雨。霖以救旱。"后亦泛指及时雨。③大梁：在今河南开封市西北。卓荦(luò)：超凡出群。《后汉书·班固传》："卓荦乎方州，羡溢乎要荒。"李贤注："卓荦，殊绝也。"④列缺：闪电。《史记·司马相如列传》："贯列缺之倒景兮，涉丰隆之滂沛。"裴骃集解引《汉书音义》："列缺，天闪也。"⑤巽二：风神名。《易·说卦》有巽为木为风之说。唐牛僧孺《幽怪录·滕六降雪巽二起风》："若令滕六降雪，巽二起风，不复游猎矣。"何按：巽既为木，五行木居二，巽二之名或由此出。雪飞六出，雪神滕六之名或由此得。丰隆：雷神。《淮南子·天文训》："季春三月，丰隆乃出，以将其雨。"高诱注："丰隆，雷也。"⑥划然：突然。宋苏轼《后赤壁赋》："划然长啸，草木震动，山鸣谷应，风起水涌。"海门：沧海之门，指海水若门分开。⑦劲望：雄视。层空：高空。唐孟郊《春日送邹儒立少府扶持赴云阳》诗："高步讵留足，前程在层空。"⑧东溟：东海。南衡：南岳衡山。

解说

作者周是修（1354～1402），名德，江西泰和螺溪镇爵誉村人，为水利学家周矩后裔。洪武末举明经。历仕霍邱县训导，建文间为衡王府纪善，留京师，预翰林纂修。朱棣发动靖难之役，燕兵入南京，周是修自尽于应天府学尊经阁。著作今存《刍荛集》《观感录》《类编论语》二卷、《广衍太极图》一卷、《诗经小序及诗谱集义》三卷、《纲常懿范》十二卷及《诗谱》《家训》《进思集》等。

诗中说，云车风马，电闪雷击中旗帜飞扬，这其中最显赫的当然是龙了。古代善画龙者，叶翁和陈所翁，原以为只有他俩才做得此种画面，不想今日大梁的徐公也做到了。徐公天生卓绝，自小好学，画有如天成，神鬼惊叹。他在一面白绸上须臾就画出一条龙来，图上像天门开缝倾下霹雳，霎时风神推着雷车，张牙舞爪的龙成怒态，令人一望而豪气顿生，于是拔剑而起舞。我感叹徐公的画，后来的人以前的人都不可能比了。趁着酒酣之际，我为徐公作了画龙歌。结句意为鱼虾混杂之处，不可久留，尘俗之地，不可久滞，龙啊龙啊，你是该飞腾在天，兴云布雨了，我真不知如何艳羡，如何赞美你，如何描写你了。

辰龙卷

最后两句照应开头，由赞美徐公的画之精妙到赞美人，祝愿他终将如画中之龙有扬名之日。

题刘彦连龙幛　明·解缙

道人飞入水晶宫①，手挽天河画玉龙②。
一夜风雷绕南国，海门桃浪涨春虹③。

注释

①水晶宫：传说中龙王所居之宫殿。②天河：即银河。《晋书·天文志上》"天高西一星曰天河"。③海门：古镇名，浙江省黄岩县东。桃浪：桃花浪，桃花水之省称，一般指桃花开时之春水。

解说

作者解缙（1369～1415），字大绅，又字缙绅，号春雨，又号喜易，明朝第一位内阁首辅。吉水人。生于世宦之家，六岁能诗，为诗文和书法大家。其文雅劲奇古，诗豪放华赡，书小楷精绝，行、草皆佳。狂草名动一时。著有《文毅集》《春雨杂述》等。于书法屡有论述。墨迹有《自书诗卷》《书唐人诗》等。初入仕，颇受朱元璋喜爱，朱元璋令其知无不言，即上万言书切论得失。后事朱棣，主持编辑《永乐大典》。终因极言敢谏，不容当朝，被构陷入锦衣卫狱，冻死荒郊。有《解文毅公集》《春雨杂述》《古今烈女传》等传世。

题中"幛"是用整幅的绸布做成，上面题字或画，作为庆吊的礼物。

诗中说画龙道人不是凡人，简直就像是进入了水晶龙宫写生。他手挽银河，画出的龙致使一夜风雷遍及南方，搅得海门桃花浪欲与长虹试比高下。

题张秋蟾画龙　明·袁忠彻

张公画龙人不识，笔法远自僧繇得①。挂向高堂神鬼惊，恍忽电光飞霹雳。想当渤澥开笔力②，元气霖霪浸无极③。吐吞雾雨川泽昏，摩荡云雷太阴黑。江翻石转窈莫测，雪涛卷空铜柱仄④。洞庭扶桑非尔谁⑤？颠倒沧溟为窟宅。乃知兹图只数尺，坐令万里起古色。何当置我君山湖，上之高峰听此老翁吹铁笛。

注释

①僧繇(yáo)：张僧繇为南朝梁画家，吴人。梁武帝修佛寺，众命僧繇画之。繇画龙不点睛，每云：点之即飞去。人以为妄，因请点之，须臾雷电破壁，龙乘云腾上天，可见其神技。②渤澥：古代称东海的一部分，即渤海。《文选·司马相如〈子虚赋〉》："浮渤澥，游孟诸。"李善注引应劭曰："渤澥，海别支也。"③霖霪(yín)：意为久雨。南朝宋鲍照《山行见孤桐》诗："奔泉冬激射，雾雨夏霖霪。"此处作淋漓，浩荡解。④铜柱：天柱。《神异经·中荒经》："昆仑之山，有铜柱焉，其高入天，所谓天柱也。"⑤扶桑：本指扶桑木。《山海经·海外东经》："汤谷上有扶桑，十日所浴，在黑齿北。"此借指东洋大海。

解说

作者袁忠彻（1377～1459），字公达，又字静思，明鄞县人。家住今宁波市西门外，父子相术起家。其父袁珙曾因预言坚定燕王朱棣夺取帝位之决心，故登极后，遂拜袁珙为太常寺丞。袁忠彻好学，博涉多闻，明成祖时被封为"尚宝司少卿"，日与官宦文士磨砺讽咏，其瞻衮堂藏书甚富。

王居士画龙歌 清·吴廷华

朝天宫里老居士，曾走方壶探弱水①。收拾灵怪入笔端，先学小仙役道子②。等闲不肯轻挥毫，不称神画称酒豪。求画定载一石酒，一斗一酌心陶陶。酒酣兴发重引满，左执酒杯右执管。千纸万纸顷刻成，牛鬼蛇神态怪诞。

落笔好写蛟龙图，腾身时作龙跃跃；笔势早已凌云衢，神来拂纸一挥霍。东邻老翁冬作屋，四壁白板新斩木；板间双节点漆圆，炯炯有光若张目。居士就目作龙形，攫挐夭矫龙如生。草屋时时作云气，爪牙鳞角生光明。一朝风雨晚大作，雷轰电掣火欲灼。雨止已失龙所在，眼眶空洞如椎凿。一时画龙俱无存，素幅不见笔墨痕；当是乘云各飞去，成群引队翔天门。

　　自古画龙夸神助，叶公泯没僧繇著。叶公画龙龙飞来，僧繇画龙龙飞去③。画龙龙来龙笑人，画龙龙去龙乃真。真龙即在三寸管，取多用宏推通神。居士画不恃烘染，妙技肯为古人掩？精神凝聚生色相，睛自能飞何待点。居士本是神仙宗，画图偶尔留遗踪。仙踪渺渺不可即，吾知居士其犹龙④。

注释

①方壶：古代传说中的仙山。《列子·汤问》：渤海之东，"其中有五山焉：一曰岱舆，二曰员峤，三曰方壶，四曰瀛洲，五曰蓬莱"。王嘉《拾遗记》："三壶，则海中三山也。一曰方壶，则方丈也。"弱水：神话传说中难渡的河水。《海内十洲记·凤麟洲》："凤麟洲在西海之中央，地方一千五百里，洲四面有弱水绕之，鸿毛不浮，不可越也。"②道子：双关语，一谓道家子弟；亦可谓唐代杰出画家吴道玄，字道子。③叶公：即"叶公好龙"一语的主人翁，春秋战国时人，好以龙装饰屋内；真正的龙来到时，他又吓破了胆。僧繇：即南朝梁时名画家张僧繇，吴（苏州）人。梁天监中直秘阁知画事，历任右军将军、吴兴太守。长于写真，并擅画佛像、龙、鹰。他是"画龙点睛"一语的主人翁。《历代名画记》卷七云："金陵安乐寺四白龙，不点眼睛，每云：'点睛即飞去。'人以为妄诞，固请点之。须臾雷电破壁，两龙乘云腾去上天，两龙未点眼者现在。"④犹龙：原为孔子赞美老子的称号；此处为双关语。

解说

作者吴廷华，字中林，浙江仁和人。康熙五十三年（1714）举人，曾任福建海防同知。著有《东壁诗钞》。

这首七言古风赞美王居士图画的神妙，语言相当生动风趣。王居士其人不详。全诗可分三段：第一段描述王居士作画时的潇洒风度；第二段描述他作画时的神态，竟利用板壁上双节圆迹作为龙的眼睛，并且编造了一个画上的龙飞走故事；第三段用两个典故来衬托，戏说笼子罩龙，龙会笑人；图画罩龙，龙却跑掉。居士画龙，表其素志，高隐仙踪，不同流俗，所画之龙自然仿佛如壁间飞去。

（冯广宏补充）

云从龙 清·马师镜

百道祥氛拥①，苍茫起蛰龙②。神光看跃跃，云彩护重重。
夭矫千寻上③，迷离五色封④。在天征变化，出岫庆遭逢⑤。
势似无心聚，情知附尾浓⑥。为霖当大任，嘘气壮游踪。
展布功初集⑦，飞腾志未慵⑧。负图昭圣瑞⑨，多士快登庸⑩。

注释

①百道：百般，种种，言其多。唐沈佺期《奉和春初幸太平公主南庄应制》："云间树色千花满，竹里泉声百道飞。"②蛰龙：蛰伏之龙，有时以其喻隐匿之志士。唐曹松《题甘露寺》诗："旦暮然灯外，涛头振蛰龙。"③夭矫：恣意纵横貌，纵恣貌。《文选·张衡〈思玄赋〉》："偃蹇夭矫，娩以连卷兮。"李善注："夭矫，自纵恣貌也。"④迷离：模糊，漾晃。宋张先《山亭宴》词："碧波落日寒烟聚，望遥山迷离红树。"⑤出岫(xiù)：出山。晋陶潜《归去来兮辞》："云无心以出岫，鸟倦飞而知还。"⑥附尾：附骥尾之省，意为被名人或大力者所提携。《史记·伯夷列传》："颜渊虽笃学，附骥尾而行益显。"司马贞索隐："按：苍蝇附骥尾而致千里，以譬颜回因孔子而名彰也。"⑦展布：施展。《三国志·魏志·袁绍传》："太祖乃还救谭，十月至黎阳。"裴松之注引晋孙盛《魏氏春秋》载刘表遗袁谭书："贤胤承统，遐迩属望，咸欲展布旅力，以投盟主。"⑧未慵：慵有疲乏衰竭意，未慵即方兴未艾。⑨负图：用龙马背负图籍出河故事。《春秋运斗枢》："（舜）与三公诸侯临观于河，黄龙五采负图出置舜前。"⑩登庸：起用，任用。《书·尧典》："帝曰：畴咨，若时

登庸。"孔传："畴，谁。庸，用也。谁能咸熙庶绩，顺是事者，将登用之。"

◆解 说

作者生平不详。

这是一首科举考试的试帖诗，八韵，除首尾联外，中间各联必须对仗，类排律。题注"语出《易经》乾卦"。

诗中始终不离题目进行铺陈论述。该诗以蛰龙起飞，祥光百道开始，极尽描述龙在天上在彩云的护拥下变幻的情势及功用，最后用龙马负图以显圣朝祥瑞和希望会有大量的人才涌现作结。全诗多歌颂，无作者的个人感情。这是应试诗的特点。

（肖炬补充，何焱林注）

酬曾重伯编修　清·黄遵宪

废君一月官书力①，读我连篇新派诗。
风雅不亡由善变，光丰之后益矜奇②。
文章巨蟹横行日③，世界群龙见首时④。
手撷芙蓉策虬驷⑤，出门惘惘更寻谁？

◆注 释

①废君：花费了你的时间。②光丰：道光、咸丰。③文章：指西方文字。横写，称蟹行文字，暗示西方列强横行。④群龙：指列强争霸世界。⑤撷(xié)：采摘。虬(qiú)：无角之龙。驷：四马所拉之车。

◆解 说

作者黄遵宪（1848～1905），为晚清诗人、外交家。字公度，别号人境庐主人，广东省梅州人。光绪二年（1876）举人，历充驻日参赞、旧金山总领事、驻英参赞、新加坡总领事，戊戌变法期间署湖南按察使，助巡抚陈宝箴推行新政。工诗，喜以新事物入诗，有"诗界革新导师"之誉。著有《人镜庐诗草》《日本国志》《日本杂事诗》等。

此诗作于光绪二十三年（1897）。题中"曾重伯"为曾国藩之孙，有文才，时任翰林院编修。

此诗既是酬谢之作，也是作者对世事的感慨。这里的"龙"属贬义。

出都留别诸公　清·康有为

天龙作骑万灵从①，独立飞来缥缈峰。
怀抱芳馨兰一握，纵横宙合雾千重②。
眼中战国成争鹿，海内人才孰卧龙③。
抚剑长号归去也，千山风雨啸青锋④！

注释

①天龙：天神坐骑。②雾千重：时局昏暗。③卧龙：诸葛亮外号。④青锋：宝剑。

解说

作者康有为(1858～1927)，又名祖诒，字广厦，号长素，又号更生，晚年别署天游化人，广东南海人，人称"康南海"。清光绪年间进士，官授工部主事。著有《康子篇》《新学伪经考》《春秋董氏学》《孔子改制考》《日本变政考》《大同书》《欧洲十一国游记》《广艺舟双楫》等。

此诗作于光绪十五年（己丑），共五首，此为第二首。原自序为："吾以诸生上书请变法，开国未有。群疑交集，乃行。"

此诗直抒胸臆。国事未果，前路茫茫，梁启超读后有评语"觉胸次浩然"。

古代涉龙词曲

晋惠帝大安中童谣

五马浮渡江①，一马化为龙。

《古诗源》原注：见《晋书·五行志》。后中原大乱，宗藩多绝。唯琅邪、汝南、西阳、南顿、彭城同至江东。而元帝嗣统矣②。

注释

①五马：指"同至江东"的五个藩王。亦意味五个姓司马者，昔人多省姓司马者之司字，如称司马迁为马迁，扬雄司马相如省称为马扬或扬马，晋皇族姓司马，故童谣谐马。②嗣统：继承先王事业。

解说

这是晋代一首涉及龙的童谣，龙实际上是帝王的象征，并非真龙。内容说五马渡江，其中有一匹马终于化成了龙，继承了先王事业。主要说西晋末年天下大乱，随后元帝（司马睿）建立东晋政权，童谣反映了这段历史。

晋绵州巴歌

豆子山①,打瓦鼓。扬平山,撒白雨②。下白雨,取龙女。织得绢,二丈五。一半属罗江,一半属玄武③。

注释

①豆子山:指今四川江油的窦圌山。窦子明在其地修真,豆子谐窦子。见刘向《列仙传》。②白雨:夏日太阳天突下一阵雨,四川人叫白雨,这时上山去捡菌子(蘑菇)往往有收获。至今有民谣:"天老爷,下白雨,请你娃娃吃白米。下白雨,捡菌子。"③罗江、玄武:皆为晋代绵州县名。罗江今名未变,玄武为今中江县,均属绵阳市。

解说

这一首绵州民歌,很有地方特色,明白如话,其中涉及龙的地方,是讲龙的女儿。一千多年前就是这样了,在豆子山下打起瓦鼓,扬平山那边就下起白雨。下白雨时正好娶龙女,娶了龙女好织绢。可见老百姓没把龙女当神灵,而当成了人,她织的绢有二丈五尺,一半给罗江县,一半给中江县。民歌中洋溢着对劳动和劳动者的赞颂。

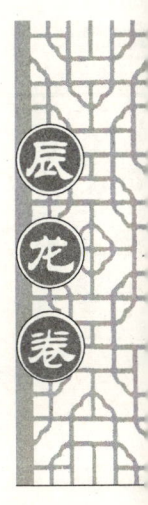

蝶恋花 宋·晏殊

紫府群仙名籍秘①,五色斑龙②,暂降人间世。海变桑田都不记③,蟠桃一熟三千岁④。　露滴彩旌云绕袖,谁信壶中⑤,别有笙歌地⑥。门外落花随水逝,相看莫惜尊前醉⑦。

注释

①紫府:古人称仙人所居为紫府。晋葛洪《抱朴子·祛惑》:"及至天上,先过紫府,金床玉几,晃晃昱昱,真贵处也。"前蜀贯休《寄天台道友》诗:

"紫府称非远，清溪径不迁。"秘：隐秘，不可知晓。②斑龙：一作班龙，有斑纹之龙。《汉武帝内传》："唯见王母乘紫云之辇，驾九色班龙。"晋葛洪《抱朴子·祛惑》："向者为老君牧数头龙，一班龙五色最好，是老君常所乘者。"五色：即五彩纹龙。③海变桑田：即沧海变桑田。晋葛洪《神仙传·王远》："麻姑自说云：'接侍以来，已见东海三为桑田。'"此即"沧海桑田"成语之所出，后遂以此比喻世事变化巨大。"桑田"一本作"沧田"。有海变桑田，桑田复变为海之意。④蟠桃：仙桃。据《论衡·订鬼》引《山海经》："沧海之中，有度朔之山，上有大桃木，其蟠屈三千里。"又据《太平广记》卷三引《汉武内传》载：七月七日，西王母降，以仙桃四颗与帝。帝食辄收其核，王母问帝，帝曰："欲种之。"王母曰："此桃三千年一生实，中夏地薄，种之不生。"帝乃止。⑤壶中：壶中天地之省。其说多歧。《云笈七籤》卷二八引《云台治中录》："施存，鲁人。夫子弟子，学大丹之道……常悬一壶如五升器大，变化为天地，中有日月，如世间，夜宿其内，自号'壶天'，人谓曰'壶公'。"此处壶中亦有壶中物，即美酒之义。⑥笙歌：合笙之歌，以笙伴奏所唱之歌。《礼记·檀弓上》："孔子既祥，五日弹琴而不成声，十日而成笙歌。"亦泛指声乐歌舞。⑦尊前：酒樽前，酒席筵上。唐马戴《赠友人边游回》诗："尊前语尽北风起，秋色萧条胡雁来。"

解说

作者晏殊（991~1055），字同叔，著名词人、诗人、散文家，北宋抚州府临川人，为北宋前期婉约派词人之一。是当时的抚州籍第一个宰相。十四岁时就因才华横溢而被朝廷赐为进士。之后到秘书省做正字，北宋仁宗即位之后，升官做了集贤殿学士，仁宗至和二年，六十五岁时过世。其词燕婉清丽，工于造句，尤以《浣溪沙》之"无可奈何花落去，似曾相识燕归来"一联，为人称道，流传千古。性刚简，自奉清俭。能荐拔人才，如范仲淹、欧阳修等均出其门下。生平著述甚丰，有文集一百四十卷，及删次梁、陈以下名臣述作为《集选》一百卷，一说删并《世说新语》。主要作品有《珠玉词》。其子晏几道亦著名词人。

晏殊为婉约词人，此词有人生短暂，对酒当饮之意蕴。紫府群仙，五彩斑龙，不过偶降人间，蟠桃三千岁一熟，也都是过眼云烟，沧海桑田，转瞬即逝。而壶中酒，杯中物，谁信其别有笙歌乐舞之天地？门前落花流水，流去多少岁月？看落花，感流水，难道还不该尊前一醉？快快举杯，人生得意须尽欢，会须一饮三百杯！

（何焱林补充）

青玉案·元夕　南宋·辛弃疾

东风夜放花千树，更吹落，星如雨。宝马雕车香满路。凤箫声动，玉壶光转①，一夜鱼龙舞②。　蛾儿雪柳黄金缕③，笑语盈盈暗香去。众里寻他千百度，蓦然回首，那人却在，灯火阑珊处④。

注释

①凤箫：一指排箫，排竹参差如凤翼，故名。一指箫声。玉壶：指明月。唐朱华《海上生明月》诗："影开金镜满，轮抱玉壶清。"②鱼龙舞：指古代杂耍百戏。唐陈子昂《洛城观酺应制》诗："云凤休征满，鱼龙杂戏来。"③蛾儿：古时妇女戴在头上之饰物。清纳兰性德《凤凰台上忆吹箫·守岁》词："次第朱旛翦彩，冠儿侧斗转蛾儿。"雪柳：宋代妇女在立春、元宵节戴的一种绢或纸制成的头花。《宣和遗事》前集："少刻，京师民有似雪浪，尽头上戴着玉梅、雪柳、闹蛾儿。"黄金缕：黄金链饰。④阑珊：暗淡、稀落。

解说

作者辛弃疾（1140～1207）是南宋词人。字幼安，号稼轩，历城（今山东济南）人。这首《青玉案》词，渲染元宵节的景观，其中鱼龙大概和现在的龙灯相似，表现敬畏神灵、祈求丰年的热闹场景。此词上片描述观灯盛况，满城灯火，游人如织。下片写人。正如梁启超所说："自怜幽独，伤心人别有怀抱。"

《青玉案》为词牌名，"元夕"是词的标题。词中描写宋代的元宵灯会盛况，其中的龙，是作为灯的造型出现。从整首词来看，是借元夕灯夜别写寄托，不写赶热闹，却写追慕佳人，而"众里寻他千百度"的那位美人，则是一位不随流俗、自甘寂寞，且又略有迟暮的幽独者。他塑造的这位佳人形象实是他的自画像，表现了虽然政治失意，但宁固其穷、不改其节的品质。

沁园春·灵山齐庵赋，时筑偃湖未成　南宋·辛弃疾

叠嶂西驰①，万马回旋，众山欲东。正惊湍直下，跳珠倒溅，小桥横截，缺月初弓②。老合投闲，天教多事，检校长身十万松③。吾庐小，在龙蛇影外，风雨声中④。　争先见面重重。看爽气朝来三数峰。似谢家子弟，衣冠磊落⑤，相如庭户⑥，车骑雍容。我觉其间，雄深雅健，如对文章太史公⑦。新堤路，问偃湖何日⑧，烟水濛濛。

注释

①叠嶂(zhàng)：重叠的山峰。②缺月初弓：意为小桥架在溪涧上，远看就像初见之上弦月弯成一条弧线。③检校：考核，查看。④龙蛇：暗指朝廷及大小官员。⑤谢家子弟：指东晋谢安、谢玄等，为衣冠望族，行事磊落，风度超卓，功勋彪炳。⑥相如：西汉词赋家司马相如。字长卿。庭户：门户、境界、造诣、境界。南朝梁陆倕《将至浔阳郡教》："光武灵台之籍，较涉根基；张华聚土之书，略见庭户。"⑦车骑：车马，此指司马相如之宾客与景仰者。太史公：西汉史学家司马迁。⑧偃湖：即今水库。偃指堤坝，山涧间用堤坝拦畜山泉雨水所成之湖。

解说

作者在灵山的齐庵作此词。作者在《归朝欢》词序中云："灵山齐庵、菖蒲港，皆长松茂林。"灵山，在上饶境内，是一座绵延百余里的大山。

"龙蛇、风雨"皆指松。白居易《草堂记》有"夹涧有古松，如龙蛇走"句。宋人《咏松》诗句："影摇千尺龙蛇动，声撼半天风雨寒。"

这首词为写景创一新格。上片以白描手法由远及近，由大到小，层层铺叙出灵山齐庵的壮美、优美景色。起三句以拟动手法，由"西驰"经"回旋"而"欲东"，从总观的角度，以动的气势，绘出大山的走向，破空而来，气势非

凡。接下来两句写动的流水，用"跳"用"溅"，美在灵巧活泼；后两句描绘小桥，用"截"用"弓"，美在静妙优雅。"万马回旋"是雄健的壮美，小桥、跳珠则是灵秀的优美。作者把两种不同的美的境界展现在我们面前。

上片着重写山之"动"，重在形；下片就翻深一层，着重绘山内在之神。作者选用的典故，如谢家子弟的衣冠，司马相如的车骑，太史公的文章，都是人们不容易设想得到而又非常生动的比喻。过去多以高山比人，辛弃疾则反其意而用之，以人来比山、以文章风格比山，立意别致、构思奇特。

（肖炬、何焱林注说）

望江南 宋·清源真君

金完颜亮求仙，得此词。

才举意①，玄象离宫②。坎女离男金水火③，几多铁骑漫英雄④。最苦是云中⑤。　　辽阳鹤⑥，惊起老苍龙⑦。四海九州沾惠泽⑧，狼烟影里弄清风⑨。堪作主人公⑩。

注 释

①举意：起意，动念头。唐杜甫《凤凰台》诗："坐看彩翮长，举意八极周。"②玄象：天象。由日月星辰所显示之预兆。《后汉书·郅恽传》："恽乃仰占玄象。"唐吴筠《高士咏·严子陵》："紫宸同御寝，玄象验客星。"离宫：天上星座，《晋书·天文志》："离宫六星。"唐杨炯《浑天赋》："华盖岩岩，俯临于帝座；离宫奕奕，旁绝于天津。"《宋史·天文志三》："离宫六星，两两相对为一坐，夹附室宿上星，天子之别宫也。"③坎女：《易》坎(☵)为水，为阴，故称坎女。离(☲)为火为阳，故称离男。道家亦有相反说法：以"坎男"借指汞，内丹家谓为人体内部之阴精；以"离女"借指铅，内丹家谓为人体内部之阳气。金水火：借指五行中之生克，金生丽水，水克火，火又克金。④铁骑：本指披铁甲之战马，此泛指精锐骑兵部队。⑤云中：本古郡名，战国赵地，秦置郡，治所在云中县(今内蒙古托克托东北)。亦泛指边关。《韩非子·喻老》："故虽有代、云中之乐，超然已无赵矣。"此泛亦指边关。⑥辽

阳鹤：指丁令威化鹤。传说辽东人丁令威修道升仙，化鹤归飞之事。晋陶潜《搜神后记》卷一："丁令威，本辽东人，学道于灵虚山。后化鹤归辽，集城门华表柱。时有少年，举弓欲射之。鹤乃飞，徘徊空中而言曰：'有鸟有鸟丁令威，去家千年今始归。城郭如故人民非，何不学仙冢垒垒。'遂高上冲天。"⑦苍龙：二十八宿东方七宿之总称。《国语·周语中》"夫辰角见而雨毕，天根见而水涸"三国吴韦昭注："辰角，大辰苍龙之角。角，星名也。"此指东方之龙，金居东北，故惊起苍龙。⑧四海：古人以中国四方为东、南、西、北海所围。《书·益稷》："予决九川，距四海。"孔传："距，至也。决九州名川通之至海。"九州：古人分中国为九州，即九个行政区划。《书·禹贡》作冀、兖、青、徐、扬、荆、豫、梁、雍。但说法不一。概言之：九州、四海皆古中国之别称。⑨狼烟：狼粪燃烧升起之烟。古代边防军事上之报警信号。《资治通鉴·后汉高祖天福十二年》："契丹焚其市邑，一日狼烟百余举。"胡三省注："陆佃《埤雅》曰：古之烽火用狼粪，取其烟直而聚，虽风吹之不斜。"此处泛指战争。⑩主人公：天下之主，当皇帝。

解说

作者清源真君为宋时道士，一生事迹不详。四川剑门人头山石壁有清源真君像，南宋四川眉州眉山（一作叙州宣化）人程公许亦曾有五言诗《人头山肃谒石壁清源真君像》，称之"有一伟丈夫"。故清源或四川人。其生当不晚于程公许。

程公许为宋宁宗嘉定（1208～1225）进士。历官著作郎、起居郎，数论劾史嵩之。后迁中书舍人，进礼部侍郎，又论劾郑清之。屡遭排挤，官终权刑部尚书。有文才，今存《沧州尘缶编》。

完颜亮（1122～1161）女真名迪古乃，字元功，金废帝，金朝第四帝，在位十二年，期间能听取臣下某些有益建议，在金史上，是一位颇有作为的政治家。迁都燕京之后，加强中央集权，巩固了金朝统治。但因弑君篡夺及嗜杀，为臣下所忌。1161年9月，完颜亮在南宋境内瓜州渡江作战时死于内乱，年四十岁。

词序称金主完颜亮求仙得此词，此当系清源借口。上阕说完颜亮才有求仙之意，上天已经垂象，坎女离男，金水火间相生相克，本是五行交替寻常事，朝代更迭亦是天理循环，但其中几多铁骑，漫说英雄，带来的却是无穷苦难，其中最苦的是云中等边塞之民，他们屡经战乱，家无宁日，生死只在朝夕之间。

下阕说鹤鸣于九皋，声闻于天，惊醒了东方的苍龙，使它觉得该起来造福苍生了。并称此苍龙起，可使海内沾其惠泽，可以在卷起无数铁骑的狼烟中吹来一阵清凉和风，带来人间太平。最后结语是称完颜亮堪作苍生之主。这恐怕是在完颜亮登大位不久时所写。有点献谀的味道。则此清源真君入过金国耶？

（何焱林补充）

祝英台近　南宋·黄人杰

绛河清①，丹阙晓②。云路烛龙照③。鹤发仙翁，笞凤下天眇④。莹然璞玉襟怀⑤，层冰风表⑥。镇长住⑦、人间三岛⑧。　　怎知道。不用九转丹砂⑨，灵椿自难老⑩。骥子麟儿⑪、勋业付渠了⑫。已持红药开时⑬，赤松游处⑭，寿觞对、壶天倾倒⑮。

注　释

①绛河：银河，一称天河、天汉。古观象者以北天极为基点，银河在北天极南，南方丙丁火，其色赤，因称其为绛河。《汉武帝内传》："上元夫人遣侍女答问云：'阿环再拜，上问起居。远隔绛河，扰以官事，遂替颜色，近五千年。'"②丹阙：赤色宫阙，常借称皇宫，此指天宫。③云路：天路，升仙之路。南朝齐谢超宗《昭夏乐》："神娱展，辰旆回。洞云路，拂璇阶。"烛龙：神龙之名。传其张目(或谓驾日、衔烛或珠)照耀天下。《山海经·大荒北经》："西北海之外，赤水之北，有章尾山。有神，人面蛇身而赤，直目正乘，其瞑乃晦，其视乃明，不食不寝不息，风雨是谒。是烛九阴，是谓烛龙。"④笞凤：笞之本意为鞭策，此处用着骑乘之代称。眇(miǎo)：高远。⑤莹然：透明，晶莹。谓真心待人，心地莹洁无瑕，人所洞见。璞玉：未雕琢之玉。襟怀：怀抱。此处有不事雕琢，以赤子之心待人之意。⑥层冰：坚冰，厚冰。宋辛弃疾《念奴娇·和南涧载酒见过雪楼观雪》："便拟明年，人间挥汗，留取层冰洁。"

风表：风姿，仪容。晋葛洪《抱朴子·行品》："士有颜貌修丽，风表闲雅，望之溢目，接之适意。"此二句说人襟怀朴素，风仪清俊，冰洁玉润，让人洞见其肺腑。⑦镇：总是，常常，久远。⑧三岛：即海中蓬莱、方丈、瀛洲三座神山。亦泛指仙境。人间三岛即人间清静出尘之地。⑨九转丹砂：即九转金丹，道家谓丹之炼制以九转为高。晋葛洪《抱朴子·金丹》："九转之丹服之，三日得仙。"⑩灵椿：寿椿，大椿，传说中之神树。《庄子·逍遥游》："上古有大椿者，以八千岁为春，八千岁为秋。"⑪骥子：佳儿，贤才。《北史·裴延俊传》："二子景鸾、景鸿，并有逸才，河东呼景鸾为骥子，景鸿为龙文。"麟儿：麒麟儿，即佳儿，优秀儿子。⑫勋业：功劳勋绩，此指因功所受之封赐。渠：他，他们。指骥子麟儿。⑬已持：持本义为握住，此作到解，已持即已到。红药：芍药。南朝齐谢朓《直中书省》诗："红药当阶翻，苍苔依砌上。"⑭赤松：赤松子，一称赤诵子，赤松子舆。上古仙人。《史记·留侯世家》："愿弃人间事，欲从赤松子游耳。"唐司马贞索隐引《列仙传》："神农时雨师也，能入火自烧，昆仑山上随风雨上下也。"其他记述略异。⑮寿觞：寿酒，寿酒杯。壶天：壶中之天，见前晏殊《蝶恋花》注。此处亦指酒壶中天，即美酒。

解 说

作者黄人杰，南城（今江西省东部，抚州地区中部）人。南宋孝宗乾道二年（1166）进士。

此词为祝人寿诞而作。上阕说天晓之时，寿星笤凤临凡，鹤发童颜，仙风道骨，襟怀莹然如瑞玉，风仪清俊如层冰，因其长住人间清静之处，如海外三神山，故不受俗尘所污染。下阕说寿星驻颜有术，不用九转丹药，不吃保健药品，本身即是寿椿，注定有千秋之寿。且膝下有骏足良才之子，可将勋绩事业，托付儿辈。芍药本表示男女爱慕之物，但此处是指红药开时，已是暮春时节，已到赤松游处，正是交班之期，从此可享人间清福，优游于诗酒了。

此词虽为祝寿而写，却不落俗套，值得一读。

（何焱林补充）

朝中措 宋·无名氏

凤凰归去碧云空①。衰草乱茸茸②。三国六朝一梦③,茫茫二水倾东④。 龙蟠虎踞⑤,亭台望里⑥,鸳瓦重重⑦。玉女吹箫何在,断肠泪洒西风⑧。

注 释

①凤凰:金陵有凤凰台,在南京市凤凰山上。相传南朝刘宋元嘉年间有凤凰飞集于此山,故在此修建凤凰台。李白《登金陵凤凰台》即此处。此处用李白此诗"凤去台空江自流"意。②衰草:枯黄之秋草。南朝梁沈约《岁暮愍衰草》诗:"悯衰草,衰草无容色。憔悴荒径中,寒荄不可识。"茸茸:枯草纠缠貌。③三国:三国孙吴曾在金陵建都。六朝:指三国之孙吴、东晋、南朝之宋、齐、梁、陈,此六个朝代均在金陵建都。④二水:南京白鹭洲分长江为二,故称此一段为二水,李白诗:"二水中分白鹭洲。"自唐而后,江之一边渐埋,后白鹭洲竟与陆地相连。明永乐间,徐达后人辟其地为东园。1929年辟为公园,现为南京最大之公园。其楹有联曰:"此地为东园故址;其名出太白遗诗。"可见其形成之历史。倾东:向东流去。⑤龙蟠虎踞:指金陵地理形胜。晋吴勃《吴录》:"刘备曾使诸葛亮至京,因睹秣陵山阜,叹曰:'钟山龙盘,石头虎踞,此帝王之宅。'"⑥亭台:亭指新亭,本建康(即金陵,今南京)西南近郊军垒。南朝宋刘义庆《世说新语·言语》:"过江诸人,每至美日,辄相邀新亭,藉卉饮宴。周侯中坐而叹曰:'风景不殊,正自有山河之异!'皆相视流泪。唯王丞相愀然变色曰:'当共戮力王室,克复神州,何至作楚囚相对!'"台即凤凰台。皆南京古迹。⑦鸳瓦:鸳鸯瓦。古之瓦有所谓沟瓦、脊瓦。沟瓦瓦腹向天,脊瓦瓦背向天,与沟瓦相扣。故称鸳鸯瓦。南朝梁萧统《讲席将毕赋三十韵诗依次用》:"日丽鸳鸯瓦,风度蜘蛛屋。"⑧玉女吹箫:汉刘向《列仙传》载:春秋秦穆公女,嫁善吹箫之萧史,日就萧史学箫作凤鸣,穆公为作凤台以居之。后夫妻乘凤飞天仙去。此亦泛指美女吹箫。断肠:极度悲痛。

解 说

此是一首怀古词或者说悼亡词。作者可能为南宋遗民,其生卒等已不可考。南宋亡后,重游金陵,勾起一缕怀旧情思。上阕说凤凰归去,繁华不再,望中碧天空阔,眼前衰草茸茸。三国人杰,六朝金粉,都成往日春梦。只有滚滚长江,不舍昼夜,向东流逝。真个是浪淘尽千古英雄。下阕写龙蟠虎踞,形胜之地的金陵,新亭还在,凤凰台还在,江山依旧,人事已非,晋代过江诸人已经作古;修建凤凰台的南朝刘宋早已败灭,只有鸳鸯瓦重重叠叠,塞人眼眸。眼前连一个泣新亭的人也没有了。那些吹箫美人,更不知散落何处。只让人面对青山,目睹旧迹,缅怀故国,凭吊兴亡,掬一抔断肠之泪,洒向西风。

词牌选《朝中措》,未必没有影射宋室措置失当,而引致国破家亡之意。

(何焱林补充)

【中吕】喜春来 元·张弘范

金装宝剑藏龙口①,玉带红绒挂虎头②。
旌旗影里骤骅骝。得志秋,喧满凤凰楼③。

注 释

①龙口:此与下句虎头皆意味别人不可觊觎之处。一喻剑口及战袍。此宝剑、玉带、锦袍皆张受命南征时元世祖忽必烈所赐。②红绒:刺绣用的红色丝缕。南唐李煜《一斛珠》词:"绣床斜凭娇无那,烂嚼红茸,笑向檀郎唾。"意为玉带缠着红绒。③凤凰楼:指达官显宦出入之地,一指官廨宫室。

解 说

张弘范(1238~1280),字仲畴,河北定兴人,元初统帅,曾随元帅伯颜灭宋。至元十四年(1277)授镇国上将军,任江东道宣慰使,是灭宋的急先锋,并在厓山刻石"张弘范灭宋于此",以识其功,后人有句讥曰:"勒功奇石张弘范,不是胡儿是汉儿。"张弘范文武皆通,其词人称上薄晏氏父子。光阴者,百代之过客,张弘范,连同其效忠的元政府,早已成为历史陈迹,其功其过，其是其非，只有留待后人评说了。

这是一首元人小令曲。"中吕"，是该曲的宫调，"喜春来"为曲牌名。曲写的是将军得胜归来的热闹场面。前两句为将军的威武形象，第三句写队伍浩荡的气势，后两句写得意的神色及宫廷庆贺的喧哗。

曲与龙无关。"龙口"指用龙形作装饰的剑鞘。

【正宫】黑漆弩·游金山寺 元·王晖

苍波万顷孤岑矗①，是一片水面上天竺②。金鳌头满咽三杯③，吸尽江山浓绿。蛟龙虑恐下燃犀④，风起浪翻如屋。任夕阳归棹纵横，待偿我平生不足。

注 释

①孤岑：此指金山。②天竺：印度旧译名。唐玄奘《大唐西域记·印度总述》："详夫天竺之称，异议纠纷，旧云身毒，或曰贤豆。今从正音，宜云印度。"此处用指金山寺为佛地。③金鳌头：此指临水山丘，金山寺环水。宋陆游《平云亭》诗："满榼芳醪何处倾？金鳌背上得同行。"④燃犀：用温峤故事，南朝宋刘敬叔《异苑》卷七："晋温峤至牛渚矶，闻水底有音乐之声，水深不可测。传言下多怪物。乃燃犀角而照之。须臾，水族覆火，奇形异状。"

解 说

作者生平事迹不详。

这也是一首小令曲。"正宫"，是该曲的宫调，"黑漆弩"为曲牌名。曲写的是作者游金山寺的场景。"金鳌头"是金做的鳌头形状的酒杯。燃犀句是用《晋书·温峤传》的典故，"峤至牛渚矶，水深不可测，世云其下多怪物，峤遂燃犀角而照之，须臾见水族覆火，奇形怪状"。此句说蛟龙恐怕燃犀会伤害它，故兴风作浪。末两句在描写自然景物中，流露出词人怀才不遇的感慨。

【正宫·端正好】张生煮海·第三折 元·李好古

一地里受煎熬，满海内空劳攘①。兀的不慌杀了海上龙王②。我则见水晶宫血气从空撞，闻不得鼻口内干烟炝③。

注释

①劳攘：扰攘，纷乱。《朱子语类》卷六七："某近看《易》，见得圣人本无许多劳攘，自是后世一向乱说，妄意增减，硬要作一说以强通其义。"②兀的：语气词，与"不"连用，表示反问，犹怎的不。元石德玉《风月紫云庭》第一折："兀得不好拷末娘七代先灵！"③炝(qiàng)：同呛，烟气冲入人鼻腔，使咳嗽。

解说

作者李好古，保定（今属河北）人，一说东平（今属山东）或西平（今属河南）人。元代戏曲作家。《录鬼簿》列为"前辈已死名公才人"，生卒年及生平事迹无考。

《张生煮海》为元杂剧，全名《沙门岛张生煮海》。李好古所著三种杂剧中仅存的一种，这是杂剧套曲中的一支。"正宫"，是该曲的宫调，"端正好"为曲牌名，杂剧是无数曲调组成的戏剧。该剧的故事说：一个叫张羽的书生与龙女相爱，受到了海龙王的阻挠，张生就用龙女给他的宝贝——银锅煮海水，海水沸腾，使海龙王招架不住，后来几经周折，终于同意了他们的婚事。此段就是写煮海中龙王的狼狈相。

古代涉龙赋

龙瑞赋 三国·魏·刘劭

太和七年春①，龙见摩陂。行自许昌，亲往临观②。形状瑰丽，光色烛耀③。侍卫左右咸与睹焉。自载籍所纪，瑞应之致④，或翔集于邦国，卓荦于要荒⑤，未有若斯之著明也。

惟殿眺之旧式⑥，乃展义而省方⑦。皇舆发于洛邑，遂巡幸于许昌。宪宸极之天居，建正殿以当阳⑧。岁在析木⑨，时维仲春。灵威统方⑩，勾芒司辰⑪。阳升九四⑫，或跃于渊。有蜿之龙，来游郊甸。应节合义，象德效仁。纤体鬐鬉⑬，摘藻布文⑭。青耀章采，雕琢璘玢⑮。灿若罗星，蔚若翠云。光焉奕以外照⑯，水清景而内分。圣上观之无射⑰，左右察之既精。聊假物以拟身，忽神化而无形。泉含物而不澹，固保险而常宁。昔太昊之初化⑱，首帝德以表名。暨明后之隆盛⑲，又降见以扬声。惟珍兽之玄真，实殊异于四灵⑳。信应龙之道扬㉑，将天飞于太清㉒。

注 释

①魏明帝曹叡太和七年（233），因见龙，改青龙元年。②许昌：为魏"五

都"之一。黄初二年（221），文帝曹丕以"魏基昌于许"，改许县为许昌。亲往：曹叡亲往。③烛耀：一作烛曜，即照耀。《汉书·宣帝纪》："神光并见，或兴于谷，烛耀齐宫，十有余刻。"颜师古注："烛，亦照也。"④载籍：书籍、典册。《史记·伯夷列传》："夫学者载籍极博，犹考信于六艺。"瑞应：古帝王修德，世道清平，天降祥瑞以应，谓之瑞应。《西京杂记》卷三："瑞者，宝也，信也。天以宝为信，应人之德，故曰瑞应。"⑤卓荦(luò)：突出、卓越。要荒：要服、荒服，表示极远之地，亦泛指远方之国。汉刘向《新序·杂事二》："昔者唐虞崇举九贤，布之于位，而海内大康，要荒来宾，麟凤在郊。"⑥殷覜：周诸侯朝见之礼，亦作殷覜。《周礼·春官·大宗伯》："时聘曰问，殷覜曰视。"⑦展义：宣示德义。《左传·庄公二十七年》："天子非展义不巡守，诸侯非民事不举。"杜预注："天子巡守，所以宣布德义。"省方：巡视四方。《易·观》（䷓）："先王以省方观民设教。"孔颖达疏："省视万方，观看民之风俗。"⑧宪：效法。《周礼·天官》："宪禁于玉宫。"宸极：北极星。当阳：古天子北面南向，即向阳而治。《左传·文公四年》："昔诸侯朝正于王，王宴乐之，于是乎赋《湛露》，则天子当阳，诸侯用命也。"杜预注："言露见日而乾，犹诸侯禀天子命而行。"孔颖达疏："阳，谓日也。言天子当日，诸侯当露也。"二句谓效法北极星居天之极顶，正殿建来坐北向南。⑨析木：在岁为寅，在星箕尾。十二星次之一。与十二辰相配为寅，与二十八宿相配为尾、箕两宿。⑩灵威：威势、威灵。⑪勾芒：司春之神，物之始生，其精青龙。⑫九四：《易·乾》（䷀）九四，或跃在渊。言可上可下，可进可退，进德修业无咎。⑬鞶(pán)：革制之带。鞶萦：此处鞶有盘义，即像带子般纡曲盘绕。⑭摛藻：铺陈辞藻。此地有绘画藻彩义。⑮璘汃(bīn)：光彩缤纷。⑯焉(xī)奕：光芒四射貌。⑰无射：不厌。《诗·小雅·车舝》："式燕且誉，好尔无射。"郑玄笺："射，厌也。"⑱太昊：伏羲。⑲后：帝王。⑳四灵：麟、凤、龟、龙。㉑应龙：言曹叡上应龙瑞，将飞于太清。㉒太清：天庭。《楚辞·刘向〈九叹·远游〉》："譬若王侨之乘云兮，载赤霄而凌太清。"王逸注："上凌太清，游天庭也。"

解说

作者刘劭，三国魏人，汉献帝建安中，为计吏。太史上言："正旦当日蚀。"劭时在尚书令荀彧所,坐者数十人,或云当废朝,或云宜却会。劭言推术谬误也,或善其言。敕朝会如旧,日亦不蚀。黄初中(220～226),为尚书郎、散骑侍郎。受诏集五经群书,以类相从,作《皇览》。明帝即位,出为陈留太守,敦崇教化,百姓称之。征拜骑都尉,与议郎庾嶷、荀诜等定科令,作新律十八篇,著律略论。劭尝作赵都赋,明帝美之,诏劭作许都、洛都赋。时外兴军旅,内营宫室,劭作二赋,皆讽谏焉。青龙中(233～237),吴围合肥,劭献计退之。时诏书博求众贤。散骑侍郎夏侯惠荐劭。景初中(237～239),受诏作都官考课。又以为宜制礼作乐,以移风俗,著《乐论》十四篇。正始中(240～249),执经讲学,赐爵关内侯。凡所选述,法论、人物志之类百余篇。卒,追赠光禄勋。

曹叡在位时,三国争鼎,并未一统天下,他不听名臣陈群谏阻,去许昌避灾纳瑞。作者迎合其意,附会有龙现之瑞,而作此赋以相自慰。赋文交代前因后果,引经据典,极力铺陈,条理井然,文采斐然。

(李之正注,何焱林补)

青龙赋　三国·魏·缪袭

懿矣神龙①,其知惟时。览皇代之云为②,袭九泉以潜处③。当仁圣而睹仪④,应令月之风律⑤,昭嘉祥之赫戏⑥,敷华耀之珍体,耀文采以陆离⑦。旷时代以稀出,观四灵而特奇。是以见之者景骇⑧,闻之者奔驰。观夫神龙之为形也,盖鸿洞轮硕⑨,丰盈修长,容姿温润,蜲蛇成章⑩,繁虵虬蟉⑪,不可度量。远而视之,似朝日之阳;迩而察之,象列缺之光⑫,爚若鉴阳和映瑶琼⑬,对若望飞云曳旗旌。或蒙翠黛,或类流星;或如虹蜺之垂耀,或似红兰之芳荣。焕璘彬之瑰异,实皇家之休灵⑭,奉阳春而介福⑮,赍万国之嘉祯⑯。

①懿:美而善之意。②览皇代:览,观看。皇代,对当代的美称。

③袭：重衣也。即再加一件衣称袭。④仪：仪表，风范。⑤风律：风信之律。⑥赫戏：光明。《楚辞》："陟陛皇之赫戏兮。"⑦陆离：参差繁盛。《楚辞》："长余佩之陆离。"⑧景骇：景仰、惊骇。⑨鸿洞：深远貌。轮硕：屈而大。⑩螏蛇：同委蛇，宛曲周旋。⑪虵：蛇的异体字。虬：无角龙。蟉(liú)：蜷曲；盘曲。⑫列缺：闪电。⑬鉴阳：阳光照射。⑭璘彬：玉有文采貌。休灵：美的灵异吉兆。⑮介福：大福。《诗·楚茨》："报以介福，万寿无疆。"⑯赉(lài)：赐予。嘉祯：美善的福祉。

解说

作者缪袭（186～245），三国魏文学家。字熙伯，东海兰陵（今山东苍山兰陵镇）人。建安中在御史大夫府供职，官至尚书、光禄勋。与仲长统友善。多有撰述。其《魏鼓吹曲》十二首，大都为歌颂曹操功业之作。原有集五卷，《列女传赞》一卷，已散佚。

此赋描述青龙，始炫其采，继美其形，再夸其瑞，后赐其万国祯祥。从观的角度，闻的角度，远的角度，近的角度铺陈着笔，竭尽赞美之能事。

神龙赋 晋·刘琬

大哉，龙之为德，变化屈伸；隐则黄泉，出则升云。贤圣其似之乎？惟天神上帝之马。含胎春夏，房心所作①；轩照形□②，角尾规矩③。

注释

①房心：二十八宿中房宿和心宿的并称。房宿为东方苍龙第四宿，居于龙腹，古人称之为"天驷"，取龙为天马和房宿有四颗星之意。心宿为第五宿，居于龙腰；其心宿二古称"大火"，即天蝎座α星。②轩照：即高照。此句末尾原缺一字。③规矩：校正圆形、方形的两种工具，比喻神龙从头到脚都合乎尺度。

解说

作者刘琬，汉末三国时代仕于汉魏，曾经出使过吴国。《三国志·吴书·吴主传》:"汉以策远修职贡,遣使者刘琬加锡命。琬语人曰:吾观孙氏兄弟虽各才秀明达,然皆禄祚不终,惟中弟孝廉,形貌奇伟,骨体不恒,有大贵之表,年又最寿,尔试识之。"《艺文类聚》卷九十五录此赋时称"晋刘琬",则入晋后,亦仕于晋,可说是三朝元老了。

此赋并非全文,似录其开篇一段。主题是描绘神龙的屈伸变化,指其有贤圣之德,非常伟大。神龙相当于天神上帝的马匹,孕育了春夏秋冬,天空中的东方苍龙七宿,就是它的具体化。赋的下文应该还有许多精彩的文字,可惜均已失传。

(冯广宏补充)

汉武帝射蛟赋 唐·独孤及

以"省括能中,清除水害"为韵

有汉武帝,惟时巡省①。穷楚之望,极江之永②。舳舻塞川,旗甲荡景③。汹汹旭旭,虯盘龙骋④。驻清眸则洪波可遏,赫皇灵则潜怪可怛⑤。但彼蛟之夭矫⑥,据积水之空阔。谓俶飞之剑莫前⑦,灭明之璧是夺⑧。

注释

①有汉:即汉,有为词头。如有周,有唐等。巡省:巡视考察。《后汉书·应劭传》:"今大驾东迈,巡省许都。"②楚:指今江南等地。《左传·哀公六年》:"三代命祀,祭不越望。江、汉、睢、漳,楚之望也。"望:古祭祀山川专称。后以"楚望"指楚地山川,武昌有楚望台。江:古长江之专称。永:长,极江之永:达长江之尽头。③舳舻(zhú lú):船头、船尾,后常指首尾相连之船舶。《汉书·武帝纪》:"自寻阳浮江,亲射蛟江中,获之。舳舻千里,薄枞阳而出。"颜师古注引李斐曰:"舳,船后持柂处也。舻,船前头刺棹处也。言其船多,前后相衔,千里不绝也。"本句由此化出。旗甲:旌旗与甲胄。荡景:荡,摇动;景,太阳。句言旌旗蔽空,甲胄映日,仿佛太阳也为之摇动。④汹汹:波浪翻腾貌。《文选·宋玉〈高唐赋〉》:"濞汹汹其无声兮,溃

淡淡而并入。"李善注:"《说文》曰:'汹,汹涌也。'谓波腾貌。"旭旭:声音猛烈。《文选·扬雄〈羽猎赋〉》:"汹汹旭旭,天动地吸(è)。"李善注:"汹汹旭旭,鼓动之声也。"虬(qiú):同虬,有角小龙。⑤清跸:皇帝出行,肃清道路,禁止行人。《文选·颜延之〈应诏观北湖田收〉诗》:"帝晖膺顺动,清跸巡广廛。"李善注引《汉仪注》:"皇帝辇动,出则传跸,止人清道。"赫:显示。皇灵:皇帝之威灵。怛(dá):此处有震慑意。⑥夭矫:骄纵恣肆貌。《文选·张衡〈思玄赋〉》:"偃蹇夭矫,娩以连卷兮。"李善注:"夭矫,自纵恣貌也。"⑦伙飞:春秋楚勇士。唐李白《观伙飞斩蛟龙图赞》:"伙飞斩长蛟,遗图画中见。"莫前:不敢向前攻击。⑧灭明:澹(tán)台灭明(前512~?)字子羽,孔子弟子,比孔子小三十九岁,孔门七十二贤之一,鲁国武城(今山东费县)人。为儒学南传之第一人。初因其貌不扬,孔子不甚喜欢。后其名施乎诸侯。孔子闻之曰:"吾以貌取人,失之子羽。"唐封其为"江伯"、宋封其为"金乡侯"。据《括地志》称:某次澹台灭明携玉璧渡河,舟至河心,二蛟从波涛中跃出,欲夺其璧。澹台灭明说:"吾可以义求,不可以力劫。"遂挥剑斩二蛟于河内,并将璧投水中,以示自己无吝啬之意。

天子乃戒无哗于羽卫,思有用于弦括①。命舟牧回青翰而上②,诏弓人奉乌号以登③。肃天仪以山立,将亲发以抗棱④。阴察变态,雄猜跨腾⑤。古冶之伦,眦裂不敢擅其勇⑥;逢蒙之党,技痒不敢专其能⑦。我矢则直,我弦斯控;持满而英气顿飞,命处而幽姿必中⑧。欻飚飕其电霍,卒颈弹而胸洞⑨。赞履者鼓殷天之雷⑩,称庆者跃如熊之众。始乎发若神兵,爆其有声,洪波雪涌,白羽月倾⑪。突紫肉,裂素缨,馀怒蚴蟉,上浮泓澄⑫。碚质已靡于巨舰,流血方走乎东瀛⑬。介以鳞莫能捍七札之劲⑭,神之化不能保重泉之生⑮。万灵震骇,九派徐清。然后海若扈跸,阳侯洗兵⑯。山川肃其晏如,霾雾廓其四除⑰。涉者利乎涉,渔者安乎渔。

注 释

①羽卫:帝王之卫队与仪仗。南朝梁江淹《杂体诗·效袁淑〈从驾〉》:

"羽卫蔼流景,缭吹震沉渊。"弦括:弦索与机括。表示弓弩,弩有机括。②舟牧:古代管船只之官。《礼记·月令》:"〔季春之月〕命舟牧覆舟,五覆五反,乃告舟备具于天子焉。"郑玄注:"舟牧,主舟之官也。"青翰:青翰为舟之省称。《文选·颜延之〈三月三日曲水诗序〉》:"龙文饰辔,青翰侍御。"吕延济注:"青翰,船名。"③弓人:制作弓弩之人。《周礼·考工记·弓人》:"弓人为弓,取六材,必以其时。"此当指管弓之人。乌号:古良弓名。《淮南子·原道训》:"射者扞乌号之弓,弯綦卫之箭。"高诱注:"乌号,桑柘,其材坚劲,乌峙其上,及其将飞,枝必桡下,劲能覆巢,乌随之,乌不敢飞,号呼其上。伐其枝以为弓,因曰乌号之弓也。一说黄帝铸鼎于荆山鼎湖,得道而仙,乘龙而上,其臣援弓射龙,欲下黄帝,不能也。乌,於也;号,呼也。于是抱弓而号。因名其弓为乌号之弓也。"④天仪:天子之威仪。亲发:亲自发矢。抗棱:扬威耀武。《文选·班固〈东都赋〉》:"目中夏而布德,瞰四裔而抗棱。"李善注引李奇曰:"神灵之威曰棱。"棱一作稜。⑤阴:此指雌蛟。变态:变其形态以隐藏或偷袭。雄:雄蛟。猜:猜度,预料。跨腾:飞腾跳跃。《文选·班固〈答宾戏〉》:"振拔洿涂,跨腾风云。"吕延济注:"跨,行也。"⑥古冶:即古冶子,一作古蛊,春秋时勇士。《晏子春秋·谏下二四》:"公孙接、田开疆、古冶子事景公,以勇力搏虎闻。"亦见于诸葛亮《梁甫吟》。眦裂:眼眶爆裂,形容盛怒。语出《史记·项羽本纪》:"(樊哙)瞋目视项王,头发上指,目眦尽裂。"⑦逢蒙:古善射者,传其学射于后羿,尽羿之技。思天下唯羿胜己,于是杀羿。事见《孟子·离娄下》。技痒:一作技懩,有某技能之人亟欲表现其技。《文选·潘岳〈射雉赋〉》:"屏发布而累息,徒心烦而技懩。"徐爰注:"有技艺欲逞曰技懩也。"⑧幽姿:本为幽雅姿态,南朝宋谢灵运《登池上楼》诗:"潜虬媚幽姿,飞鸿响远音。"此处指蛟隐藏于深渊之姿,即识其所潜之处。⑨霍:鸟飞之声。《说文》:"靃,飞声也。雨而双飞者,其声霍然。"靃同霍。电霍:此处形容飞矢破空之声,如闪电疾雷之震。觯(duǒ):下垂。洞:洞穿。⑩殷:盛大,亦为雷声。《诗·召南·殷其雷》:"殷其雷,在南山之阳。"⑪白羽:羽箭。《文选·司马相如〈上林赋〉》:"弯蕃弱,满白羽,射游枭,栎蜚遽。"郭璞注:"以白羽为箭,故言白羽也。"月倾:月光倾泻。⑫蚴蟉(yòu liáo):蛟龙蜿屈行动貌,一作蚴虯(qiú)。汉贾谊《惜誓》:"苍龙蚴虯于左骖兮,白虎骋而为右骓。"泓澄:水清而幽深。晋左

思《吴都赋》："泓澄奫潫(yūn wān)；渨溶沉瀁(yǎng)。"⑬踣(bó)：死亡。踣质：死尸。靡：烂，碎裂。东瀛：东海。南朝齐王融《净行颂·回向佛道篇颂》："咄嗟失道尔迴驾，沔彼流水趣东瀛。"⑭介以鳞：介：甲胄，此处介亦作动词用，即以鳞甲为介胄。七札：札，铠甲叶片；七札即七层铠甲。《左传·成公十六年》："潘尪(wāng)之党，与养由基蹲甲而射之，彻七札焉。"⑮神之化：神灵之变化。此指蛟之灵性。重泉：深渊。《淮南子·齐俗训》："积水重泉，鼋鼍之所便也。"九派：长江之湖北、江西段，分为很多支流，因以九派称这一带之长江。晋郭璞《江赋》："源二分于崌(jū)崃，流九派乎浔阳。"⑯海若：海神。《楚辞·远游》："使湘灵鼓瑟兮，令海若舞冯夷。"王逸注："海若，海神名也。"洪兴祖补注："海若，庄子所称北海若也。"扈跸：随从保卫帝王车驾。阳侯：波神。《战国策·韩策二》："塞漏舟而轻阳侯之波，则舟覆矣。"鲍彪注："说阳侯多矣。今按《四八目》，伏羲六佐，一曰'阳侯'，为江海。盖因此为波神欤？"洗兵：洗刷兵器，意为收拾兵器不用，战事胜利结束。⑰晏如：安宁，平和。《史记·司马相如列传》："及臻厥成，天下晏如也。"廓：清除，如廓清。《北史·隋纪上·文帝》："廓妖气于远服。"四除：四面清除。

于是左史趋进，执简以书曰①："天子幸浔阳也，亲射蛟而获诸。"②遂翻龙旆③，韬象弭④，篙工奋，棹歌起。威厉乎断白蛇⑤，气雄乎纼青兕⑥。陿秦皇之观日⑦，追夏后之勤水⑧。且夫君以胜残为大，臣以反德为害⑨。亦将制于縠中，静此宇内⑩。俾贯革之艺息，垂衣之道泰⑪。岂徒与射夫渔父，较勇而论最⑫？

注释

①左史：周史官名。周史官有左史、右史之分。左史记行动，右史记言语。见《礼记·玉藻》射蛟乃行为，故左史记其事。简：古用以记事之竹简，西汉纸张未发明，故用竹简记事。②浔阳：即浔阳江，长江流经江西九江市北的一段。③龙旆(pèi)：垂挂之龙旗。唐韩愈张籍《会合联句》："龙旆垂天卫，云韶凝禁甬。"钱仲联集释引《文选·沈约〈钟山〉诗》李善注："旆，旌旗之

垂者。"④韬：本义为弓或剑之套，此为隐藏，装弓入套。象弭(mǐ)：象牙装饰之弓。《诗·小雅·采薇》："四牡翼翼，象弭鱼服。"朱熹集传："象弭，以象骨饰弓弰也。"⑤威厉：威严。白蛇：水蛇，此指所射之蛟。《山海经·西山经》："(泰冒之山)浴水出焉，东流注于河，其中多藻玉，多白蛇。"郭璞注："(白蛇)水蛇。"亦有用汉高祖斩白蛇之意。⑥气雄：气势雄健。絙(gēng)：大绳索，此用为动词。青兕(sì)：古犀牛类兽名。一角，青色，重千斤。《楚辞·招魂》："君王亲发兮惮青兕。"王逸注："言怀王是时亲自射兽，惊青兕牛而不能制也。"洪兴祖补注："《尔雅》：兕，似牛。注云：一角，青色，重千斤。"⑦隘：浅陋。《说文》："隘，陋也。"《礼记·礼器》："君子以为隘矣。"注："狭陋也。"秦皇：秦始皇。观日：泰山东岩有日观峰，此指秦始皇上泰山封禅事。此句意为小觑秦始皇的功业。⑧夏后：指夏禹。勤水：勤于治水。⑨且夫：语词，进一步说。胜残：遏制残暴。《旧唐书·宪宗纪上》："为君之体，义在胜残，命将兴师，盖非获已。"为大：为最高标准，最大要求。反德：违反道德及对事物客之观标准。《左传·宣公十五年》："天反时为灾，地反物为妖，民反德为乱。"⑩彀中：彀，射箭能中之距离。《庄子·德充符》："游于羿之彀中。"郭象注："弓矢所及为彀中。"此指纳于考量的范围。⑪俾(bǐ)：使。贯革：穿甲。《礼记·乐记》："散军而郊射，左射狸首，右射驺虞，而贯革之射息也。"郑玄注："贯革，射穿甲革也。"孔颖达疏："贯，穿也；革，甲铠也。所谓军射也。言军中不习于容仪，又无别物，但取甲铠张之而射，唯穿多重为善，谓为贯革也。"前所引穿七札者，亦贯革之技。垂衣：垂衣裳之省，谓古帝王无为而治，定衣裳之制，示天下以礼，不动兵革，修德而来远人，而治天下。《易·系辞下》："黄帝尧舜垂衣裳而天下治，盖取诸乾坤。"韩康伯注："垂衣裳以辨贵贱，乾尊坤卑之义也。"⑫论最：论第一之功。《文选·张协〈七命〉》："论最犒勤，息马韬弦。"李善注引张晏《汉书注》："最，功第一也。"

解 说

作者独孤及（725～777），字至之，河南洛阳人。儿时读《孝经》，其父试之曰："儿志何语？"对曰："立身行道，扬名于后世。"宗党奇之。天宝末，以道举高第，补华阴尉，辟江淮都统李峘(huán)府，掌书记。代宗以左拾遗召，历濠、舒二州刺史，徙常州，所在有善政。更喜鉴拔后进，如梁肃、高参、崔

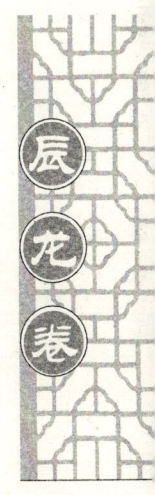

元翰、陈京、唐次、齐抗皆师事之。为文彰明善恶，长于论议，为唐古文运动之先驱。晚嗜琴。享年五十三岁，卒谥宪。

著录有《毘陵集》二十卷，其中诗三卷，文十七卷，为其弟子梁肃所编，权德舆作序，赵氏生斋刊本有"附录"一卷，"补遗"一卷，有《四部丛刊》影印本传世。

汉武帝射蛟事，见于史传。《汉书·武帝纪》："〔元封〕五年（前105）冬，行南巡狩……自浔阳浮江，亲射蛟江中，获之。"

本文为限韵律赋，一般限八韵，自中唐浩虚舟等始，至宋太平兴国时为科举定式。

本文可分三段，第一段写汉武帝南巡之盛况，所谓"舳舻塞川，旗甲荡景"是也。所谓："驻清跸则洪波可遏，赫皇灵则潜怪可怛。"但潜蛟目空天下，极为骄狂。以为"欱飞之剑莫前，灭明之璧是夺"。不把汉武帝的天威看在眼里。

第二段写刘彻射蛟之智勇，蛟死之惨烈，众人之欢腾，并天地亦改变颜色，所谓万灵震骇，九派肃清。川流晏如，雾廓四除，人民安居。

第三段为结语，一则歌颂汉武射蛟之雄武，所谓威厉乎白蛇，气雄缅青兕。一则颂其功可小觑秦皇之封禅，追比夏禹之治水。便于民众舟楫交通，渔获养生。

最后归结君以胜残为大，而非以黩武为能。以安天下为务，非以射猎为乐。最终要做到使贯革之艺息，使垂衣之治光大发扬。徒与射夫渔父较勇力之长，射艺之精，一争冠亚，岂天子之所当为？所谓亦颂亦谏，得辞赋家三昧。

赋中引澹台灭明斩蛟事，有暗喻以貌取人，为用人者患之意，以孔子之圣明，犹有察人之失，后人当引以为戒。

（何焱林补充）

黑龙饮渭赋　唐·白居易

以"出为汉祥，下饮渭水"为韵

龙为四灵之长①，渭居八水之一②。饮亹亹之清流，浴彬彬之玄质③。翻若下降，贲然跃出④。首蜿蜒以涌烟，鳞错落而点漆⑤。动而无悔，爰作瑞于秦川；应必有征，乃效灵于汉日⑥。观其攸止，察其所为。行藏不忒⑦，动静有仪。晴眸炫耀，文彩陆离。下泉于焉表异，守黑于以操奇⑧。不一徒尔，异心有以⑨。顺春秋而隐现，随晦暝而行止。叶圣人之昌运，飞而上天；表王者之休征，见而饮水⑩。于是下长流，俯高岸，状骎骎以矫矫⑪，光灿灿而烂烂。紫云随而瑞气氤氲，白日照而文章炳焕。闻之者心骇而易色，睹之者目眙而改观⑫。呼吸而声起风雷，宛转而势超云汉。尔其矫首陆梁⑬，拖尾回翔，蹈流鸣跃，劈波腾骧。饮清澜之澹澹，喷素浪之汤汤⑭。顿颔而碎珠迸落⑮，奋鬐而细雨飞扬。詟水族则鳣鲔奔走，骇泉室则鼋鼍伏藏⑯。信可符帝王之度，叶邦家之光。表三秦之加瑞，呈二汉之征祥⑰。且夫顺时出处，凭虚上下。度若水而斯驭，知鼎湖而是驾⑱。同张华之剑飞，见长房之竹化⑲。岂若炎精冥契，水德潜禀⑳。黑质黯以凝黛，玄文斐以摛锦。逼而察也，类天马出水以游；远而望之，疑长虹截涧而饮。既而跨白云，腾清渭，排冥冥之寥廓，度浩浩之元气。则知水物之灵，鳞虫之贵㉑。展矣哉㉒！抑斯龙之所谓。

注释

①四灵：龙、凤、龟、麟。②八水：泾、渭、灞、浐、涝、潏、沣、滈。③亹亹(wěi)：义同美美。一指流动不绝貌。《文选·左思〈吴都赋〉》："玄荫耽耽，清流亹亹。"吕向注："亹亹，渌水徐进之势。"玄质：黑色身体，指黑龙。④贲(bēn)然：光彩腾跃貌。《诗·小雅·白驹》："皎皎白驹，贲然来思。"朱熹集传："贲然，光采之貌也。或以为来之疾也。"⑤无悔：反解《易·乾》(䷀)九六，言动而知进退，故无悔。点漆：乌黑锃亮。⑥作瑞：吉兆。秦川：指今陕西、甘肃秦岭以北平原地带。春秋、战国时其地属秦，故得名。效灵：显灵。南朝宋颜延之《三月三日曲水诗序》："暑纬昭应，山渎效灵。"《汉书·高帝纪》："母尝息大泽之陂，梦与神遇，是时雷电晦冥，父太公往观，则见交龙于上，已而有娠，遂产高祖。"⑦不忒：没有差错。⑧下泉：此指黑龙

下至渭水,用《诗·曹风·下泉》意:"冽彼下泉,浸彼苞稂(láng)。"表异:表示不同凡响之行迹。守黑:保守玄寂。《老子》:"知其白,守其黑,为天下式。"河上公注:"白以喻昭昭,黑以喻默默,人虽自知昭昭明白,当复守之以默默如闇昧无所见。"操奇:操行奇特。叶(xié):协和。⑨徒尔:徒然。异心:特殊之心。⑩休征:吉兆。⑪骎骎:强壮貌。⑫目眙(yí):目直视貌。⑬矫首:昂首。陆梁:跳跃。⑭汤汤(shāng):大水流动貌。⑮领珠:骊龙领下有千金宝珠。⑯慹(zhé):恐惧。鳣(zhān):鲟鱼类鱼。鲔(wěi):鱼类,体呈纺锤形,背黑蓝色,腹灰白色,背鳍和臀鳍后面各有七或八个小鳍。生活于热带海洋,吃小鱼等动物。鼋鼍(yuán tuó):扬子鳄,一称猪婆龙。⑰三秦:关中地区。⑱若水:今雅砻江,其与金沙江合流之一段亦称若水。鼎湖:黄帝乘龙升天之地。⑲张华:晋时人,见剑气起于牛斗,后雷焕于丰城得龙泉、太阿二剑,以其一赠之。二人死后,剑皆化龙飞去。长房:费长房,东汉术士。壶公赐竹杖令其乘骑归家,归而投诸水中,遂化龙而去。⑳炎精:火德。冥契:默契、心照。《晋书·慕容垂载记》:"宠踰宗旧,任齐懿藩,自古君臣冥契之重,岂甚此邪?"潜禀:暗中拥有,自身拥有。㉑鳞虫之贵:龙为鳞虫之长。㉒展:陈述。

解 说

作者白居易(772~846),字乐天,晚年又号香山居士,河南新郑(今郑州新郑)人,我国唐代伟大的现实主义诗人,中国文学史上负有盛名且影响深远的诗人和文学家,他的诗歌题材广泛,形式多样,语言平易通俗,有"诗魔"和"诗王"之称。其与元稹因生活在唐宪宗元和年间,二人酬唱之作及杂诗常被称作元和体。官至翰林学士、左赞善大夫。有《白氏长庆集》传世。

此赋为限韵律赋,唐宋科举限为八韵,此以"出、为、汉、祥、下、饮、渭、水"八字为韵,难度很大。

赋题言渭水上可能发生了小型龙卷风,作者根据传说联想,铺陈张扬,描绘黑龙的形态,头目身尾,跃然笔下。骎骎矫矫,灿灿烂烂。起风雷,超云汉,闻之心骇,睹之目眙。最后以诗人的感评作结。

(李之正注,何焱林补)

叶公好龙赋 唐·张随

(以"所好非真见而增惧"为韵)

惟彼龙兮，潜水府，翔天路。何叶公之多尚①，独神物之是慕。假手于绘，对蜿蜒以好之；其形在堂，俄惝怳而反惧②。初其终朝念兹，寤寐求之，嗟豢氏之莫遇③；望云津之远，而载雕其宇。爰写其姿，周屋壁，环阶墀。辉辉之章，不离其行坐；矫矫之质，常在于梦思。至于春风启序，自喧而暑④，则谓仰重阴而可伫，雨歇云收，杳不知其处所。其求虽阻，其志无沮。及其寒律方凝⑤，自霜而冰，则谓窥浚壑而可征⑥；天高日朗，空有见于泓澄⑦。其睹未能，其诚益增。

既而天纵其欲，物应所好。龙乃拖其尾而登其堂，矫其首而窥其奥⑧。垂锦带，张翠鳞，光流电转，声发雷振。起云而栋凝积气，乘水而庭若通津。而况于斯人，得不挠其性，而骇其真？触类而广，可明其征。惟龙也，世好之必归；惟士也，国招之必依。姑务乎辨真去伪，宁求乎似是而非？故好龙如之何，期真假无变；好士如之何，在贤愚无眩⑨。蜿蜿之状，且逢子高之仪⑩；堂堂之贤，莫失哀公之眷⑪。

勉矣！凡今君子，必审之于闻见。

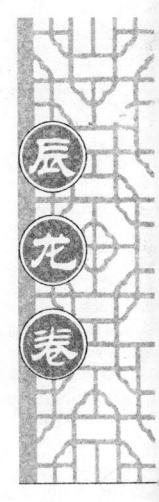

注释

①叶(shè)：春秋时楚附庸之国。叶公：刘向《新序·杂事五》："叶公子高好龙，钩以写龙，凿以写龙，屋室雕文以写龙。于是天龙闻而下之，窥头于牖，施尾于堂。叶公见之，弃而还走，失其魂魄，五色无主。是叶公非好龙也，好夫似龙而非龙者也。"多尚：多所崇尚、喜好。②惝怳(chǎng huǎng)：失意、不安、恐惧貌。③豢(huàn)氏：舜时有董父善畜龙，为豢龙氏。④暄：本义为

温暖,仲春、暮春天气。暑:热,盛夏天气。《说文》:"暑,热也。"⑤寒律:冬季,古人常以律历并称,《大戴礼记·曾子天圆》:"人慎守日月之数,以察星辰之行,以序四时之顺逆,谓之历;截十二管,以宗八音之上下清浊,谓之律也。律居阴而治阳,历居阳而治阴,律历迭相治也。"卢辩注:"历以治时,律以候气,其致一也。"故此以寒律指冬之节令。⑥浚壑:深谷。⑦泓澄:水深而清。南朝梁简文帝《玩汉水》诗:"杂色昆仑水,泓澄龙首渠。"句言晴朗之日,望于深水亦不见其踪。⑧奥:室之西南隅。一指室深处。《国语·周语》:"野无奥草。"注:"深也。"⑨眩(xuàn):迷惑,欺骗。⑩子高:即叶公。⑪孔子答鲁哀公:贤乃国之宝,儒为席上珍。

解 说

作者张随,始兴人,徙居韶州曲江。容州司马凤初从孙。余未详。

叶公所好者为假龙,写其姿,周屋壁,环阶墀。其形不离行坐,其质常在梦中。感动了真龙,登堂窥奥,而叶公惊怖却走。引申为好龙应好真龙,好士应好真贤士。辨其贤愚才能无眩,必审之于真假方可。

本文由刘向《新序》演绎而成,较之原文更加细腻生动。

(李之正注)

云从龙赋 唐·张随

山川之气曰云,寂尔虚无,倏尔韬映①。虽无心而既出,终有感而协庆②。鳞虫之长曰"龙",道符於神,德合于圣。时变化而无极,在阴阳而应令。是知云为佐,龙为主;龙无雲不可以陟烟霄③,云无龙不可以降时雨。始霭霭于山泽,俄骎骎于天宇。有若鱼水相须④,君臣夹辅而已。

原夫或跃在泉,道契玄默;未始出岫,时有通塞⑤。及夫顺天地之功,赞生成之德;吟空山而奋扬其状,触幽石而蓊渤其色⑥。然后蹈乎寥廓,自彼南北,何往而不济?何施而不得?润万物岂待崇朝⑦,控千里才逾瞬息。

故曰："气感则应,有开必先。"臣良而圣主垂拱,云起而飞龙在天。以类相从,罕闻不合,惟后作乂⑧,孰曰非贤!是以殷丁得其傅说,吉甫佐于周宣⑧。品物咸泰,寰海晏然⑨,则云龙之义明矣!君臣之道一焉。于以辨物理,于以通人伦,运有智兮事有因。如羽翼之相假,同股肱之相亲。则当今得贤共理,岂不冠前代之君臣⑩?

注 释

①倏(shū)尔:忽然间;很快地。韬(tāo)映:掩藏光芒。南朝宋谢庄《月赋》:"列宿掩缛,长河韬映。"②协庆:符合吉祥的先兆。③陟(zhì):升高。④骙骙(kuí):好像壮马奔驰的样子。相须:互相依存。⑤契:符合。玄默:道家深藏不露的修养。通塞:通畅和阻塞。⑥蓊渤(wěng bó):草木茂盛貌,引申为浓郁。⑦崇朝(zhāo):一整天。⑧作乂(yì):达到长治久安。⑨殷丁:即殷王武丁。傅说(yuè):殷商名臣。传说他原是筑墙的奴隶,武丁梦见圣人名"说",即求之于野,结果在傅岩那里得到了他,即举以为相。《孟子·告子下》:"傅说举于版筑之间。"吉甫:西周宣王时大臣尹吉甫。《诗经·小雅·六月》记载了尹吉甫征伐猃狁之事。周宣:即周宣王。⑩冠:超越。

解 说

此赋根据《周易·文言》"云从龙,风从虎"句意而作,表明事物之间的相辅相成;因此全文都将"云"和"龙"并列而论,章法相当新奇。全赋可分三段:第一段说云和龙的出处不一,但以龙为主,两者谁也离不开谁;第二段说如果云和龙互不联系,就不会有什么作为;第三段说云和龙互相感应,龙就能飞上天,云就能下起雨。引申到君臣之间,也应该这样融洽合作,国家便可以达到长治久安了。全文环环相扣,结构井然,确是不凡之作。

(冯广宏补充)

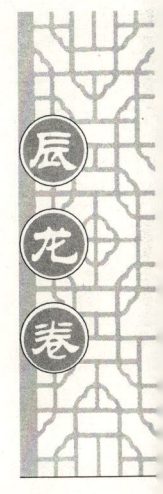

龙赋 宋·王安石

龙之为物,能合能散,能潜能现,能弱能强,能微能章①。惟不可见,所以莫知其乡②;惟不可畜,所以异于牛羊。变而不可测,动而不可驯。则常出乎害人,而未始出乎害人,夫此所以为仁。为仁无止,则常至乎丧己,而未始至乎丧己,夫此所以为智。止则身安,曰惟知几③;动则物利,曰惟知时。然则龙终不可见乎?曰与为类者常见之。

注 释

①章:即"彰",明显之意。②乡:借为"向"。③几:微妙、隐秘之理。

解 说

作者王安石(1021~1086),字介甫,号半山,因封荆国公,世称王荆公。详见前。

一篇短文,仅一百二十字,明写龙,实写人,"龙终不可见"而"与为类者常见之",表明作者的人生态度要像人们传说中的"龙"那样对人处事。行文不见铺陈繁复,其深奥之理自明。

(李之正注)

中国生肖诗歌大典

第三辑(卷六)

巳蛇卷

袁建章 范佑鸾 主编

生肖环顾见灵蛇

十二生肖中的蛇

十二生肖行列里，蛇居巳位，排名第六。因为古文字"巳"的写法，本身就是蛇的象形，所以自从出现了地支，蛇就非与巳挂钩不可。

1975年在湖北云梦睡虎地第11号秦墓中，发现了上千支竹简。其中《日书·盗者》专门记载用干支占卜盗贼相貌特征的文字。其中巳日的那一段，把巳说成是"虫"，直到现在，很多地方也往往把蛇叫做"长虫"。

1986年，甘肃天水放马滩秦墓中又出土了《日书》竹简，那是继云梦睡虎地秦墓竹简之后，考古工作中发现的第二部。两者简长基本相等，时代相近，保存得最完整。它们属于同一历史时期，内容有其共性。放马滩《日书》巳日的动物误写为"鸡"；可是描写盗贼的形象时，却说"其为人小面，长，赤目"，这明明是蛇的样子，与鸡显然不同。

1998～2000年，随州市考古队对孔家坡砖瓦厂范围内进行考古钻探，发现8号汉墓为汉景帝后元二年（前142）所葬，墓中也发现《日书》竹简一组。其中巳日盗者的判断语也是"虫"。盗贼的样子是"长而黑，虫目而黄色"；"深目而鸟口，轻足"。所说的话与前面两种书基本一致。

生肖文化中巳为蛇，考古文物已作出实证性的说明。

生物学中的蛇

作为生肖动物之一的蛇,在上古时候就是人们生活中的一种畏物,清末发现的殷墟甲骨卜辞里,常常刻有商王"无它乎"的卜问,所谓"它",实际上是"蛇"字的古写,充分透露出殷商王廷对蛇类的戒备和恐惧。《山海经》里还记录了"巴蛇吞象"的事实,可以想见远古的巴地,能将大象一口吞进肚子的巨蛇,是多么的可怕!

在现代生物学上,蛇属于爬行纲、蛇目。它们体表被覆着角质的鳞,四肢退化。舌细长而深分叉;眼睑为罩在眼外的透明膜,固定而不能活动;没有外耳和鼓膜。下颌通过方骨,与脑颅相接;左右下颌骨之间以韧带相连,因而蛇口可以张得很大,能吞食比自己的头大几倍的外物。蛇没有胸骨,只有交接器一对。卵生或卵胎生。它们大多分布在热带或亚热带的平原、丘陵、山地里,以树为栖,寻穴而居。在淡水和海水中,也都有蛇的身影。

蛇的种类很多,大多数以小的脊椎动物为食,少数种类也吃昆虫、蚯蚓或软体动物,以及鸟卵或蜥蜴卵。蛇类一般并不主动袭击人,蛇咬人多半由于害怕人下毒手。有些毒蛇的杀手锏是从尖牙射出的毒液,进入血液中起到致命的杀伤作用。中国的毒蛇大约有四十多种,多分布于长江以南的广大地区。像金环蛇、银环蛇、海蛇、白花蛇主要含神经毒;竹叶青主要含血液毒;眼镜蛇、蝮蛇的毒素则对于神经和血液都有危害。

中国常见的无毒蛇类,有以下几种:

盲蛇:亦称铁丝蛇,形如蚯蚓,尾极短,长约17.5厘米,是蛇类中最小的一种。背和腹面覆盖着大小相近的圆鳞,带暗橄榄绿色,有紫红色闪光,吻端和尾端淡青色。眼隐藏在头部的鳞片之下。它们生活在土里或花盆下,捕食昆虫的卵及幼虫,能吃白蚁和白蚁卵。分布于滇、桂、粤、黔、鄂、闽、浙、赣、琼、台等省。

游蛇:亦称水蛇,最长可达2米。背部橄榄绿色,枕部两侧有橘黄色或橘红色斑,唇带黄白色,腹部灰白色,有些散落黑点。多生活在林区、水域附近。吃鱼、蛙、蟾蜍,也吃鼠类、小鸟、昆虫等。

乌梢蛇：又称乌鞘蛇，最长可达两米多。背的前半部和侧面是黄色，后半部为黑色；腹部灰黑色。生活在山地和田野上，以蛙、鱼等为食。分布很广。中医去掉它们的内脏，晾晒干燥然后入药，能祛风湿，主治风湿痹痛、皮肤疥癣等，蛇皮还可制作乐器。

锦蛇：又称棱锦蛇，有奇臭。长约2米。背面暗黄绿色，身体前半部有30条左右的黄色横斜纹。栖息于山区和平原中，行动敏捷活泼，食鸟卵、鼠类和其他蛇类。分布在豫、陕等省，长江流域及以南地区也有。其蛇皮可制乐器。

蟒蛇：是蛇类中最大者，最长可达6米多。体表黑色，有云状斑纹，背面有一条黄褐斑；两侧各有一条黄色带状斑。主要生活在森林中，以鼠类、鸟类、两栖类、爬行类为食。能够绞死、吞食重达15公斤的哺乳动物。分布在南方各省。蛇肉可食，皮可制物。

常见的有毒蛇类，有以下几种：

蝰蛇：一般长0.9~1.3米。背部暗褐色，有椭圆斑3列；腹部灰白色。多生活在山地里，以鼠类为食，分布于闽、台、粤、桂等省。

蝮蛇：别称草上飞、土公蛇。长60~94厘米，头呈三角形，颈细。腹背为灰褐色，两侧各有一行黑褐色圆斑；生活在平原和较低山区。大部分省区都有分布。

菜花蛇：亦称菜花烙铁头。长不足一米，头呈三角形。背部棕绿色，有黑斑；腹部黄色，有黑斑。生活在高山区，以鸟类和小型哺乳动物为食。分布于西南、华中和晋、豫、甘等省。

响尾蛇：有剧毒，长约2米，体呈绿黄色，有菱形黑褐斑。尾端有角质环，剧动时能发声音。

五步蛇：亦称蕲蛇，有剧毒。最长可达1.8米。头大，呈三角形，吻端向前突出。头顶有对称的大鳞。头部暗褐色，背部灰褐色，有V形斑纹。生活在山地林中，以小型哺乳动物和鸟类为食。分布于南方各省区。中医以去脏的干燥体入药，能祛风湿，镇痉通络。

眼镜蛇：亦称膨颈蛇，有剧毒。长1米有余。颈部及躯干颜色变化较大；颈部有一对白边黑心的眼镜状斑纹；躯干为黑褐色，有黄白色环纹15个。生活在丘陵或平原。以蛙、鳝、蟾蜍，以及其他蛇类、鸟类、鼠类为食。被激怒时前半身竖起，颈部膨大，呼呼作声。分布于南方各省区。

在民间文学中，将蛇转化为正面角色的故事，以《白蛇传》为代表，那是中国古代"四大民间传说"之一。

据部分专家研究，《白蛇传》故事始于一千多年前的北宋时期，发源地在河南汤阴（今属河南安阳市）黑山之麓、淇河之滨的许家沟村。

许家沟所依的黑山，又名金山、墨山、大伾(pī)山，古为冀州之地，是太行山余脉之一。那里峰峦重叠，淇水环流，林木茂盛，环境清幽。早在晋代，左思《魏都赋》里就提到连眉女配犊子的爱情传说；后来渐渐衍化为白蛇与许仙的故事。

故事里的白蛇精，起初曾被一位许姓老人从黑鹰口中救出性命。这条白蛇为报答许家的救命之恩，便嫁给牧童许仙。婚后，她经常用草药为村民治病，使得附近"金山寺"的香火变得冷落起来，也使黑鹰转世的金山寺长老法海和尚大为恼火，决心置"白娘子"于死地。于是引出了人们熟悉的"盗仙草""水漫金山寺"等情节。白娘子因水漫金山而触动胎气，生下早产儿许仕林。法海趁机用"金钵"罩住分娩不久的白娘子，将其镇压在南山雷峰塔下。通过此事，许仙心灰意冷，便在雷峰塔下出家修行，护塔侍子。十八年后，许仕林高中状元，回乡祭祖拜塔，救出母亲，一家团圆。

另据学术界研究："金山嘉祐禅寺"创建于北宋嘉祐(1056~1063)年间，以寺院所在的地名和创建年代而得名。民间流传的"白蛇闹许仙"故事，应当成型于北宋后期；而这一故事向江南一带的播迁，应该与金人南侵、宋室南迁有关。宋高宗晚年禅位后，驻跸临安（今浙江杭州）德寿宫中，喜阅话本，命太监每日送进一册。如果看得满意，则有金钱厚酬，在他"龙兴"之地相州一带民间流传的"白蛇闹许仙"故事，色彩奇幻，情节曲折，应是他喜欢阅读的故事之一。因此，"白蛇传"故事便在杭州一带广泛流传。

不过，也有人认为，故事来源应当是唐代传奇《白蛇记》；或者源于《西湖三塔记》。到明代冯梦龙《警世通言》写到《白娘子永镇雷峰塔》时，故事才初步定型。

《警世通言》这一段说：宋代时有条修炼了一千年的蛇妖，化作人形，名叫白素贞。她与青鱼精小青，在杭州西湖遇见书生许宣。白蛇遂生情感，想方设法嫁给了他。后经历诸多是非，许宣发现白素贞、小青都是异类，惊恐难

安,便求法海禅师救度。此后白蛇被收入钵内,镇压在雷峰塔下。许宣看破红尘,出家拜法海为师,在雷峰寺披剃为僧;修行数年,一夕坐化。冯梦龙笔下的法海,是个"正面人物",大有替天行道之概。

后世根据这一传说,添加了一些情节,使故事更加平民化,这就是流转至今的《白蛇传》版本。现代版本内容大致如下:

宋朝时的镇江市那里,有千年修炼的蛇妖白素贞,想报答书生许仙前世的救命之恩;后遇到青蛇精小青,两人结伴而行;白素贞施展法力,巧施妙计,与许仙相识,并嫁与他。婚后金山寺和尚法海对许仙讲明:白素贞是个蛇妖,许仙将信将疑。后来许仙按法海的办法,在端午节让白素贞喝下带有雄黄的酒,白素贞不得不显出原形,竟将许仙吓死。白素贞上天庭盗取仙草灵芝,将许仙救活。随后,法海将许仙骗到金山寺,软禁起来,白素贞同小青一起与法海斗法,以致水漫金山寺,伤害了其他生灵。白素贞因触犯天条,在生下孩子后被法海收入钵内,镇压于雷峰塔下。后白素贞的儿子长大得中状元,到塔前祭母,将母亲救出,全家得以团聚。

《白蛇传》故事的演变过程表明,蛇类在老百姓的心目中,从可憎的角色,非常艰难地转化为可爱的角色。这不能不说是中国民间文学中一个显眼的飞跃。

属相巫谈中的蛇

根据生年的干支,每个人都拥有一个与之对应的属相。肖蛇的人,在星相家的嘴里,必然要联系到蛇。我们不妨看看民间的巫士,是怎样描述普天下属蛇的男女,他们性格中共同占有哪些优点和缺点。优点:

有神秘浪漫斯文外表与熟练处世态度,风度翩翩,善于辞令。
冷静沉着,具有特殊才能,有贯彻始终的斗志与精神。
不会炫耀自己才能,而是暗自砥砺并按照计划逐步前进。
天生感受性及知性很强,对别人友善,应变力强。
机运上往往独占先机,梦想以自己力量来创造飞黄腾达的事业,但若缺乏合作精神,则容易失败。

沉默寡言不轻易动怒，凡事三思而行，是有头脑的知识分子。

很了解自己的能力，很重视精神生活，拥有超人的洞察力，对事物观察与判断能力很强。

一生在财运上非常幸运，从不缺钱用，金钱欲很强。

思路敏锐，虽然生性平淡，但能当机立断速战速决，有头脑，灵感丰富。

缺点：

表面冷漠，占有欲很强，个性上有柔弱的一面，不易亲近也不轻易表露真心，更不随便与人交往。

生性爱虚荣，常带怀疑的眼光。

情绪不稳，感情易生波折。

知进退善交际，心稍带有嫉妒，不易与周边人相处，重感情与金钱。

态度虽然谦恭有礼，实际上是个不服输的顽固者。

爱得深且专一，无法容忍对方的负心。

爱情会稍有挫折，好事多磨。

看了这一大段齐东野语，你作何感想？这一堆话，与秦代的《日书》有多大区别？可能你会感到：蛇的某些性格特征，居然能往古今中外所有肖蛇的人身上转移，实在是太奇妙了！

传统诗文中的蛇

关于蛇的最早诗歌，是《诗经·小雅》里的《斯干》。此诗写到古代太卜占梦，梦蛇则预示"弄瓦之喜"，将生女孩，女孩将来会有好运。可见，蛇在古人的心目中，也未必都是凶残阴险之物，它们可以充当吉祥之物。

《楚辞》中也有五篇涉及到蛇，大部分都是"招魂"祝辞里的角色，非常可怖。六朝文学家用"赞"体写过一些关于蛇的韵文，大多是描述蛇在习性方面的一点一滴。

唐诗中专门咏蛇，有李绅的《灵蛇见少林寺》，写一灵蛇光临少林寺，流光溢彩，外观很美，平时悠闲顾视，有事时以身护众人。此蛇不仅不可怕，还是人类的好朋友和保护者。正好相反，元稹的《巴蛇》三首，则极力描绘巴地毒蛇之可怕，怀念拔剑斩蛇的刘邦。

清代"扬州八怪"之一的郑板桥，写过几首蛇诗。他的《脆蛇》指出，此蛇无毒，并有药用功能，对人类有益。郑板桥的另一首《比蛇》，介绍此蛇爱与人较长短，必须面令人见，决不偷从背后去量，而且不胜则自死。这诗似乎是一种寓言，给我们留下了值得深思的余味。

清代还有一些试帖诗，是科举考试时命题之作。《高祖斩蛇》（作者佚名），写刘邦斩蛇起义事，诗句通畅，气魄雄厚。清代高云璈用诗歌形式写《画蛇添足》这一成语典故，语言幽默，嘲讽得当。

涉及蛇的赋文，有唐代白居易《汉高祖斩白蛇赋》，文辞富丽，气势雄畅，洋洋洒洒，值得一读。明代王穉登家中有蛇，使家人恐悚，小儿震惊，于是作《告蛇赋》请蛇离开，往幽壑阴崖居住。此赋颇为风趣，不妨一读。

有关蛇的古文，以唐代柳宗元《捕蛇者说》最为著名。文中描写捕蛇专业户冒着生命危险捕捉用以制药的毒蛇，虽然三代人都死在毒蛇手里，但仍然坚持这种冒险，因为可以逃避苛政恶税！最为感人的蛇事，是清代蒲松龄写在《聊斋志异》中的《蛇人》，这篇文章刻意描述驯蛇师与两条青蛇的生活，蛇帮助人表演技艺，取得衣食。但蛇长大之后就不能表演，不得不把它们放归大自然。这时，人舍不得蛇，蛇也舍不得人，人和蛇之间这种惜别的感情，跃然纸上；可说是一篇千古奇文。

宋代类书《太平广记》有整整四卷专门收集宋代以前文献中有关蛇的记录，可称洋洋大观。

古代涉蛇诗

小雅·鸿雁之什·斯干

秩秩斯干,幽幽南山①。如竹苞矣,如松茂矣②。兄及弟矣,式相好矣,无相犹矣③。

似续妣祖,筑室百堵,西南其户④。爰居爰处,爰笑爰语⑤。
约之阁阁,椓之橐橐⑥。风雨攸除,鸟鼠攸去,君子攸芋⑦。
如跂斯翼,如矢斯棘⑧,如鸟斯革,如翚斯飞,君子攸跻⑨。
殖殖其庭,有觉其楹⑩。哙哙其正,哕哕其冥,君子攸宁⑪。
下莞上簟⑫,乃安斯寝。乃寝乃兴⑬,乃占我梦。吉梦维何⑭?维熊维罴,维虺维蛇。
大人占之⑮,维熊维罴,男子之祥。维虺维蛇,女子之祥。
乃生男子,载寝之床⑯。载衣之裳,载弄之璋⑰。其泣喤喤,朱芾斯皇⑱,室家君王。

乃生女子，载寝之地。载衣之裼，载弄之瓦⑲。无非无仪，唯酒食是议⑳，无父母诒罹㉑。

注 释

①秩秩：畅流貌。斯：此、之。干：涧。幽幽：深远貌。南山：终南山。②苞：枯指植物茎干，此处做丰茂解。《尔雅·释诂》："苞，丰也。"茂：茂盛，兴旺。③式：通轼，此处作敬解。古人以手抚车轼，示人以敬。《史记·绛侯周勃世家》："天子为动，改容式车。"犹：借为尤，有责备、怨恨意。④似：嗣。妣：指先妣姜嫄。史称姜嫄践大人迹而孕生周先祖稷。祖：先祖。堵：表示一室。西南其户：向西南开门。⑤爰：于是。⑥约：约束、夹紧筑墙木板。筑墙板一般由三块木板构成，两侧为长木板，高度一般为一尺二寸，头宽与墙宽同，高与侧板同，称为狮子头，当中有一墨划线，用以校正墙板与地面垂直度，上有一牛角状张开之卡，用以卡紧两墙板，令其空间宽度与墙厚相等。阁阁：卡墙板之声。椓(zhuó)：敲击、捶打。橐橐：齐筑墙土声。⑦攸：所，长远。攸芋：芋借作寓，所居之处。⑧跂(qǐ)：踮脚而立。翼：借指人之手臂。人踮脚立，身子必直，手必下垂。棘：此处作戟。矢、棘喻其柱正直坚挺。⑨革：翅膀。即屋顶如鸟翅般平整华美。翚(huī)：五彩皆备的野鸡。《尔雅》："伊、洛而南，素质、五采皆备成章曰翚。"郭璞注："翚亦雉属。言其毛色光鲜。"攸跻：安然登堂入室。⑩殖殖：平正貌。觉(jiào)：高大正直。喻柱子。⑪哙哙：宽敞明亮貌。正：白天。哕哕：火光烛照幽深貌。冥：夜间。攸宁：平和安宁。⑫莞(guǎn)：席草，蒲席。簟(diàn)：竹席。⑬兴：早上起床。⑭维：是。黑(pí)：马熊，熊的一种。虺(huī)：一种有花纹的大蛇。⑮大(tài)人：即太卜，周代掌占卜的官。⑯载：则，就。⑰衣：穿(动词)。裳：下装。弄：玩。璋：祭祀典礼所用的玉器，泛指玉石器。⑱朱：红色。芾(fú)：古代官服外的蔽膝，类似小围裙。⑲裼(xī)：裼衣，覆加在裘上的无袖外衣。瓦：陶制品。⑳无非：没有逆命之事。无仪：不合礼法的行为。议：操持。㉑诒(yí)：给予。罹(lí)：忧愁。

解 说

《斯干》选自《诗经·小雅》，是周天子和诸侯宫室落成的颂歌。其中尤堪注意。若梦熊罴，则预示要生男，男孩将来贵为王侯；若梦蛇，则预示要生女，女孩将来行为端庄，善事夫家，操持酒食，父母放心。

（何焱林补注）

龙蛇歌　春秋·晋·介子推

有龙于飞①，周遍天下。五蛇从之②，为之丞辅。龙反其乡，得其处所③。四蛇从之，得其露雨；一蛇羞之，槁死于中野④。

注释

①龙：比喻晋文公重耳。②五蛇：比喻随同晋文公流亡的狐偃、赵衰、介子推等五人。③此句《太平御览》录作"既得其所"。④槁死：枯槁而死。

解说

作者介子推（？~636），又作介之推；春秋时晋国贵族。曾从晋文公流亡国外，文公回国后赏赐随从臣属，他和母亲隐居绵山（今山西介休东南）而死。此诗录自《吕氏春秋·季冬纪·介立》："晋文公反国，介子推不肯受赏，自为赋诗"，"悬书公门，而伏于山下。文公闻之曰：'嘻！此必介子推也。'避舍变服，令士庶人曰：'有能得介子推者，爵上卿，田百万。'或遇之山中，负釜盖簦，问焉，曰：'请问介子推安在？'应之曰：'夫介子推苟不欲见而欲隐，吾独焉知之？'遂背而行，终身不见。"《左传·僖公二十四年》亦记其事："晋侯赏从亡者，介之推不言禄，禄亦弗及。""其母曰：'盍亦求之？以死谁怼？'对曰：'尤而效之，罪又甚焉！且出怨言，不食其食。'其母曰：'亦使知之，若何？'对曰：'言，身之文也。身将隐，焉用文之？是求显也。'其母曰：'能如是乎？与女偕隐。'遂隐而死。晋侯求之不获，以绵上为之田。曰以志吾过，且旌善人。"

这首四言古诗，以蛇比喻作者自己和其他随臣，而以龙比喻晋侯。龙倒是上了天，其中四条蛇也得到滋润，只有一条蛇枯槁而死，那就是自己。诗中怨怼之情，相当浓郁。

按《乐府诗集》卷五十七载有《士失志操》（又名《龙蛇歌》）四首，来源不详，录下以供参照：

有龙矫矫，顷失其所。五蛇从之，周遍天下。龙饥无食，一蛇割股。龙反其渊，安其壤土。四蛇入穴，皆有处所。一蛇无穴，号于中野。

有龙矫矫，遭天谴怒。三蛇从之，一蛇割股。二蛇入国，厚蒙爵士。余有一蛇，弃于草莽。

有龙矫矫，将失其所。有蛇从之，周流天下。龙既入深渊，得其安所。蛇脂尽干，独不得甘雨。

龙欲上天，五蛇为辅。龙已升云，四蛇各入其宇。一蛇独怨，终不见处所。

(冯广宏补充)

天问（摘录） 战国·楚·屈原

一蛇吞象①，厥大何如②？

注 释

①《山海经·海内南经》："巴蛇吞象，三岁而出其骨。"②厥：其。

解 说

作者屈原（约前340～约前278），名平，芈姓屈氏。自云名正则，字灵均，战国末期楚国丹阳（今湖北秭归）人。是中国最伟大的浪漫主义诗人，创立了楚辞这种文体。《天问》是屈原根据神话、传说材料创作的诗篇，通篇以问句组成，章法奇特，表现作者的历史观和自然观。

这里节录的是诗人对"巴蛇吞象"传说提出疑问，既表现了屈原渊博的知识涵养，又体现了他大胆疑古的求知精神。

招魂（摘录） 战国·楚·屈原

魂兮归来，南方不可以止些①！雕题黑齿②，得人肉以祀③，以其骨为醢些④。蝮蛇蓁蓁⑤,封狐千里些⑥。雄虺九首,往来儵忽⑦,吞人以益其心些⑧。归来归来,不可以久淫些⑨!

注释

①止:停留。些(suò):句末语气词,为楚方言。沈括《梦溪笔谈》:"凡禁咒句尾皆称些,此乃楚人旧俗。"②题:额。雕题即刺额,是纹身的一种,为古代南方民族的风俗。③祀:祭祀。蒋骥《山带阁注楚辞》:"南方俗魇魅,多有杀人以祭鬼者。"④醢(hǎi):肉酱,此处指骨头剁成粉。⑤蝮蛇:巨蟒。《山海经》:"蝮蛇大如绶文,大者百余斤。"蓁蓁:积聚貌。⑥封:大。⑦虺(huǐ):传说中九个头的怪蛇。儵(shū)忽:极快的样子。⑧益其心:助长它的兽欲。⑨淫:滞留。

解说

《招魂》是古代祭祀典礼中招请阴灵的唱词,在屈原手中则将它吸收、改造成了一种独特的叙述手法。使它对天地四方罪恶艰险的诅咒和对故国闾里舒适惬意的赞美,形成了强大的艺术张力,最后又将对被招魂者的深切同情升华为对国家民族前景的忧虑。词中极力描述东西南北各方和天上、地府的不可停留,还是回家最好。这里节录屈原《招魂》的一小段。主要是召唤灵魂归来,讲南方非常可怕,那里土著们在额头刺青,涂黑牙齿,杀人祭鬼,剁骨成粉;而且到处有蝮蛇、九首雄蛇、大狐等传说中的凶恶野兽。蛇在这里分为几种,扮演着恐怖角色。

大招(摘录) 战国·楚·景差

魂乎无南!南有炎火千里,蝮蛇蜒只①。山林险隘,虎豹蜿只②。

注释

①蜒(yán):曲折爬行。只:语助词,与"兮""些"略同。②蜿:盘旋。

解说

作者景差(约前290~约前223),楚国人,是与宋玉同时以赋见称于战国晚期楚国文坛的作家。

《大招》属于《楚辞》的一篇。王夫之解题云："此篇亦招魂之辞。略言魂而系之以大，盖亦因宋玉之作而广之。"《大招》在内容上分两部分：一是极力渲染四方的种种凶险怪异，二是着意烘托楚国故居之美，最后又大力称颂楚国任人唯贤、政治清明、国势强盛等，以诱使灵魂返回楚国。

九怀·株昭（摘录） 汉·王褒

鹔明开路兮，后属青蛇①。步骤桂林兮，超骧卷阿②。

注 释

①鹔明：传说中的神鸟，如凤凰之类。属(zhǔ)：跟随。②骧：昂首奔驰。卷(quán)：弯曲。阿：大丘。

解 说

作者王褒，字子渊，西汉蜀郡资中（今四川资阳）人。文学创作活动主要在汉宣帝时（前73～前49）。《九怀》属于《楚辞》文体，计有《匡机》《通路》《危俊》《昭世》《尊嘉》《蓄英》《思忠》《陶壅》《株昭》九章，为追思屈原之作。

《株昭》的"株"借为诛，是责让之意；"昭"原意是显明，显达。这里所指窃取权位显达之人，在作者眼中他们皆是奸佞小人，而真正的正人君子却沉沦下僚，空有才志，无法施展。

这里节录的是：鹔明神鸟在前开路啊，侍卫青蛇紧紧跟随。朝着桂树之林驱驰啊，快速穿越蜿蜒曲折的山峦。想象神灵世界中的景物，青蛇作为其中神灵之一。

蚺惟大蛇 汉·杨孚

蚺惟大蛇①，既洪且长。彩色驳荦②，其文锦章。食象吞鹿，胙成养创③。宾享嘉宴,是豆是觞④。

注释

①蚦(rán):胎生而体型巨大的蛇。②驳荦(luò):花纹斑驳。③腴:肥美。养创:对于创伤有疗养作用。④豆:古代装食物的高脚盘子。觞:酒器。

解说

作者杨孚,字孝元,或作孝先,广东南海人。汉末曾为议郎。此铭见《太平御览》所录"杨氏《南裔异物志》"。他所撰的《异物志》,是历史上最早的一部《异物志》。《水经注》《艺文类聚》皆有引录,或作杨孝元《交趾异物志》,或作《交州异物志》。其书主要记载交州一带(包括今广东、广西和越南北部地区)的物产和民族风俗。

此铭刻画蚦蛇的形象,简要点明其生活习性,巨大得连象和鹿都可以吞下去;并且说蛇肉可以入药,而且是一种美食。岭南食蛇的习俗由此篇可见,有着很长的历史了。文字生动,富有文采。

(冯广宏补充)

巳蛇卷

龟虽寿(摘录) 汉·曹操

神龟虽寿①,犹有竟时②;腾蛇乘雾③,终为土灰。

注释

①神龟:传说中的一种长寿龟。寿:长寿。《庄子·秋水》:"吾闻楚有神龟,死已三千岁矣。"②竟:尽,终结,此指死亡。③腾蛇:又作"螣(téng)蛇",传说中的龙类动物,据说这种神蛇能腾云驾雾飞行。《韩非子·难势》:"飞龙乘云,腾蛇游雾。"

解说

《龟虽寿》:为曹操短歌行《步出夏门行》的第四章。

作者曹操(155~220),汉沛国谯(安徽亳州)人。字孟德,小名阿瞒。年二十举孝廉，除洛阳北部尉，迁顿丘令。灵帝中平元年，以骑都尉参加镇压黄巾起义，迁济南相。后起兵讨董卓，建安元年迎献帝都许，先后击灭袁术、袁绍、刘表，逐渐统一黄河流域。位至丞相、大将军，封魏王。子丕代汉称帝，追尊操为太祖武帝。

曹操善用兵，又长于文学，今存乐府诗二十余首，气魄沉雄，慷慨悲壮。参阅《三国志·魏·武帝纪》。

这首诗抒写了诗人自己的抱负和志向。表达了自己对人生的态度和看法。这里的四句，用神龟、腾蛇之必死作喻，说明任何英雄人物也都寿命有限，批判和否定了方士们关于神仙不死的妄谈及当时社会上流行的消极颓废、及时行乐的思想。作者把理智与激情结合起来，其主旨说明面对有限的人生，要自强不息、积极进取。这首诗千百年来，已经成了历代仁人志士不断进取的宝贵精神财富。

（陈述爵补充）

灵蛇铭　晋·傅玄

嘉兹灵蛇，断而能续。飞不须翼，行不假足①。上腾霄雾，下游山岳。进此明珠，预身龙族②。

注释

①假：借用。②预身：预通与，预身即跻身。

解说

作者傅玄（217～278），字休奕，北地郡泥阳（今陕西耀县东南）人，西晋初年的文学家、思想家。

灵蛇是传说中神异而有情义的蛇。晋干宝《搜神记》说："隋县溠水侧，有断蛇丘。隋侯出行，见大蛇被伤中断，疑其灵异，使人以药封之，蛇乃能走，因号其处'断蛇丘'。岁余，蛇衔明珠以报之。珠盈径寸，纯白，而夜有光明，如月之照，可以烛室，故谓隋侯珠，亦曰灵蛇珠。"此铭即叙其事。

长蛇赞 晋·郭璞

长蛇百寻,厥鬣如彘①。飞群走类,靡不吞噬②。极物之恶,尽毒之厉。

注释

①寻:古代长度单位,一寻为八尺。厥:其。鬣(liè):颈毛。彘(zhì):大猪。②靡:莫不。

解说

作者郭璞(276~324),字景纯,河东闻喜县人(今属山西)。东晋文学家和训诂学家,又是道学术数大师。所述长蛇,是上古传说中一种可怕的蛇类。《山海经·北山经》说大咸之山"有蛇,名曰长蛇,其毛如彘豪,其音如鼓柝"。此赞即述其事。

蟒蛇赞 晋·郭璞

蠢蠢万生,咸以类长①。惟蛇之君,是谓巨蟒。小则数寻,大或百丈。

注释

①咸:都是。

解说

蟒蛇是世界上蛇类中最大的一种,身长可达5~7米。分布在广东、海南、广西、云南、福建等省(区)。作者此赞,认为蟒蛇是众蛇之王。

枳首蛇赞 晋·郭璞

夔称一足①，蛇则二首。少不知无，多不觉有。虽资天然，无异骈拇②。

◆ 注 释

①夔(kuí)：上古传说中的一足怪兽。《山海经·大荒东经》言夔牛"其状如牛，苍色无角，一足能走"。或谓传说的龙形动物，亦称夔龙，只有一爪。②骈拇：赘指。

◆ 解 说

枳(zhǐ)首蛇即两头蛇，又称歧头蛇。《尔雅·释地》："中有枳首蛇焉。"郭璞注："岐头蛇也。或曰：今江东呼两头蛇，为越王约发。亦名弩弦。"宋沈括《梦溪笔谈·杂志二》："宣州宁国县多枳首蛇，其长盈尺，黑鳞白章，两首文彩同，但一首逆鳞耳。"这里的赞，仅就多一个头做文章。

腾蛇赞 晋·郭璞

腾蛇配龙①，因雾而跃。虽欲升天，云龙陆莫②。材非所任，难以久托。

◆ 注 释

①腾蛇：亦作"螣蛇"；古代神话中的仙蛇。《荀子·劝学》："螣蛇无足而飞。"《尔雅·释鱼》螣蛇，郭璞注："龙类也，能兴云雾而游其中。"②陆莫：陆通"踛"，跳跃。陆莫意为不让跳。

解说

此赞描述古代传说中一种仙蛇,能在云雾里飞跃,似乎比龙还厉害;但是龙看不起腾蛇,不让它跳上天,因为它是小材,不堪大任。

(冯广宏补充)

巴蛇赞 晋·郭璞

象实巨兽,有蛇吞之;越出其骨①,三年为期。厥大何如?屈生是疑②。

注释

①越:消落。②屈生:即屈原。所撰《天问》有句:"一蛇吞象,厥大何如?"

解说

此赞描述《山海经·海内南经》所说的巴蛇吞象,"三岁而出其骨"。并且说,象已经够大的了,巴地的蛇竟能把它吞下去,蛇该有多大?连屈原在《天问》中也提出了这种问题。

(冯广宏补充)

孙叔敖逢蛇赞 北周·庾信

叔敖朝出,容悴还家。母氏顾访,知埋怪蛇。尔有阴德,阳报将加。终为楚相,卒有荣华。

解说

作者庾信(513~581),字子山,南阳新野(今属河南)人。初为南朝梁的东宫学士,为宫体文学的代表作家。曾奉命出使西魏,被羁留北朝。北朝熟知其名,任其为车骑大将军,开府仪同三司;北周代魏后,更迁为骠骑大将军，开府仪同三司。

此赞所述的孙叔敖（约前630～前593）故事，说孙叔敖少年时，曾遇两头蛇，当时习俗认为见此蛇者必死，他想要死只我一人，不要再叫旁人看见。于是杀了这蛇，埋入山丘。回家后形容悲戚，他母亲得知此事，说：你这样做是积了阴德，定有好报，后来他官至楚相。详见汉贾谊《贾子》。

义鹘行　唐·杜甫

阴崖二苍鹰，养子黑柏颠。白蛇登其巢，吞噬恣朝餐。雄飞远求食，雌者鸣辛酸。力强不可制，黄口无半存①。其父从西归，翻身入长烟。斯须领健鹘②，痛愤寄所宣。斗上捩孤影，噭哮来九天③。修鳞脱远枝，巨颡坼老拳。高空得蹭蹬④，短草辞蜿蜒。折尾能一掉⑤，饱肠皆已穿。生虽灭众雏，死亦垂千年。物情有报复，快意贵目前。兹实鸷鸟最，急难心炯然⑥。功成失所往，用舍何其贤⑦。近经滈水湄⑧，此事樵夫传。飘萧觉素发，凛欲冲儒冠⑨。人生许与分，只在顾盼间。聊为义鹘行，用激壮士肝。

注释

①黄口：鸟的幼雏。②斯须：片刻时间。鹘(hú)：鸷鸟名，鹰隼之类。③斗：即陡。捩(liè)：扭转。噭(jiào)哮：大喊大叫。④修鳞：大蛇。巨颡(sǎng)：大额头。坼(chè)：裂开。蹭蹬(cèng dèng)：失势、跌落。⑤掉：摆动；回转。⑥兹实：这实在是。鸷(zhì)鸟：凶猛的鸟。炯(jiǒng)然：明白的样子。⑦用舍：用与不用。⑧滈(yù)水：今陕西长安县东南的滈河。湄：岸边。⑨飘萧：鬓发稀疏貌。素发：白发。凛(lǐn)：敬畏的样子。

解说

作者杜甫（712～770），字子美，自号少陵野老，巩县（今河南巩义）人。唐肃宗时，官左拾遗；曾任华州司功参军。人称"诗圣"。

这首五言古风，描写苍鹰的幼雏被蛇所食，然后鹰隼加以报复，啄杀大蛇。题中所谓"义鹘",是前来协助的禽鸟。全诗可分三段:第一段叙述柏树鹰巢里的幼鸟,被上树的大白蛇吞噬了一大半,雄鹰未归,雌鹰敌不过蛇,只好悲鸣不止。第二段叙述雄鹰回来后发现了惨剧,翻身腾空邀约同伴,愤怒叫啸寻觅仇敌,在同伴协助下飞升上下,把蛇甩下树枝,用爪猛击,最后将蛇腹啄穿。诗中赞美前来帮忙的义鹘,成功之后扭头便走,堪称大义。第三段抒发作者的感慨,虽然自己白发满头,但听到樵夫讲到此事,还是感到非常激动,人生中见义勇为的一念,只在顾盼之间,那应该是壮士的本分,因此写了这一首诗。

灵蛇见少林寺 唐·李绅

二大松上青蛇,不知所自。下马之际,忽坠于地。盘结异状,若紫组绶。青光萦射,逼之不怒。问其寺僧,僧云尝见。因令祝,以箱查引之,遂逶迤就器。送寺外,倏忽如失之。

> 琐文结绶灵蛇降①,蠖屈螭盘顾视闲②。
> 鳞蹙翠光抽璀璨③,腹连金彩动弯环。
> 已应蜕骨风雷后,岂效衔珠草莽间。
> 知尔全身护昆阆④,不矜挥尾在常山⑤。

注释

①文:通"纹"。绶(shòu):丝带。为古代系印用的不同颜色丝带。②蠖(huò):尺蠖,细长之一种虫,行时屈身体,如尺量物,故名。螭(chī):传说中无角的龙。③蹙(cù):收缩。抽:引出,发出。④昆阆(láng):指昆仑山上的阆苑,传说中神仙所居之地。⑤矜(jīn):惜。常山:指传说中名为"率然"的蛇,居常山,击其首则尾至,击其尾则首至,击其中则首尾俱至。见《孙子兵法》。兵法中的常山阵,即要求首尾呼应如常山之蛇。

解说

作者李绅(772~846),字公垂,亳州谯县(今安徽亳州)人。唐代进士,补国子助教。与元稹、白居易交游甚密。

这首七律诗,写少林寺发现花纹流光溢彩的异蛇,大家很害怕,但和尚用匣子引其进入,放归林野。全诗对此蛇夸奖有加,说它平时悠闲顾视,有事时以身护众人,不惜摆出常山蛇阵,应该是人类的好朋友。

巴蛇 唐·元稹

巴之蛇百类:其大,蟒;其毒,褰鼻。蟒,人常不见;褰鼻,常遇之。毒人则毛发皆竖起,饮溪涧而泥沙尽沸。验方云:攻巨蟒用雄黄烟,被其脑,则裂;而鸩鸟能食其小者。巴无是物,其民常用禁术制之,尤效。

巴蛇千种毒,其最鼻褰蛇①。掉舌翻红焰,盘身瘗白花。
喷人竖毛发,饮浪沸泥沙。欲学叔敖瘗②,其如多似麻。

越岭南滨海,武都西隐戎③。雄黄假名石,鸩鸟远难笼④。
讵有䚱肠计?应无破脑功⑤。巴山昼昏黑,妖雾毒蒙蒙。

汉帝斩蛇剑⑥,晋时烧上天。自兹繁巨蟒,往往寿千年。
白昼遮长道,青溪蒸毒烟。战龙沧海外,平地血浮船。

注释

①巴蛇:巴地的大蛇。鼻褰(qiān)蛇:是一种鼻部撩起的毒蛇。今美洲有猪鼻蛇,属游蛇科,吻端朝上,可用于拱土,对人无害,但人常躲避。受惊时头颈部变扁,发出很响的嘶嘶声;若恫吓失败,则翻转、扭摆,最后张口吐舌装死。主要以蛙类和蟾蜍类为食。②叔敖:即孙叔敖。瘗(yì):埋。③戎:西部民族。④鸩(yín)鸟:鸥的别称。⑤讵(jù):岂,怎。䚱(huī)肠:挖出内脏,所谓䚱胆抽肠。破脑:比喻竭尽努力。⑥汉帝:指刘邦。曾挥剑斩巨蛇。

解说

作者元稹(779~831),字微之,别字威明,唐洛阳人。元和初应制策第一。元和四年(809)为监察御史。因触犯权贵,贬江陵府士曹参军。后历通州司马、虢州长史。长庆元年（821）迁中书舍人，充翰林院承旨。大和三年（829）为尚书左丞。诗与白居易齐名，并称"元白"，同为新乐府倡导者。

这里的五律三首，叙述巴蛇之毒。第一首描写鼻塞蛇的吐舌、盘身、喷人、饮浪四个方面动态，细致生动地描写此蛇的特性。第二首言西南缺乏蛇的天敌，无法制止毒蛇的蔓延。第三首怀念斩蛇英雄刘邦，可惜他对付蛇类的兵器也失落了，以致毒蛇猖獗，如果来一次决战，那该多好！时至如今，生态环境破坏严重，许多毒蛇物种不复存在。从另一角度来看，又令人惋惜了。

灵蛇 宋·黄希旦

嘉祐辛丑岁，郡侯得召伯①。是时夏六月，云日红翕赫②。殿北古龙堂，窗户久不辟③。俄然灵蛇见，宛转真象侧。鳞甲锦绣文，灿烂辉五色。视之颇驯扰，狎之不惊惕④。郡侯率群像，朋来拥荆戟。迟留夜未午⑤，风雨满天黑。迅电瞥四起，狂雷随一击。须臾风雨收，形影谁能觅？斯盖龙之灵，变化固难测。方知至神物，其来表有德。

注释

①嘉祐辛丑：为宋仁宗嘉祐六年（1061）。召伯：周文王姬昌的庶子，名姬奭，因辅佐父兄消灭商纣，建立周朝，继又辅佐成王和康王，达到成康之治，被封为召公。他经常到民间巡行，在棠树之下裁决狱讼、处理政事，使庶民百姓满意。为纪念其勤政爱民、清廉听政的事迹，民众不愿砍伐他曾坐于其下的甘棠树。《诗经·甘棠》歌颂他："蔽芾甘棠，勿剪勿伐，召伯所憩。"②翕赫(xī hè)：盛大貌。③不辟：不开。④驯扰：温顺而听话。狎(xiá)：亲近。惊惕：害怕警惕。⑤荆戟：即荆棘。夜未午：未到夜半。

解说

作者黄希旦（1033~1074），字姬仲，号支离子，邵武（今属福建）人。为九龙观道士。熙宁五年（1072）召至京师，后二年逝于太乙宫。有《支离子诗集》一卷。

这首七言古风,记录了宋代初年灵蛇现形的事,作者是道教人士,认为是一种吉兆,象征郡侯(地方官)有德。前20句,把时间、位置和人物详细地记载下来,说明灵蛇在窗户紧闭的龙堂里出现,全身花纹鲜明,性格柔顺,官吏们一直在堂外野地里观察,等到夜里,忽然雷电大作,风雨随至,雨停了蛇也不见了。后4句总结为,灵蛇的出现是政治清明的征兆,是有司德政的表现。本来老屋里藏有大蛇,并不是什么奇怪的事,经过这样的渲染,地方官就成了召伯一样的人物了。

(冯广宏补充)

所居堂后兆篱下获二蛇一小色赤长二尺许一大色黑长七尺围四五寸尾可贯百钱尽放之

宋·张耒

二物穴我居,岁月亦已老。一朝双擒获,蜿蜿出幽草①。安行免噬啮②,敢望吐珠报②?巳月不杀蛇③,昔贤有遗告。

注 释

①蜿蜿:蛇爬行的样子。②噬啮(shì niè):咬。吐珠报:隋侯救蛇的典故。《淮南子·览冥训》:"隋侯之珠。"汉高诱注:隋侯见大蛇伤断,用药敷治,后蛇衔大珠来报。③巳月:夏历四月建巳,属蛇。

解 说

作者张耒(1054~1114),字文潜,号柯山,人称宛丘先生、张右史。谯县(今安徽亳州)人。熙宁年间进士,历任临淮主簿、著作郎、史馆检讨。绍圣初,以直龙阁知润州,后召为太常少卿。人称之为"苏门四学士"之一。

这首五言古风,纯为叙事。主要说作者住宅篱下发现蛇洞,捉到一大一小两条蛇,后来把它们放了。原因是先贤有言,四月不杀蛇,并非希望像隋侯那样,得到蛇吐珠的报答。从这首诗可以看出,注意生态环境的保护,在宋代社会里对于生肖文化已有深远的影响了。

(冯广宏补充)

台山杂咏 金·元好问

灵虵不与世相关①，时复蜿蜒水石间。何处天瓢待霖雨，一龛香火梵仙山②。

注 释

①虵：即蛇字。②梵仙山：位于五台山台怀镇南，距大白塔一公里左右。风光秀丽，号称"小南台"，又名饭仙山。梵又是佛家"梵摩"的省称，清静之意。

解 说

作者元好问（1190～1257），字裕之，号遗山，太原秀容（今山西忻州）人；系出北魏鲜卑族拓跋氏。金兴定五年（1221）进士，正大元年（1224）授儒林郎，充国史院编修，历镇平、南阳、内乡县令。八年（1231）除尚书省掾、左司都事，转员外郎。金亡不仕。

这首七绝说灵蛇总是与世无争的，常常蜿蜒生活在水石之间。问何时才有甘霖降下，我将高烧香火，让烟雾缭绕在山寺间向它祈求。这是对灵蛇许愿，愿龙降雨救旱，其心可悯。

比蛇 清·郑燮

粤中有蛇，好与人比较长短。胜则啮人，不胜则自死。然必面令人见，不暗比也。山行见者，以伞具上冲，蛇不胜而死。

好向人间较短长，截冈要路出林塘①。
纵然身死犹遗直②，不是偷从背后量。

注 释

①截：阻拦。要：要挟。②遗直：指直道而行，有古人遗风。此处语带双关，蛇死后本是一条直线。

解 说

　　作者郑燮（1693～1765），字克柔，号板桥，江苏兴化人。乾隆时进士，曾任潍县县令。以三绝"诗、书、画"闻名于世。

　　这首七绝诗写得通俗易懂，又很有趣。说广东有一种比蛇，好与人较量长短，甚至宁愿死也不愿意输，这与某些人类争强好胜有些相似。然而，比蛇与人较量输赢，"必面令人见，不暗比"，不"偷从背后量"，光明正大。此以物特性暗讽人事。

脆蛇　清·郑燮

是蛇易断易续，能治病，无毒。土人以竹筒诱入塞之，焙以为药。

为制人间妙药方，竹筒深锁挂枯墙。
剪屠有毒餐无毒①，究竟身从何处藏？

注　释

①剪屠：杀戮。

解 说

　　这首七绝，仍然保持着诙谐的风格。南方这种脆蛇有药用功能，自身易断，却能自我修复，十分奇特。但如果要残害它们，就会发出毒素。具有这种两面性的蛇类，告诉人类理应加以保护，不应该无辜伤害。

画蛇添足　清·高云璈

　　不信蛇生足，谁知足累蛇①。蟠身看宛转，卧腹见楂枒②。得势形偏拙，求工意反差。俨然将赴壑，忽尔类爬沙。添颊诚多事，书眉莫漫夸③。手中卮已失，地上影犹斜。讵比蝇随笔④，真疑鼠有牙。昭阳空战胜，取譬舍人家⑤。

注释

①累：连累。②楂桠(chá yā)：树木枝丫。③添颊：在本来美丽的脸颊上添加颜色。书眉：在书页上端的白边上面题写。俨然：好像真的，宛然。④讵(jù)：岂，何。⑤昭阳：楚国统帅。《战国策·齐策二》"昭阳为楚伐魏，移师攻齐。陈轸为齐王使，见昭阳曰：有祠者，赐其舍人酒一卮。舍人相谓曰：数人饮之不足，一人饮之有余；请画地为蛇。蛇先成者饮酒。"这才发生"画蛇添足"故事。取譬：比方。《诗经·大雅·抑》"取譬不远"。舍人：即此故事中画蛇添足之人。

解说

作者身世不详。这是一首试帖诗，为科举考试中命题而作，属于排律。"画蛇添足"寓言取自《战国策》，寓意为多此一举，弄巧成拙。本诗叙事明白晓畅，语句幽默，嘲讽得当。

高祖斩蛇　清·佚名

芒砀真龙隐，潜归大泽中①。一蛇横古道，三尺怒青锋②。赤帝威初试，金刀兆已通③。挥时光掣电，劈处气飞虹。刀影磨霜白，腥痕洗血红。吾儿哀鬼母④，老泪泣秋风。途敢当亭长，行难阻沛公。武关基大业⑤，逐鹿志尤雄⑥。

注释

①芒砀(dàng)：芒山、砀山的合称。在今安徽砀山县东南，与河南省永城县接界，两山相距八里，刘邦斩蛇于此。《史记·高祖本纪》："秦始皇常曰'东南有天子气'，于是因东游以厌之。高祖即自疑，亡匿，隐于芒砀山泽岩石之间。"大泽：大的湖沼，大片湿地。此地指广大民间。②青锋：剑。元无名氏《抱妆盒》第三折："刘娘娘不索把三尺青锋赐，寇夫人他自拣一搭金阶死。"③赤帝：即指刘邦，开创"火德"汉朝。按五德终始论，由于火能克金，秦祀白帝，帝王以为是白帝的子孙，为金德；赤帝属火，故汉为火德。金刀：

指刘姓的皇室。"刘"字繁体由卯、金、刀构成。④鬼母：相传刘邦斩蛇后，有人来至蛇所，有一老妪夜哭。人问何事？妪曰："吾子，白帝子也，化为蛇，当道，今为赤帝子斩之，故哭。"⑤武关：在今陕豫边界荆紫关西。刘邦率部攻破武关，进入关中，秦王子婴投降。⑥逐鹿：争夺政权；谓之中原逐鹿。此指刘邦与项羽争天下，终于刘邦取胜。《史记·淮阴侯列传》："秦失其鹿，天下共逐之，于是高材疾足者先得焉。"裴骃集解引张晏曰："以鹿喻帝位也。"

解 说

　　这是一首试帖诗，题额高祖斩蛇故事，载《史记·高祖本纪》。刘邦作为亭长押送罪犯到骊山，途中许多人逃走，按秦法即为死罪。至丰县西边水洼地（大泽）中，刘邦干脆遣散众人，仍有十余人自愿跟从，大家便举旗起义，以刘邦为沛公。他们趁夜抄小路走，走在前面的人报告说，前有大蛇当道。刘邦说："壮士行路，怕什么！"乃上前拔剑将蛇斩为两段。本诗作者依据文献典故，用诗歌形式描述这个故事，语言畅达，气魄雄奇，对仗工稳。

古代涉蛇词曲

念奴娇 宋·刘克庄

少时独步词场，引弦百发无虚矢。岁晚却蒙昆体力①，世业工修鞋底②。曾裂白麻③，曾涂墨敕④，谪堕俄征起⑤。鼎湖龙去⑥，老臣何以堪此。　　回首当日遭逢，譬如春梦，误入华胥里⑦。推枕黄粱犹未熟⑧，封拜几王侯矣。似瓮中蛇⑨，似蕉中鹿⑩，又似槐中蚁⑪。先人书在，尚堪追补遗史⑫。

注释

①昆体：西昆体之省称。宋初杨亿、刘筠等彼此唱和，有《西昆酬唱集》行世，后称他们的诗体为西昆体，简称昆体。宋欧阳修《六一诗话》："盖自杨、刘唱和，《西昆集》行，后进学者争效之，风雅一变，谓之昆体。"宋叶梦得《石林诗话》卷上："欧阳文忠公诗始矫昆体，专以气格为主，故其言多平易疏畅。"清阮葵生《茶余客话》卷十一："作诗好用事，自庾信始，后渐流为昆体。"故人以为西昆体指李商隐诗则误。但其仿效义山章法则为事实。
②鞋底：文章遭涂抹处之谑称。宋温革《隐窟杂志》："杨文公有重名于世，

常因草制为执政者多所点窜,杨甚不平,因取稿上涂抹之处以浓墨傅之,就加为鞋底样,题其旁曰:'世业杨家鞋底。'或问其故,乃曰:'是他别人脚迹。'当时传以为嗢噱。自后舍人行词遇涂抹者,必相谑云:'又遭鞋底。'"此用其意。③白麻:白麻纸之省称。唐制,由翰林学士起草之赦书、德音、立后、建储、大诛讨及拜免将相等诏书都用白麻纸书写。因指重要诏书。宋叶梦得《石林燕语》卷三:"学士制不自中书出,故独用白麻纸而已。"近人瞿蜕园《历代职官简释·翰林学士》:"凡诏书皆用黄麻纸,概由中书省颁布,惟翰林学士所撰以上各种诏书则用白麻纸。"句意为刘曾任翰林学士。④墨敕:皇帝亲笔书写,不经外廷盖印而直接下达之诏令。⑤俄:不久,转瞬。意为虽遭贬斥,旋又征用起复。⑥鼎湖龙去:指帝王逝世。鼎湖本地名,传黄帝在鼎湖升仙而去。也以鼎湖示帝王辞世。《周书·静帝纪》:"先皇晏驾,万国深鼎湖之痛,四海穷遏密之悲。"遏密:帝王丧事间停止举乐谓遏密。⑦华胥:美梦之代称。《列子·黄帝》:"(黄帝)昼寝,而梦游于华胥氏之国。华胥氏之国在弇州之西,台州之北,不知斯齐国几千万里。盖非舟车足力之所及,神游而已。其国无帅长,自然而已;其民无嗜欲,自然而已……黄帝既寤,怡然自得。"后用做梦之代称,亦指理想安乐和平之境。⑧黄梁:用黄梁梦之典。唐沈既济《枕中记》称:卢生在邯郸客店遇道士吕翁,生自叹穷困,翁探囊中枕授之曰:枕此当令子荣适如意。时主人正蒸黄梁,生梦入枕中,享尽富贵荣华。及醒,黄梁尚未熟,怪曰:"岂其梦寐耶?"翁笑曰:"人世之事亦犹是矣。"后常以黄梁或黄梁梦称梦境或梦幻人生。⑨瓮中蛇:瓮借指酒,如瓮醅,瓮头春;此言酒中蛇,用杯弓蛇影故事。《晋书·乐广列传》载:"尝有亲客,久阔不复来,广问其故,答曰:'前在坐,蒙赐酒,方欲饮,见杯中有蛇,意甚恶之,既饮而疾。'于时河南听事壁上有角(弓),漆画作蛇,广意杯中蛇即角(弓)影也。复置酒于前处,谓客曰:'酒中复有所见不?'答曰:'所见如初。'广乃告其所以,客豁然意解,沉疴顿愈。"汉应劭《风俗通》亦有类似记载。⑩蕉中鹿:意为梦幻,用蕉鹿典。《列子·周穆王》:"郑人有薪于野者,遇骇鹿,御而击之,毙之。恐人见之也,遽而藏诸隍中,覆之以蕉,不胜其喜。俄而遗其所藏之处,遂以为梦焉。"蕉通樵。⑪槐中蚁:一作槐蚁,用唐李公佐《南柯太守传》故事:书生淳于棼饮酒古槐树下,醉后入梦,至大槐安国。国主招其为驸马,任南柯太守三十年,享尽富贵荣华。醒后掘得槐下有一大蚁穴，南枝又有一小穴，即梦中槐安国及南柯郡也。⑫遗史：前朝历史。

解说

作者刘克庄（1187～1269），字潜夫，号后村，莆田城厢人，享年83岁。南宋著名爱国诗词家，创作了大量悲壮激昂的爱国诗词。传世著作有《后村先生大全集》，共一九六卷（其中包含五千余首诗，两百余阕词，四卷诗话和多篇散文）。其诗承唐名家风范，亦继陆游余绪，其词上追苏东坡、下承辛弃疾，为豪放词派劲旅，影响后世殊深。他还是南宋后期一位能臣干员，爱国爱民，为人正直，为当时学者所尊崇，为后世词家所称颂。

此词当为刘克庄晚年之作，全词充满人世沧桑之感。上半阕追怀往事，称其少年时词场独步，下笔成章，如善射者矢不虚发，发必中的。及晚岁反而借西昆体之力，以堆砌典故，且须多次涂改方能成章。回忆当年作内翰，曾草诏书，涂（写）抹墨敕，深得圣眷。虽曾遭贬谪，但旋即起复。目今先皇龙驭，令老臣情何以堪。表示了对先皇之眷念。写此词时，词人已近暮年，南宋面临末世，风雨飘摇，国势颓唐，有朝不虑夕之感。回首往事，真如一场春梦。故下半阕词人连用瓮中蛇、蕉中鹿、槐中蚁三典，极言人生如梦，前尘似幻。也表现出词人对国家前程之殷忧。好在前人书在，虽老而不堪大有作为，但补述遗史，尚可略尽绵薄。

（何焱林补充）

鹧鸪天（贺人生女） 宋·无名氏

象榻香篝冷宝猊，虺蛇吉梦寤惊时①。缇萦生下虽无益，谢女他年或解围②。 花骨脉，雪肤肌。飞琼抱送下瑶池。弄璋错写何妨事，爱女从来甚爱儿。

注释

①虺(huǐ)蛇：生女之兆。《诗经·小雅·斯干》"维虺维蛇，女子之祥"。寤(wù)：梦中醒来。②缇萦(tí yíng)：西汉医师淳于意的幼女。有个商人请淳

于意医病，病人吃了药死了；乃向官府告状，官吏判之以"肉刑"。淳于意有五个女儿，没有儿子。最小的女儿缇萦决心到长安救父，写了一封奏章，送给汉文帝。文帝发现上书的是个小姑娘，倒很重视。见她表示愿给官府为奴婢，替父赎罪，遂为其孝心所感动。不但免除了她父亲肉刑，而且因此废除这种残酷的刑罚。谢女：晋安西将军谢奕的女儿谢道韫(349～409)，是个著名才女。有一次，她叔父谢安召集子侄讨论文义，俄而大雪骤下，谢安问道："白雪纷纷何所似？"侄子谢朗答："撒盐空中差可拟。"道韫却说："未若柳絮因风起。"谢安大悦。

解说

词牌鹧鸪天，双调，五十五字，押平声韵；主要表现轻松的情调。词中的蛇，是作为典故出现的，缇萦救父，谢女解围是人们熟知的女中典范，"虺蛇吉梦"，爱女应胜过爱男，点明题意：批驳重男轻女的世俗观念，其主旨实属难得，与贺人生女的主题相贴。

阮郎归·端五 宋·无名氏

门儿高挂艾人儿①，鹅儿粉扑儿②，结儿缀着小符儿③，蛇儿百索儿④。　　纱帕子，玉环儿⑤。孩儿画扇儿。奴儿自是豆娘儿⑥，今朝正及时。

注释

①艾人：用陈艾扎成的草人悬门上，以除邪气，为古人过端午节旧俗，南朝梁宗懔《荆楚岁时记》："五月五日……採艾以为人，悬门户上，以禳毒气。"②鹅儿：鹅黄色。明叶宪祖《鸾鎞记·挫权》："芳郊取次布韶华，柳丝搓得鹅儿乍。"粉扑儿：旧时妇女用以沾粉匀脸的工具，多用绒布包棉花制成。多为浅黄色。③结：此处为用丝绳或线编制的各种结，如万字结、同心结、蝴蝶结等，梁武帝就有："腰间双绮带，梦为同心结"的诗句。符：过去流行于民间的一种迷信信物，常由庙里的和尚或道士制作，用一种叫做黄表纸的黄色宣纸类纸张，画上几笔常人看不懂的图案，然后写上"敕"字，折叠成小小的三角形，最常见的有"护身符""长命符"等，放在香囊里或缀在结子里，佩

戴在身上，以保平安，以祈延年。这里的小符儿即指此。④百索：用五色丝线编结的索状饰物，亦名长命缕。详见解说。宋高承《事物纪原·岁时风俗·百索》："今有百索，即朱索之遗事也，盖始于汉，本以饰门户，而今人以约臂，相承之误也。"蛇儿：是说这些长命缕就像小蛇一样缠在手臂上。⑤纱帕子：小孩子们的工艺品，即用一张方布，丝质或棉质（元以后），用抽纱的方法，即按一定方法，抽取经纱纬纱，做成简单图案，自制手帕。玉环：端节小孩子把有孔之珠，或打破碗花花之实（川人称打碗子），用丝绳串成手镯、项链等饰品，美称其为玉环。⑥豆娘：痘娘谐音，痘娘即痘疹娘娘，天花娘娘，川中亦呼为痘子娘娘，是儿童度过出痘关的保护神，各地皆有供奉，现天津妈祖宫内还有其金身。《红楼梦》第二十一回："凤姐听了，登时忙将起来：一面打扫房屋供奉痘疹娘娘，一面传与家人忌煎炒等物，一面命平儿打点铺盖衣服与贾琏隔房。"此句意为由女孩子扮痘疹娘娘。下阕描述小孩子的玩乐，昔时端午节亦是儿童节，要制作多种玩具，如做五彩丝粽，做从大到小的一串猴儿等。这些民俗现已荡然不存。

解说

词牌阮郎归，又名《醉桃源》《醉桃园》《碧桃春》。唐教坊曲有《阮郎迷》，疑为其初名。双调，四十七字，前后片各四平韵。题中"端五"，即农历五月五日端午节。

这首词文字奇特，语中和落脚多用"儿"字，体现民俗活动中热烈的气氛。这里的蛇儿，是画在挂图上，还是一种动物模型？可能两种都有。

（何焱林注）

【般涉调】哨遍·高祖还乡 元·睢景臣

[耍孩儿]瞎王留引定火乔男女①，胡踢蹬吹笛擂鼓②。见一彪人马到庄门③，匹头里几面旗舒④。一面旗白胡阑套住个迎霜兔⑤，一面旗红曲连打着个毕月乌⑥，一面旗鸡学舞，一面旗狗生双翅，一面旗蛇缠葫芦⑦。

注 释

①王留：元曲中村民常用的诨名，多指乡间好事者。引定：引来。火：一伙。乔男女：不三不四的男女。②胡踢蹬：乱吹乱打。③一彪(biāo)：一大队。④匹：即"劈"。匹头里为当头、迎面之意。⑤白胡阑：白色的环，指月旗上所绘。⑥红曲连：红色的圈，指日旗上所绘。毕月乌：指金乌鸦。⑦蛇缠葫芦：指游龙戏珠旗。以上都是讲乡民眼中的刘邦仪仗队。

解 说

作者睢景臣，字景贤，一作嘉贤，扬州人，元曲作家。

"般涉调"是宫调名；"哨遍"是曲牌名。这一曲是以"哨遍"曲牌起头的套曲。后面的"耍孩儿"亦为曲牌名。内容描写汉高祖刘邦登基后十二年（前195）十月，回到他的老家沛县（今属江苏）的情况。事见《史记·高祖本纪》。曲词粗犷朴野，表现出散曲的当行本色。用"蛇缠葫芦"这种幽默语言来描写五面旗帜，富有讽刺意味。

古代涉蛇赋

汉高祖斩白蛇赋　唐·白居易

（以"汉高皇帝亲斩长蛇"为韵）

高帝将戡时难，拨祸乱；乃耀圣武，奋英断。提神剑于手中，斩灵蛇于泽畔①。何精诚之潜发②，信天地之幽赞③。卒能灭强楚，降暴秦，创王业于炎汉。

于时瓜剖区宇④，蜂起英豪，以坚甲利兵相视，以壮图锐气相高。皆欲定四海之汹汹，救万姓之嗷嗷。

帝既心窥咸阳，气王芒砀⑤；率卒晨发，纵徒夜亡⑥。有大蛇兮出山穴，亘路旁⑦。凝白虹之精彩，备素龙之文章。鳞甲皜以雪色，睛眸烨而电光⑧。耸其身，形蜿蜿而莫犯；举其首，势矫矫而靡亢⑨。勇士闻之而挫锐，壮士观之而摧刚。

于是行者告于高皇，高皇乃奋布衣，挺干将⑩，攘臂直进⑪，瞋目高骧⑫。一呼而猛气咆哮，再叱而雄姿抑扬。

观其将斩未斩之际，蛇方纵毒螫⑬，肆猛噬⑭；我则审其计，度其势⑮。口噪雷霆，手操锋锐。凛龙颜而色作⑯，振虎威而声厉。天之启,神之契,举刃一挥,溘然而毙⑰。不知我者,谓我斩白蛇;知我者,谓我斩白帝。

于是洒雨血,摧霜鳞,涂野草,溅路尘。

嗟乎!神化将穷,不能保其命;首尾虽在,不能卫其身。盛矣哉!圣人之草昧经纶⑱,应乎天而顺乎人。制勍敌⑲,必示以乃武乃神;殄灾沴⑳,不可以弗躬弗亲。

注 释

①灵蛇:神异之蛇。汉王逸注:"《山海经》云:南方有灵蛇,吞象,三年然后出其骨。"此指白蛇。②潜发:暗中发出。北魏郦道元《水经注·河水二》:"河源潜发其岭,分为二水。"③幽赞:神明暗中相助。《易·说卦》:"昔者圣人之作《易》也,幽赞于神明而生蓍。"④区宇:区域、天下。唐元稹《贺诛吴元济表》:"威动区宇,道光祖宗。"⑤芒砀:芒山、砀山之省称,在今安徽省砀山县东南,与河南省永城县接界。为刘邦当年隐匿之地。⑥夜亡:时刘邦为泗水亭长,押解一批人去咸阳,至夜皆放其逃亡。⑦亘(gèn):横在、拦断。⑧赩(xì):赤色。⑨靡亢:难以抗衡。《文选·扬雄〈赵充国颂〉》:"料敌制胜,威谋靡亢。"吕延济注:"靡,无。亢,拒也。"⑩干将:春秋时宝剑名。传春秋吴有干将、莫邪夫妇善铸剑,为阖闾铸阴阳剑,阳曰"干将",阴曰"莫邪"。干将藏阳剑,献阴剑。吴王视为重宝。事见汉赵晔《吴越春秋·阖闾内传》。⑪攘臂:卷衣袖,伸胳膊,激奋貌。《老子》:"上礼为之而莫之应,则攘臂而扔之。"⑫高骧:腾跃、飞越,状其英气勃发,一往直前。南朝梁刘勰《文心雕龙·才略》:"袁宏发轸以高骧,故卓出而多偏。"詹锳义证:"直解为'开篇如驾轻就熟,昂首腾前骧,故其气势拔卓特出。'"⑬毒螫(shì):此指蛇之毒牙。《鬼谷子·权》:"螫虫之动也,必以毒螫。"⑭噬(shì):咬、吞吃。此指白蛇攻击。⑮度(duó):计算。⑯凛(lǐn):严厉、威猛。色作:即作色,脸上显露威严之色。⑰溘(kè)然:忽然。⑱草昧经纶:义谓草创筹谋。《易·屯·彖辞》(䷂):"天造草昧。"《象辞》:"君子以经纶。"⑲勍(qíng)敌:强敌。《左传·僖公二十二年》:"勍敌之人,隘而不列,天赞我也。"⑳殄(tiǎn)灾沴(lì):殄:灭。灾沴:自然灾害。晋袁宏《后汉纪·顺帝纪下》:"礼

制修，奢僭息，事合宜，则无凶咎，然后神圣允塞，灾沴不至矣。"此泛指灾害。

　　原夫龙泉黯黯①，秋水湛湛②，苟非斯剑，蛇不可斩；天威煌煌，神武洸洸③，苟非我王，蛇不可当。是知人在威不在众，我王也，万夫之防；器在利不在大，斯剑也，三尺之长。于以慑万物，于以骇八方。历数既终④，闻素灵之夜哭⑤；嗜欲将至，知赤帝之道昌⑥。由是气吞豪杰，威振幽遐。素车降而三秦归德⑦，朱旗建而六合为家。诛鲸鲵，载犀兕⑧，未若提青蛇而斩白蛇⑨。

注释

①龙泉：宝剑名。本名龙渊，避唐高祖李渊讳而改，汉王充《论衡·率性》："棠豀鱼肠之属，龙泉太阿之辈，其本铤山中之恒铁也。"②秋水：剑光。③洸洸：威武。一指宝剑奕奕生辉，如波光闪动，宋黄庭坚《赋未见君子忧心靡乐八韵寄李师载》之三："原田水洸洸，何时稼如云。"④历数：天命。《论语·尧曰》："咨，尔舜，天之历数在尔躬。"何晏集解："历数谓列次也。"邢昺疏："孔注《尚书》云：'谓天道。谓天历运之数。帝王易姓而兴，故言历数谓天道。'"⑤素灵：白帝。《史记·高祖本纪》："有一老妪夜哭，曰：吾子，白帝子也，化为蛇，当道。"结果被刘邦杀了。⑥赤帝：传说汉高祖刘邦为"赤帝子"，而秦统治者为"白帝子"。赤帝子斩杀了变成蛇的白帝子，表明汉当灭秦。因此汉以火德御天下，习称炎汉，尚红色。⑦素车降：素车：将车用白垩涂白，一般用于丧事凶事。素车降：指秦王子婴降汉事。《史记》："汉元年（前206）十月，沛公兵遂先诸侯至霸上。秦王子婴素车白马，系颈以组，封皇帝玺符节，降轵道旁。"三秦：秦亡，项羽三分关中，封秦降将章邯为雍王，司马欣为塞王，董翳为翟王，合称三秦。事见《史记·秦始皇本纪》，后以三秦称今陕西一带。⑧朱旗：汉以火德王，色尚赤，故其旗用红色。鲵(ní)：古代一种易于伤人的鱼。《说文》："鲵，刺鱼也。"现在的娃娃鱼亦称鲵。兕(sì)：形似犀牛的怪兽。《山海经·海内南经》："兕在舜葬东，湘水南。其状如牛，苍黑，一角。"雌的犀牛古亦称兕。⑨青蛇：古宝剑名，亦剑泛称。元谷子敬《城南柳》第一折："则是这袖里青蛇胆气粗，怕甚么妖精物。"

解 说

作者白居易（772~846），字乐天，号香山居士，陕西渭南人。元和年间曾任翰林学士、左赞善大夫，因得罪权贵，贬为江州司马。晚年官至太子少傅，谥号"文"，世称白傅、白文公。他主张"文章合为时而著，歌诗合为事而作"，因而写下不少反映人民疾苦的诗篇，对后世颇有影响。

赋是古典文学的一种重要文体。由《楚辞》衍化而出，并继承《诗经》讽刺的传统。语句上以四、六字句为主；句式错落有致，并追求骈偶；语音上要求声律谐协；文辞上讲究藻饰和用典。排偶和藻饰是骈赋的一大特征。

这一篇赋是以刘邦斩蛇故事为题材。《汉书·高帝纪》说：刘邦押解囚徒，将至咸阳，纵之。夜醉而行，有蛇亘路，人不敢过，刘邦挥剑斩之。后至者闻有妪哭，言蛇乃白帝之子，斩蛇者，乃赤帝之子。刘邦闻而独喜，于是自负。从人对他亦更加敬畏。赋的前部分写故事本身，叙写汉高祖的英武，体现了他应乎天顺乎人，殄灾沴必躬亲。后部分着重论述取得天下的原因：人在威不在众，器在利不在大。合乎民心，顺乎潮流，是事业成功的根本，这是当政者应该记取的历史经验。作者以《汉书》故事演绎成赋，或为应试之作。

（李之正注，何焱林补注）

告蛇赋　明·王穉登

噫嗟！二仪何仁①，川容海涵。魑魅匹生于驺虞②，鸺鹠齐孳于凤鸾③。虽并育而不害，亦竟恶其民残。蠢异族之无知，谅欲化而非难。故韩公屈而鳄去④，宋君来而虎迁⑤。伊斯蛇之为类，岂独恃乎冥顽。苟尔衷之不迷，夫盍听于斯言⑥：余之困穷，有是敝庐，左带粉堞⑦，右临清渠。罕崇丘之崔巍，鲜茂草之陆离⑧。乃挟俦而援类，穴垣墉而居之⑨。爰若青螭赤虬，金蟒黑蝮；巴能噬象，蚺能食鹿⑩。虽巨细之悬殊，固同妖而并毒。尔其白日楣缘，玄霄栋伏。黄口震惊，家人恐悚⑪。既怒飚之飞腾，又朱鳞且星目。彼生之者，既云获珠刃兮⑫，即不忍其觳觫而致福？余欲与尔从事于白⑬；而此杀之者，复奚为⑭；羌何心以徼惠兮，亦宁为隋侯而不为孙叔也⑮。居城市之喧卑兮⑯，又谁与夫山谷也？冀靡恤于一迁兮⑰，远危机之倚伏也；即不为余之祸兮，终岂不为尔之自淑也⑱。呜呼！幽壑逶迤，阴崖鸿濛。蜿蜓屈盘，惟汝之从。后千百年，为蛟为龙。

注释

①二仪：天地。②魆𪊔(hán shù)：白虎、黑虎。驺(zōu)虞：传说之义兽，不食生物。③鸺鹠(xiū liú)：猫头鹰。鸱鸮的一种。羽棕褐色，有横斑，尾黑褐色，腿部白色。外形和鸱鸮相似，但头部没有角状的羽毛。④鳄去：唐韩愈贬为潮州刺史，作《祭鳄鱼文》投于水，鳄患去。⑤虎迁：宋君：指东汉宋均。《后汉书》："宋均迁九江太守，郡多虎暴，数为人患。常募设槛阱，而犹多伤害。均到，下记属县曰：'夫虎豹在山，鼋鼍在水，各有所托。且江淮之有猛兽，犹北土之有鸡豚也。今为人害，咎在残吏，而劳勤张捕，非忧恤之本也。其务退奸贪，思进忠善。可一去槛阱，除削课制。'其后传言虎相与东游渡江。"⑥盍(hé)：何不。⑦粉堞：白垩粉刷之女墙，女墙为城墙上凹凸形之小墙，亦泛指短墙。⑧鲜：少。陆离：参差绚烂。⑨挟俦：携带伴侣。俦：朋友、伴侣。援类：邀约同类。穴垣墉：垣墉：垣墙，穴垣墉即在垣墙上打洞作巢穴。⑩螭(chī)：传说中一种无角龙。虬(qiú)：传说一种中有角的小龙。蝮(fù)：毒蛇的一种。巴：指能够吞象的巴蛇。蚺(rán)：大蟒蛇。⑪楣缘：楣有三义，门框上横木、房屋二梁、檐口。楣缘即缘楣，缘着爬上爬下。玄宵栋伏：黑夜伏于屋梁上或屋宇内。栋指屋之正梁、脊檩，亦指屋宇。黄口：雏鸟嘴。借指幼雏。汉刘向《说苑·敬慎》："孔子见罗者，其所得者皆黄口也。孔子曰：'黄口尽得，大爵独不得，何也？'"此指幼儿，儿童。悚(sǒng)：害怕。⑫获珠：随侯出见大蛇被伤，药治之，其后，蛇含宝珠为报。刃通韧，柔而坚，指润泽而坚固，正珠之特性。《周礼·地官·山虞》："服与耟宜用稚材，尚柔刃也。"⑬觳觫(hú sù)：恐惧。句意为不忍蛇之恐惧而得其福。从事于白：说明。《吕氏春秋·士节》："吾将以死白之。"此有对话义。⑭奚为：奚为文言疑问词，义同何、胡。句意为我在此把你（蛇）杀了做什么？⑮羌：语词。徼(jiǎo)惠：求恩惠，得好处。明唐顺之《休宁陈氏墓庐记》："窃愿徼惠于君

子,录其一二事可记者而镵于庐之壁,庶几使我后之人其无忘乎。"隋侯:见获珠注。孙叔:楚孙叔教杀一两头蛇,其母以能除害,慰勉有加。叔傲楚国期思县人(今淮滨县期思镇,邻固始县西北境),为楚国令尹,以贤能闻名于世。传其少年,曾遇两头蛇,时俗见以为遭此蛇者必死,他想:要死只我一人,不再叫旁人看见。于是,他斩杀了这条蛇,埋入山丘。典出《贾子》。句意为作者宁为隋侯不为孙叔傲,与"余欲与尔从事于白"相呼应。⑯喧卑:喧闹卑下。南朝宋鲍照《舞鹤赋》:"去帝乡之岑寂,归人寰之喧卑。"⑰冀:希望。靡(mǐ):无、不。恤:忧虑。顾惜。⑱自淑:犹言自爱。

解说

作者王穉登(1535~1612),字伯谷、百谷、百谷、号半偈长者、青羊君、广长庵主、广长阉主、松坛道人、松坛道士、长生馆主、解嘲客卿,江阴(属江苏省)人。万历十四年(1586)曾与汪道昆、王世贞、屠隆、汪道贯、汪道会等在杭州组织"南屏社"。万历二十二年(1594)被召参与御史。穉同稚。王氏著作有《吴社编》《弈史》《吴郡丹青志》等。

此赋是对蛇进行沟通的一篇游戏文章。家中有蛇,且携侍援类,穴垣而居,缘楣伏栋,岂不可怖。作者以此文告,相约互不为害,愿蛇自行迁往幽壑阴崖。但不知蛇果听斯言否?

(李之正注,何焱林补注)

捕蛇者说 唐·柳宗元

永州之野产异蛇,黑质而白章,触草木尽死;以啮人,无御之者。然得而腊之以为饵,可以已大风、挛踠、瘘疠,去死肌,杀三虫。

其始,太医以王命聚之,岁赋其二。募有能捕之者,当其租入;永之人争奔走焉。有蒋氏者,专其利三世矣。问之,则曰:"吾祖死于是;吾父死于是;今吾嗣为之十二年,几死者数矣。"言之貌若甚戚者。

余悲之,且曰:"若毒之乎?余将告于莅事者,更若役,复若赋,则何如?"

蒋氏大戚,汪然出涕曰:"君将哀而生之乎?则吾斯役之不幸,未若复吾赋不幸之甚也。向吾不为斯役,则久已病矣。自吾氏三世居是乡,积于今六十岁矣,而乡邻之生日蹙,殚其地之出,竭其庐之入。号呼而转徙,饥渴而顿踣。触风雨,犯寒暑,呼嘘毒疠,往往而死者相藉也。

曩与吾祖居者,今其室十无一焉。与吾父居者,今其室十无二三焉。与吾居十二年者,今其室十无四五焉。非死即徙尔,而吾以捕蛇独存。

悍吏之来吾乡,叫嚣乎东西,隳突乎南北;哗然而骇者,虽鸡狗不得宁焉。吾恂恂而起,视其缶,而吾蛇尚存,则弛然而卧。谨食之,时而献焉。退而甘食其土之有,以尽吾齿。盖一岁之犯死者二焉,其余则熙熙而乐,岂若吾乡邻之旦旦有是哉?今虽死乎此,比吾乡邻之死则已后矣,又安敢毒耶?"

余闻而愈悲,孔子曰:"苛政猛于虎也!"吾尝疑乎是,今以蒋氏观之,犹信。

呜呼!孰知赋敛之毒,有甚是蛇者乎!故为之说,以俟夫观人风者得焉。

已蛇卷

解说

作者柳宗元(773~819),字子厚,世称柳河东,因官终柳州刺史,又称柳柳州。蒲州解县(今山西永济县)人,生于长安。贞元九年(793)进士,参与王叔文集团政治革新,迁礼部员外郎。永贞元年(805)九月,革新失败,贬邵州刺史、永州司马、柳州刺史。善为文,为"唐宋八大家"之一。

《捕蛇者说》通过一个捕蛇农民的自叙,把他家捕蛇的悲惨遭遇和乡邻的境遇和盘托出,是他家生活的纪实,而不是小说家的虚构和夸张,极富真实感和说服力。题材典型、真实,语言简洁、朴素,感情色彩强烈,用毒蛇之毒衬托赋敛沉重,以捕蛇者之苦衬托出不捕蛇者更苦,从而得出"赋敛之毒,有甚是蛇"的结论,更好地突现了文章的主旨。

编后记

本辑为《中国十二生肖诗歌大典》第三辑，由《卯兔》《辰龙》《巳蛇》三卷组成。

兔与人关系密切，很早就进入文学领域，《诗经》中已经有其踪迹。而最为人所称道的恐怕是它与月亮的关系，早在战国时代的屈原，在其瑰丽奇伟的著作《天问》中，已经提出了"夜光何德，死则又育；厥利维何，而顾菟在腹"的问题，洪兴祖补注谓：菟即兔。即是说，兔不仅在人间，而且到了天上，进入了月宫。兔魄、玉兔等成了月亮的代词，也就成了历代诗人吟咏的对象。

有人说中国人是崇尚红的民族，大凡喜事，都离不开红色，如点红烛，戴红花，铺红毡，用红纸写喜报等，其实中国人也喜欢白，崇尚白，白兔、白雉、白虎都成了吉祥之物，成了天降的祥瑞。

在十二属相里，兔的生冤家死对头不是老虎，而是狗。其中最有名的恐怕要数东郭逡与韩子卢的故事，东郭逡是狡兔，韩子卢是疾犬，比起韩子卢之坚牙利爪，东郭逡是弱势个体，但它有一个可与韩子卢较一日之长的特技，就是善奔跑，于是一场震灼两千多年的追逐拉开了帷幕，"环山者三，腾山者五"，结果是"兔极于前，犬废于后"，两败俱伤。这与鹬蚌相争的故事属于同一类型，常常为人们引以为戒。

龙可以说是华夏祖先的图腾，早在史前时期，人们就已喜欢上了这个不存在于世上的想像神物。出土玉器中有不少雕龙的作品。原始的龙，就像母腹中之胚胎，略具雏形，稍有眉目。随着时间推移，龙的形象越来越复杂，越来越生动。有人说龙是综合了鹿角，牛耳，驼头，兔眼，蛇颈，蜃腹，鱼鳞，虎掌，鹰爪塑造而成的。不知从什么时候开始，龙成了帝王的象征，成了帝王的星君，具有了神圣不可侵犯的威严。其起源恐怕来自《易》之乾(☰)卦，其六爻皆阳，皆与龙相关。其九五爻辞则是"飞龙在天，利见大人"。是帝王得天下之象。

不过古人并非一直对龙如此虔诚崇奉,顶礼膜拜。古之龙也如家禽家畜,可畜可养,古有豢龙氏便是明证;龙也如家禽家畜,是可屠可宰的,古有屠龙氏便是明证。龙的形象也并非总是正面的,不可战胜的。例如毒龙即以伤人为要务。《新五代史·唐庄宗神闵敬皇后刘氏传》:"吾有毒龙五百,当遣一龙揭片石,常山之人,皆鱼鳖也。"但传说中之这条大力毒龙,最后也为佛祖降服。杀龙斩蛟也大有人在,本书即收有三个斩蛟人之故事,一是澹台灭明,一是汉武帝,一是周处。含龙之称谓也并非尊不可言,如地龙则为狗之别称,川人谑称中还有滚龙、烂龙、懒龙、闷龙、孽龙等。所以属龙之人,并非都贵不可言,富可敌国,所以有的家庭,有的夫妻,想方设法,采取非自然的手段,非要在龙年生个龙宝宝不可,实在多此一举,实在毫无必要,实在不可取。须知改变自然法则,改变天之法则,岂非违背天条?其神还灵么?

总的来说,龙在国人心目中,是兴云布雨,濡泽苍生的圣灵,是朝气蓬勃,一往无前的开拓者,所以龙人、龙马、龙象等都是大力者、勇敢者、创造者的褒称,国人以龙的传人自许,正是走积极向上一路,勇于引领潮流一路。所以属龙者更要自勉自励,奋发有为,为国为民,为人类多做贡献,以无愧于龙的称号。

蛇在中外人的心目中,都没有有留下好印象。过去有人说"见蛇不打三分罪",更是一种偏见。每一种生物都是亿万斯年进化的创造,都是生物多样性不可或缺的一环,都是生物链上不或缺的一扣。每一条性命都值得人们呵护。

当然,远古人类,穴居野处,不会上天,不会入地,不会潜水,没有尖牙利爪,自卫手段十分低下,在蛮荒时代,要面对诸多敌手,人们常说毒蛇猛兽,毒蛇就是人类敌手之一,古之人清晨相晤,问的第一句话,就是"有它乎?"它就是蛇。可见蛇对古人生存威胁之大。

不仅在蛮荒时代,即使人类进入文明社会很久,蛇对人类生活的干扰,对人类身体乃至生命的危害,也都长期存在。在西方,蛇是伊甸园中第一个挑唆者,是阴谋家、暗害者、背叛者、奸细、间谍等的代表符号,这似乎有一种极端主义的倾向。在我国,赋予蛇的含义要好一些,如山东武梁祠壁画绘有人面蛇身的伏羲、女娲作亲密交缠状,则蛇与人类祖先有了不解之缘。还有报恩遗珠的故事,还有灵蛇,腾蛇,它们都具有灵性,神性。报恩许身的一场大戏,

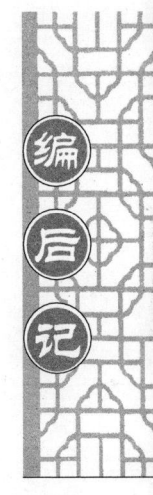

编后记

无疑是白娘子与许仙的故事。至今仍是电视创作的题材与戏剧演出的重要剧目。

撇开故事传说与文艺创作不论，蛇在人类生活中也并非有百害而无一利。在自然界中，蛇是鼠的天敌之一，对于消除鼠害，减少农作物的损害，以及遏制鼠疫的传播，都有很大作用，益于人类的生存与发展。蛇毒可用于制蛇毒血清，治疗被毒蛇咬伤者，挽救其生命，还可以治疗心血管系统与神经系统的诸多疾病，在人类与疾病斗争中，蛇类功不可没。

总之，天生一物，必有所为，必有所用，必有其利，必有其害。趋其利，避其害，对任何一个物种，不要加以人为的戕害，让所有物种，在这个蓝色的星球上，都有其生存与繁衍的空间，让生命的繁荣与富丽使这个星球更加多姿多彩。

在这一辑中，我们从《诗经》《楚辞》开始，一直到清代，尽可能多地选择涉及这三个生肖的诗词曲赋作品，并精心地注释与解说，为读者疏通阅读的障碍，为读者贡献阅读这些作品的一愚之得，抛引玉之砖，以飨读者，并请读者诸君不吝赐教。

书中作品皆依诗、词、曲、赋的顺序，并按作者出生年月的先后排序。《诗经》分章排列，《楚辞》连排。诗中之古风、歌行、排律等连排，以省篇幅。五言绝、律；七言绝、律则两行一排。词则每一过片处空两字连排。对于较难读之字，除用汉字拼音注音外，并尽可能加注同音汉字于注音之后，以便读者。

本辑书由冯广宏对《卯兔卷》及《巳蛇卷》作了校改，肖炬对《辰龙卷》作了校改，何焱林对《卯兔卷》《辰龙卷》《巳蛇卷》作了核补。

编者识